目錄

登場人物&事件介紹

岩永琴子——如西洋人偶般美麗的女性。然而因為外觀較實際年幼，看起來像個中學生。十一歲時遭遇神隱，被妖怪們奪走右眼與左腳變成單眼單足，因而成為了幫忙妖魔鬼怪們仲裁與解決爭執、接受商量的「智慧之神」，以及聯繫人類與妖魔的巫女。十五歲時遇到九郎而一見鍾情，強硬與他結下了情人關係。

櫻川九郎——與琴子就讀於同一所大學的研究生。因為祖母讓他吃下了能夠以性命為代價預言未來的妖怪「件」以及相傳吃了可以不死的「人魚」的肉，使得他擁有了決定未來的能力以及不死的身體。在妖魔鬼怪們眼中，九郎才是超越了怪異的怪異存在，因此對他相當害怕。雖然對待女友琴子的態度看似冷淡，不過或許他內心也是有在關心琴子的。

櫻川六花——九郎的堂姊，與其擁有相同能力的女性。為了某個目的與九郎和琴子站在敵對立場。

【鋼人七瀬】事件——寫真偶像手持鋼骨徘徊於街上的都市傳說。琴子與九郎藉由比尋求真相更艱難的「構築虛構推理」試圖將都市傳說還原為虛構故事。

第一話　領主大蛇聽到了

「今晚我要到隔壁縣的深山中，和那一帶的領主大蛇見面喔。」

岩永琴子向男朋友櫻川九郎提起這樣一句話。九郎也沒有表現出聽到什麼奇怪發言的反應，而是翻著手中的書本反問：

「到山中跟蛇見面？」

「是的。那山腳有一座居民不斷流失的市鎮，雖然不到交通不便的程度，但是到了夜晚應該會沒什麼人的樣子。」

畢竟一小時大約會有兩班電車運行，從最接近的車站也可以徒步走到山腳下。然而周邊只有民房、農田和果樹園，如果獨自一個人前往，感覺路上應該會很孤單吧。

「既然是『領主』似乎就是個大人物，又要去仲裁妖怪之間的糾紛嗎？」

「也不是那麼嚴重的問題啦。只是感覺去見個面會比較好。」

岩永琴子並不是什麼妖怪或怪物，但因為某些原因讓她在小時候成為了妖怪、怪物、幽靈、魔物等等存在的「智慧之神」，幫忙他們仲裁、解決糾紛，或是接受商量各種問題。她有時候也會自稱是站在人類與妖魔鬼怪之間聯繫兩者的巫女。

在成為智慧之神時，她被妖怪們奪走右眼與左腳做為神的象徵，成為了單眼單足的身體。因為她平常都裝有義眼與義肢，所以如果沒有靠近觀察就很難發現。義肢的性能也很好，讓她能夠自由走動。雖然她總是握著一根紅色拐杖在行動，但其實就算沒有拐杖也沒什麼問題。

十月二十五日，星期一。岩永與九郎在他們就讀的H大學中坐在學生餐廳最角落的座位。餐廳內的時鐘顯示時間為下午四點多。岩永還是個大學生，不過九郎是研究生。雖然沒辦法一起上課，但至少時間上有空的時候可以在校園內見面。這天岩永也把九郎抓來幫忙她處理課程上要交的報告，同時提出了今晚的預定計畫。

或許因為不是用餐時間的緣故，餐廳中大量的桌椅上只看得到零零星星的人，岩永他們的座位周圍也沒有其他人。因此他們可以不用顧慮太多地談論妖魔鬼怪的事情。

九郎對動筆寫著報告的岩永表現出再次感到無奈似的態度說道：

「岩永，妳要去跟大蛇見面是沒什麼關係啦，但妳雖然是妖怪們的智慧之神，可是並沒有什麼特別的能力吧？」

「真失禮。我可是擁有能夠和妖魔鬼怪們交談溝通，而且即使對方是幽靈也能觸碰的特殊能力呀。」

能夠與各式各樣的怪異存在講話，而且對甚至可以穿牆的靈體也能觸碰的能力非常稀有。雖然不是可以拿來誇耀的事情，但也沒有道理被輕視才對。

「可是也只有那樣吧。妳並沒有像是行使怪力啦、飛行啦、用符咒引起超自然現象之類，至少在面對怪異存在的暴力時可以保護自己的物理性或法術性的力量。在電影或漫畫中，與妖怪或鬼怪對峙的角色不是都擁有更強大的武力或特殊能力，靠力量壓制妖魔的嗎？以前也有過妖魔鬼怪不願乖乖服從妳，甚至展開激進行動的狀況吧。」

岩永確實擁有和妖怪們溝通交談的能力，但除此之外就跟一般人沒什麼差異。要是遭遇對手暴力襲擊或是反抗的時候，岩永可說是無能為力。不過對岩永表現合作態度的妖怪們也很多，只要利用那些存在們的力量就不愁沒有應對手段。而且在事態演變成那樣之前就解決問題才是岩永的做事方式。

另外，在創作作品中也有被稱為「妖怪獵人」的稗田禮二郎，是個沒什麼特殊能力的考古學者。他不就是靠自己的知識與行動力解決了神話級的怪事以及天地變異嗎？

岩永停下她的手，對年長的男友露出責備對方想法的表情。

「『靠力量壓制』這種想法太野蠻了，實在不可取。以前的偉人也有說過一句話叫『有話好好講』呀。」

「說那句話的人不是接著就被開槍打死了嗎？」

被戳到弱點了。

「另外也有一名偉人主張秉持『非暴力、不服從』呀。」

「我記得那個人好像也被開槍打死了吧？」

「即便如此，暴力依然無法帶來好的結果。另一位偉人就說過『我有一個夢想』。

如果要尊重秩序、以和為貴，果然還是應該透過非暴力的……」

「那個人最後不是也被開槍打死了嗎？」

打算靠偉人們的名言辯倒對方的岩永反而因此變得不利，而且拿來舉例的人物們竟然全都是被子彈打死也太誇張了。（註1）

然而也有轉禍為福的辯論技巧。

「既然那麼擔心，請九郎學長填補人家不足的部分不就好了。學長你不是擁有讓各種怪異存在都感到害怕的力量嗎？」

這個櫻川九郎今年二十四歲，是個給人感覺有如在草原上呆呆啃草的山羊般的青年。不過他同樣在小時候因為某些因素獲得了不死之身以及另外一種特異能力，某種意義上來說是個似人而非人的存在。就岩永所知，沒有妖魔鬼怪會不害怕九郎，這男人可說是妖魔鬼怪以上的妖魔鬼怪。

「只要九郎學長身為男朋友陪在我身邊，妖怪們的抵抗根本不足為懼。來吧，請學長務必將你的凸餘之處填補我的未成之處吧。」

「我想視為問題的就是把我當妳男朋友的這個前提啊。」

「也就是說學長是希望成為我的配偶？」

註1　此處提及的三位偉人分別為日本第二十九任內閣總理大臣犬養毅、印度國父聖雄甘地與非裔美國人民權運動領袖馬丁・路德・金恩。

「我也沒有想要把事情搞成法律上的問題好嗎？」

那麼到底是什麼問題？岩永雖然想繼續追究，可是時間過得比想像中的快。要是繼續閒聊下去，寫完報告再去跟領主見面就太晚了。

「總之我今晚要跟一隻大蛇怪物見面，請學長跟我一起來吧。據說那隻大蛇巨大如龍，而且還有會吃人的傳聞呢。」

岩永其實也不清楚實際上如何，但「身形巨大」這點應該是事實。至少肯定可以贏過身高不滿一百五十公分、體重也不足四十公斤的岩永才對。岩永雖然年齡上已經十九歲，但外觀年幼得經常被誤認為中學生。在領主面前想必會顯得更嬌小吧。

然而九郎卻是非常乾脆地拒絕了岩永的邀約：

「今晚不行。我想好好享用中午煮的豬肉味噌湯，妳自己一個人去吧。」

Uwabami（蟒蛇）或是 Orochi（大蛇）等詞的意思皆為巨大的蛇類，現實中也許是指大型的蟒科蛇類。不過蟒科的身體最長也不過十公尺左右，粗細也頂多是人類的手臂程度。而且日常生活中幾乎不會有人使用那樣古老的詞彙稱呼蛇，也應該不會有人遭遇那樣的存在才對。

實際情況中，Uwabami 或 Orochi 等詞反而多半是拿來指古代故事或傳說中巨大到足以一口吞下人類、被視為山中領主或水神的妖怪。例如某人看到河川上有一座自己沒見過的橋，過橋才發現那是一條巨蛇的身體。或是爬山爬累了剛好看到有一棵樹幹倒在地上於是坐上去休息，結果樹幹忽然動了起來，原來是一條巨蛇。諸如此類的傳說在全國各地都能聽到。

日本神話中登場的八岐大蛇就是相當有名的巨蛇之神，或許也有人聽過野槌或伊口之類的巨蛇妖怪。妖怪的 Uwabami 或 Orochi 就是傳說中人類光看到一眼便會發高燒甚至導致喪命的存在。

在黑夜的深山之中，泥土、綠樹與枯葉的氣味之中，那樣一隻巨蛇妖怪正亮著雙眼，高高抬著脖子俯視岩永琴子。

其身軀橫幅有如樹齡幾百年的巨樹，感覺甚至可以讓一輛車行駛在牠的身體上。只要大蛇張開血盆大口，別說是岩永了，肯定連一匹賽馬都能瞬間吞下去吧。從頭到尾的全長實在太長，穿梭於樹木之間，尾端都消失在夜晚的黑暗之中了。

「公主大人，感謝妳為了我的煩惱事情特地遠道來到如此偏僻之地。」

即使頭部抬在很高的位置，大蛇倒是非常低姿態地如此恭敬說道。

「不，這本來就是我的職責，沒有必要感謝的。」

岩永不禁稍微反省，大概是自己看起來心情不太好而讓大蛇感到擔心了。

當然，岩永心情不好的理由並不是因為她必須從隔壁縣千里迢迢來到這個從山腳下還要再爬二十分鐘才能抵達的深山中，所以大蛇並沒有責任。

而且剛才是山中的妖怪們扛轎子從山腳把岩永抬到這地方來，一路上還有好幾顆火球飄浮在前方照路，因此岩永並不會覺得疲累。雖然因為標高較高且時間已經過了晚上十點，使周圍氣溫較低，不過岩永有穿薄外套也有戴貝雷帽，不會感到太冷。

俯視著岩永的這條大蛇，正是在Z縣M市西側一帶的山中居住了幾百年的領主。因為附近一帶代表性的山名為簗奈，所以據說也常被稱為「簗奈之主」。活了漫長的歲月使牠身型巨大、力量強勁、智力也很高，有許多妖魔鬼怪服從於牠。此處雖然是月光也難照到的深山之中，不過周圍聚集有許多妖狐們點亮狐火照耀四周，因此不會感到黑暗也不會覺得寂寥。被稱為「樹木精靈」的木魂們也提著燈籠站在樹上，盡量照亮岩永的視野。

另外也能看到各式各樣應該與領主有所交流的妖怪，抱著好奇心從遠處窺探這裡。換言之，岩永是獨自一個人站在妖怪、鬼怪、怪異、魔物等存在聚集的深山之中，與巨大的蛇怪面對著面。秋色已深而氣溫微涼，若是普通人處於這樣的狀況中肯定沒辦法心情放鬆吧。然而對於岩永來說，在某種意義上這才是她的日常生活。

「說到底，領主大人可是在這一帶曾經被人類奉為水神的存在，有事的時候照理講本就應該由我前來見面的。」

岩永拿下戴在頭上的貝雷帽，對大蛇鞠躬一禮。

大多數的妖魔鬼怪智力都很低，因此才會需要像岩永這樣提供智慧的存在。但這條大蛇不但人話講得流暢，從舉止也能看出牠屬於例外。真要講起來，牠應該是為這一帶的妖魔鬼怪們提供智慧的存在才對，因此岩永對牠講話時遣詞用字也比較客氣。

「我被人類視為水神祭祀已經是很古早以前的事情了。如今建在這座沼澤的小廟已經腐朽，也沒有人會帶供品來祈雨。人們即使聽過我這個存在，也早已不相信是真的了。而且雖然我確實擁有幾分的神通力與特殊能力，比起一般的妖魔鬼怪強大一些，但說是『神』也未免過於誇大。即便人們向我祈雨，我也沒有足以操弄天氣的力量，信仰會衰微也是理所當然的。」

就算真的擁有降雨的力量，向神明祈禱降雨的儀式想必也已經失傳了。有時候衰微的神明反而會被視為妖怪而遭人討伐，因此被人類遺忘或是不相信存在反倒對雙方而言都可以少一些麻煩。

岩永他們所在的場所左側有一片黑暗而冰冷的水面，正是領主提到的沼澤。形狀呈現橢圓形，直徑看起來足足有五十公尺，可說是規模相當大。一方面因為是夜晚的緣故看不到對岸，不過在狐火照耀下，可以看到混濁的沼水以及最近似乎才剛有人來過而倒下的周圍草叢。

根據岩永事前的調查，這座沼澤過去相傳有水神棲息，因此曾有一段時代當山腳的村落遇到連日烈陽高照的時候，村民們便會排成隊列搬運供品上山進行祈雨儀式。大蛇就跟龍一樣經常被人類視為水神，相傳棲息於像這樣的沼湖中而受到人們祭祀。

或許是從前這隻大蛇領主來到這座沼澤清洗身體或是喝水的時候被村民目擊，於是被認為是水神的吧。而且因為深山中有這樣一座巨大的沼澤，到最近都還有人們感覺會有像這樣的妖怪棲息。在整理妖怪與怪物傳聞的書籍中也被稱作「簗奈沼澤的大蛇」，列為日本的怪物傳說之一。

不過那本書的作者與編輯應該只是當成常見的大蛇傳說，隨意收集整理傳承的內容而已，肯定絲毫也不認為大蛇真的存在吧。實際上就算是附近的城鎮鄉里也已經沒有人相信大蛇的存在，這也是很自然的事情。也沒聽說有人目擊到怪物使這場所成為話題，吸引人群前來一探究竟之類的傳聞。畢竟這裡是鄉下地方、是深山之中，而且要爬山二十分鐘才能抵達，很難光是因為好奇心就前來探訪吧。

實際存在的怪物大蛇閉起眼睛，嘆了一口氣。

「人世的變遷迅速，我不了解的事情也越來越多了。因此我才會派出使者傳話，希望大名鼎鼎的公主大人能夠提供一下智慧。」

十天前，有一隻木魂來到岩永面前表示領主有事相談。岩永當時便聽說了領主想要商量的內容，調查過必要的資料之後，今晚才前來見面、具體對應。

若只論身體大小，對領主來說岩永根本是輕輕吹一口氣就能吹走的存在，真虧牠會願意拜託岩永。

兩隻妖狐搬來一塊圓木放在岩永身邊當成椅子，於是岩永重新戴上貝雷帽並坐到圓木上，把拐杖也靠在一旁。

「畢竟是深山之處，沒有什麼東西可以招待。但如果公主大人有何要求，我們必定會盡力配合的。」

領主果然非常擔心岩永的心情。看來岩永的表情真的非常不愉快的樣子。

岩永把背在背上的包包放到大腿上打開，並對領主說明道：

「沒有關係的。我心情不好真的不是因為領主大人的關係，而是我個人的問題。」

「個人的問題、嗎？」

「是的。我有個叫櫻川九郎的男朋友，今晚我本來要他跟我一起來的，他卻說要好好享用自己煮的豬肉味噌湯而拒絕了。」

「哦哦，那位人物我也是久仰大名。」

「一個獨居男子從大白天就在煮什麼豬肉味噌湯已經很誇張了，居然還把品嘗湯品看得比女朋友的邀約還重要，實在過分至極！」

「對方想必是相當信賴公主大人，認為妳即使一個人也沒有問題吧。」

「他在拒絕我之前就說過一點都不信賴我的發言了。而且我還說明過這次要見面的對象是搞不好會吃人的大蛇呀。」

「怎麼可能？我哪裡敢吃掉公主大人啊。再說，人類身上總是又包衣物又戴金屬的，吃起來相當麻煩。」

「也就是說你還是有吃過囉？」

「畢竟活了這麼久，曾經是有吃過幾次。從前山腳下也曾流傳我是會吃人的大蛇，主張祈雨時要獻上活人當祭品。但其實人類並不美味，而且近年來吃人搞不好還會招惹麻煩的問題，因此我都會避免的。」

要是有人入山後行蹤不明，人類可能就會展開搜山行動，對於棲息山中的領主與其他妖魔鬼怪們而言肯定相當麻煩吧。

「話說回來，身為一個男朋友會讓自己可愛的女友在黑夜獨自一個人前往遠處鄉下的深山中嗎？」

雖然岩永也有如此責問過九郎，但九郎卻是一臉奇怪地回問了「會在黑夜跑到深山裡跟大蛇見面的女友哪裡可愛？」這樣一句話。

「很抱歉讓妳在入夜之後才前來。畢竟這地方最近白天有很多人，如果想要直接面對面談話，就無論如何都必須等到太陽下山之後了。」

岩永的發言到頭來又讓領主感到愧疚了。雖然說是讓女友獨自前往，但其實也有好幾隻奉岩永為神的妖魔們跟隨在她身邊，因此這講法或許有語病吧。

「唉呀，或許九郎學長也多少有感到愧疚的關係，他有把加熱過的豬肉味噌湯裝在保溫水壺裡，也親手握飯糰給我帶來當宵夜就是了。」

岩永從背包拿出不鏽鋼製的水壺與裝飯糰的保鮮盒放到旁邊，接著又拿出喝豬肉味噌湯用的湯碗以及筷子。這些也是九郎一起交給岩永的東西。

領主看著那樣的一幕，疑惑地歪了一下頭。

「既然可以像那樣把湯帶過來，九郎大人不是也可以一起到這邊來享用嗎？」

「是的。我是在來時的電車上才想到這點，實在非常不甘心。」

正因為如此，岩永變得更加不開心了。九郎確實是岩永的男朋友沒錯，兩人也交往了一段時間，但就是不能理解他為什麼如此不夠溫柔。

岩永打開水壺，將湯注入碗中。湯依然保持著充分的溫度，味噌的香氣隨著水蒸氣飄散出來。接著把保鮮盒也打開讓自己可以用筷子夾到飯糰之後，岩永重新抬頭看向領主。

「讓我們言歸正傳吧。你想要商量的問題，是關於在這座沼澤發現的他殺屍體對吧？」

岩永用右手拿起筷子，將視線望向寂靜得甚至讓人感到恐怖的沼澤。

領主則是在高處點點頭回應。光是這個動作就颳起一陣風，把豬肉味噌湯飄出的水蒸氣吹散了。

「是的。究竟那個女人是為什麼要特地把屍體帶到這座沼澤丟棄？我希望妳能說明一個讓我可以接受的理由。這個疑惑讓我在意得怎麼也靜不下來啊。」

領主想要商量的煩惱，其實竟是關於人類世界的殺人事件。

約一個月前，九月二十六日的星期日下午兩點多，一群登山採菇的當地居民在這座築奈山中的沼澤發現了一具男屍漂浮在水面上。幸好手機可以收到訊號，於是他們立刻報警。事件轉眼間就在市內引起了騷動。

當初發現屍體時，大家本來以為是來登山的男子不小心摔進沼澤中溺死的，但仔細一看男子身上穿西裝打領帶，實在不像是來登山的打扮。而且從沼澤中打撈起來的屍體可以清楚看到胸口有被利刃刺傷的痕跡，因此警方立刻斷定是一樁殺人命案了。

在隨後的調查中也判斷出男子是被人搬運到山中，遺棄在這座沼澤的。

岩永將裝有豬肉味噌湯的碗端到嘴前，首先根據一般常識說道：

「正常來想，會把屍體丟到深山中的理由，要不是想隱藏屍體就是想盡可能拖延屍體被發現的時機吧。」

即使是會有登山客的地方，只要埋到一般不會進入的深處，屍體就永遠不會被人發現，也就不會驚動警察而演變成事件了。就算屍體被人發現，只要時機拖得越晚就越難判斷臉型與特徵，也就難以查明身分，變得有利犯人。岩永身旁的這座沼澤也據說水深有四公尺，深度十分足夠，積在底部的泥層也很厚，只要在屍體上綁個重物沉下去，發現時期應該可以拖得相當晚吧。

雖然沼澤附近有山路通過，根據季節也會有人登山來採山菜或菇類，不過高度上還是必須從山腳爬二十分鐘的山路，即便是當地居民似乎也不會頻繁來到這場所的樣子。

就結果來說，男子的屍體被遺棄在沼澤之後過了幾天被人發現。雖然身上沒有找到手機或身分證件，但警方很快就查出了身分。死者名叫吉原紘男，三十五歲，在D縣的大型建設公司擔任部長。

而且警方也很快就鎖定了嫌疑犯，在十月九日逮捕了一位名叫谷尾葵的三十歲女性，並查明了殺害動機。犯人也已經供認罪行，雖然還有不明的疑點，但警方已經將主要的調查方向轉為確認證據，以事件來講幾乎可以說已經解決了。本來應該不會再讓誰感到傷腦筋才對的。

領主動著前端分岔、一如蛇類的細長舌頭，對岩永提出反駁：

「不，這次的狀況並非為了隱藏屍體。我剛好目擊到那個女人把屍體遺棄到沼澤的過程。我當時偶然察覺有人深夜入山，而我就在附近，於是感到好奇的我就躲在稍高處的樹木後面窺探狀況了。」

即便在黑夜之中，領主的視力想必還是跟白天一樣好。剛才岩永被妖怪們抬送到這裡的時候，領主周圍也沒有放置任何照明光源，只靠牠自己的雙眼在看。來這裡丟棄屍體的犯人肯定也萬萬沒想到自己的行為會被近處的大蛇妖怪目擊到吧。

「請問來丟棄屍體的人就是被警方判斷為犯人逮捕的那位女性，沒錯吧？」

「是的，屍體被發現之後來了一群警察，讓山上喧鬧了好一段時間。我不禁好奇那件事情後來究竟如何，於是就叫經常出入人類鄉里的狐狸們去拿報紙之類的回來，便看到了當時那個女人被逮捕的報導。」

也就是說警方抓對人了。

領主接著說道：

「在我經常來喝水的沼澤丟棄屍體雖然教人火大，但畢竟偶爾也會有野獸的屍體漂浮在沼澤中，人類也會把垃圾丟進來，因此我定期會叫山中的妖怪們清掃沼澤，所以這點倒是不怎麼要緊。但我還是感到非常納悶。首先，如果是想要讓屍體被發現得較晚，丟棄到沼澤的時候就應該會綁什麼重物讓屍體沉得較深才對。可是那個女人卻什麼重物都沒有綁，隨便把屍體丟進了沼澤。」

所以屍體才會浮在水面上，早早被人發現了。

「更重要的是，那女人把屍體丟進沼澤的同時很清楚地呢喃了一句話。」

領主接著用女性的語氣說道：

「『但願能夠順利被發現。』這樣。」

對那女性來說應該只是非常小聲的呢喃，就算旁邊有人也不曉得能不能夠聽清楚的程度。要不是擁有特異能力的領主大蛇躲在幾十公尺遠的地方注意那位女性，就根本不會有人聽到這句發言，也不會形成問題才對。

「那女人明明把屍體搬到這種場所來丟棄，卻又呢喃了一句似乎希望屍體會被找到的發言。如果真的希望屍體被發現，就算要丟棄山中也可以選擇比較接近山腳的山路。就算要搬到這裡也可選擇丟在山路會比較可能被人發現才對。雖然山路中有些地點也是可以俯瞰到整片沼澤，但也有些水面是只走在沼澤旁邊會看不見的死角，可以確定一定會變得比較難被發現。就算那女人知道這個季節會有人登山來採菇，我還是感到納悶。」

領主的想法很有道理。岩永一邊喝著豬肉味噌湯，一邊在妖火照耀下觀察沼澤周邊。因為沼澤水面比山路低的緣故，有些部分如果沒有特別探頭去瞧就根本看不到。

豬肉味噌湯中有切得較厚的紅蘿蔔、牛蒡與白蘿蔔等，湯的味道都有被吸到食材中。應該是因為中午煮好之後又放了一段時間的關係吧。然而現在岩永是被一隻大蛇俯視之下獨自享用這碗湯，還是讓她感到很火大。

話雖如此，也不能對自己來到這地方的目的隨便馬虎。

「乍看之下，犯人的行動不太合理呢。」

領主點頭同意。

「是的，我實在完全無法理解。靠人類的腳要爬到這裡來並不輕鬆，如果還要搬運屍體就更不用說了。那犯人雖說以人類女性而言塊頭較大，但我還是想不透她為何要特地把屍體搬到這座沼澤來丟棄啊。」

「畢竟當時又是深夜時分，若沒有什麼特別的理由應該也不會把屍體搬到這種地方來才對。根據那位女性犯人的供詞表示，她似乎是用工地現場之類的地方拿來搬運廢材或砂土用的獨輪車來搬運屍體。如果是白天的平地還沒話說，但在夜晚的山路想必很辛苦吧。」

「沒錯，那女人也有用那道具一起搬送燈火上來。」

領主的發言又再次證實了犯人的供詞是正確的。

岩永用筷子夾了一塊飯糰。

「領主大人感受到的疑問很有道理。警方在這點上也是感到懷疑而詢問過犯人，為什麼要特地把屍體搬運到這座沼澤來丟棄？屍體並沒有綁過重物的痕跡，看起來並非意圖讓屍體沉入沼澤中隱藏，因此警方這樣的追問也是當然的。」

警察也沒有那麼笨。即使得到嫌疑犯的自首供詞、找到一定程度的證據，但只要與事實對照下有任何可疑的地方，警方還是會進行確認工作。畢竟萬一事後發現其中帶有什麼重要的意義，在法庭上恐怕就會造成檢方的不利。

因此岩永將犯人對警方這項問題的回答原封不動地告訴領主：

「那位犯人——谷尾葵似乎是這樣回答的：『我聽說在那座沼澤有棲息一條會吃人的巨蛇，所以想說把屍體丟棄在那裡就會被那條巨蛇吃掉了。』」

領主微微盪了一下舌頭。

這段供詞也有被新聞報導出來，而這樣不合常理的棄屍動機也讓社會大眾稍微騷動了一段時間。大家萬萬沒想到犯人居然是想要讓傳說中的怪物幫忙處理屍體。

「畢竟水神大蛇棲息於這座沼澤的傳說依然在當地附近流傳，也有被電視節目報導過的樣子。犯下殺人罪行後感到慌張的犯人無論如何都必須設法處理屍體才行，因而想到了這樣異想天開的點子。搞不好犯人谷尾葵小時候在什麼地方看過領主大人身影的一部分之類的吧，或許也聽過大蛇吃人的傳說，於是抱著最後姑且一試的想法把屍體搬運到沼澤來了。」

聽到犯人這段自白的警察似乎並沒有感到豁然開朗的樣子。畢竟警方也不可能相信那種傳說中的大蛇。不過谷尾葵據說在講這句話時非常認真，因此警方也安排讓她接受精神鑑定的樣子。這在法庭審判上是必要的程序。

這些過程雖然一時成為話題，不過如今已幾乎看不到相關的報導了。畢竟每天都會發生各式各樣的事件，即便多少有點異常的部分，只要抓到犯人也得到自首供詞就等於實質上已經解決，也就不會再有什麼值得報導的新情報了。

「這之中其實也沒什麼玄機，犯人終究是想要隱藏屍體。只不過使用的方法不是掩埋或沉入水中，而是打算讓領主大人把屍體吃得乾乾淨淨罷了。」

領主用低沉的聲音問道：

「那麼女人在丟棄屍體時呢喃的那句話又是怎麼回事？」

「谷尾葵的那句呢喃並不是『雖然被丟棄在這種地方不過希望屍體可以順利被誰發現』的意思，而是『但願領主大人可以順利發現屍體』的意思。畢竟只要領主大人可以發現屍體，或許就會把屍體吃個精光了。」

這樣一來跟領主大人的證詞也能吻合。岩永根本不需要攪什麼腦汁就解決問題了。

然而領主卻嚴厲說道：

「不，那段犯人供詞我在報紙上看到過，但這樣講不通。就算我發現了屍體也不一定會去吃。那女人所期待的是讓我吃掉屍體、把屍體處理掉。那麼女人在丟棄屍體時應該會說『但願能夠順利被吃掉』才對，而不是呢喃說她最希望的是屍體被發現。」

領主果然沒能接受這講法的樣子。這條蛇雖然是體型巨大誇張又精通人話的不合理存在，但思考倒是很有邏輯性。而且一反那身體尺寸，在意的事情倒是很細微，或者說神經質。所以才會對一個人類的女性不經意脫口而出的呢喃在意到這種程度吧？

大蛇又接著道出細節的理論：

「因此又衍生出另一個疑問了：為什麼那個女人對警察自供的時候要撒那種謊？」

「應該是為了隱瞞她棄屍於沼澤的真正理由吧。」

聽到岩永這句回應，領主身上的鱗片發出了聲響。

「沒錯。希望妳能告訴我一個可以接受的理由。」

岩永並沒有直接獲知警方調查情報的管道。雖然以前也遇過認識的人物剛好有參與調查行動所以能獲得情報的狀況，但不可能每次運氣都那麼好。即使岩永可以讓街上的妖怪或幽靈們去收集情報，也曾因此得知連警方都不知道的真相，然而這手法還是有其限度。關於這次的事件岩永所知道的情報，頂多就是報紙、新聞與雜誌報導過的內容而已。

再加上領主在意的問題主要著重於犯人的心理層面，是難以用物質證據得出答案的東西。要揭開真相本來就是不可能的事情。然而要是沒能給領主一個可以接受的答案，岩永就無法稱作智慧之神了。

看來這將會是個漫長的夜晚呢。岩永如此想者，並喝了一口碗裡的湯。九郎讓她帶宵夜過來雖然是正確的判斷，但沒有陪她一起過來就是錯誤的選擇了。岩永接著放下湯碗，從背包中拿出自己在車站唯一一臺自動販賣機買的瓶裝茶，轉開瓶蓋。

「讓我們稍微整理一下整起事件吧。雖然領主大人似乎擁有相當豐富的知識，但畢竟如果在認知上有偏差就不好了。」

事件的開端要回溯到五年之前。

五年前，谷尾葵的情人町井義和在D縣被發現與一名葵不認識的女性死於那位女性居住的公寓，狀況疑似殉情自殺。也就是說，町井與谷尾葵交往的同時，也有和其他女性交往的意思。

警方最後在未能查出是哪一方提議自殺的情況下結束了調查行動，不過町井在他任職的大型建設公司中擔任會計，而在案發後被人發現他有不法操作帳本數字，私吞了巨額的公款。但由於町井即將從會計轉任至其他部門，公司也準備進行監察的緣故，或許是町井自認私吞公款的事情已經無法再繼續隱瞞，便提議與女方一起尋死了。

當時葵獨自居住於D縣從事醫療工作，不過在事件之後便搬回了位於Z縣M市的老家，據說約兩年都關在家裡不出門，也沒有與家族以外的人見面。光是情人除了自己以外還有其他交往對象就已經讓她相當傷心了，再加上情人竟然與那位女性一起自殺，在公司還從事過不法行為，想必讓葵受到更深的傷，會拒絕與外人接觸也是無可厚非。

谷尾葵的老家是位於築奈山山腳邊的獨棟民房，父母任職於市公所的同時也利用閒暇時間種田。房子後面就是築奈山，周圍其他民房也很少，以位置來說可以在不被任何人發現之下入山。

後來葵在同市又找到了醫療工作，也漸漸開始與附近鄰居交流，過著平穩的生活。到了一年前她的雙親接連因病身亡之後，她便獨自一個人居住在谷尾家。因為雙親種田的緣故，家中也有作業用的獨輪車。

接著到了今年九月二十四日星期五的晚上七點半左右，吉原紘男來到谷尾家告訴了葵一件事實。

紘男是與町井任職於同一間公司的男性，年齡比町井大一歲，葵也知道他的長相與名字。據紘男說，五年前的那起事件實際上是他一手策劃，真正從事不法會計的人其實是紘男，而他是為了讓町井背黑鍋才把町井與另一名女性一起殺死並偽裝成殉情的。雖然町井同時與葵和另一位女性交往的事情是真的，不過町井似乎考慮與葵結婚而準備與另一位女性分手，並打算趁這機會向公司告發紘男的樣子。

町井雖然從以前就知道紘男的不法行為，但一方面因為對方是前輩，而且自己腳踏兩條船的把柄也被對方抓在手上，所以一直都無法表現得很強勢。但他最後打算把所有問題都徹底清算。

然而紘男的計畫順利成功，不但逃過私吞公款的罪行，還與能夠使自己在工作上有利的女性結婚生子，職場上也飛黃騰達，萬事都進展得非常順利。

可是到了今年，紘男在公司的立場變得越來越差，妻兒又意外身亡，接連遭遇不幸。而且健康檢查時還發現內臟各處有疑似病變的黑影，再度檢查也查不出原因，進入了三度檢查的階段。可說是不幸的連鎖。

紘男開始認為這些負面連鎖是「五年前那起事件的報應」，而為了懺悔自己的罪過才跑來拜訪葵。他似乎認為在這個階段懺悔的話還來得及逃過命運的報復，至少自己的性命可以得救的樣子。

「以上就是犯人谷尾葵的供詞內容。而實際上受害人吉原紘男的公司同僚最近也確實見到他臉色蒼白地說著『必須為五年前的事情道歉才行』的模樣，而且吉原紘男也和町井先生的家屬聯絡過。町井先生小三歲的弟弟就接過吉原紘男的電話，問說能否出來見個面談談關於五年前的事情。但當時那位弟弟因為繁忙而沒能談到具體的內容，所以吉原紘男才會決定先跟葵小姐見面的吧。」

岩永將她從報章雜誌的報導中收集到的情報告訴了領主。雖然警方的發表稍微比較簡略，不過內容應該大致上沒有差異。

據說葵在聽完紘男的話之後愣了好一段時間，等回過神時就發現自己握著菜刀，已經刺殺了紘男。她接著便從紘男身上拿走手機與錢包，把屍體裝進獨輪車中搬到山中的沼澤。時間是晚上十點多。雖然是夜晚，不過因為她有爬過幾次的經驗，而且當時也有帶幾個照明工具，所以她認為應該沒問題的樣子。

紘男雖然是男性，不過體格與葵差不多，再加上最近不幸的連鎖使他徹底消瘦，體重減輕了，因此葵也表示當時她自己一個人搬運屍體並沒有想像中那麼辛苦。

根據葵的供詞，吉原紘男的屍體就這樣在九月二十四日的深夜被丟棄在深山中的沼澤了。隔天二十五日星期六因為上午下過雨的緣故沒有人上山，屍體沒被發現。到了再隔天二十六日放晴，屍體才被人發現。

葵原本的計畫是讓大蛇妖怪在晚上把屍體吃掉，使事件不會浮上檯面，頂多就是其他縣的公司職員下落不明而已，應該不會驚動警方展開搜查。她之所以從屍體身上拿掉手機與其他東西，是因為她覺得大蛇在吃屍體的時候可能會覺得討厭，不過她似乎以為就算屍體穿著衣服大蛇也會吃下去的樣子。

然而屍體最後沒有被吃掉，讓事件浮上了檯面。或許在某種意義上這個部分有點扭曲。並不是因為大蛇不存在所以屍體沒有被吃掉，而是大蛇其實存在但沒有想要吃屍體，才讓事件曝光的。

受害者的身分在發現隔天就被查出來了。雖然屍體上沒有手機或身分證件，不過從口袋裡找到了公司徽章。徽章的設計並不算有名，但稍微查一下便知道是哪一間公司的東西，於是警方很快就聯絡了受害者任職的建設公司。另外，屍體雖然被浸泡在混濁的沼澤水中，不過腐敗得並不嚴重，讓相關人物得以證實就是吉原紘男不會錯。

警方接著從受害者的同事表示受害者最近很在意「五年前」的證詞中，發覺了過去的私吞公款與殉情事件，並查出了與這些事件有接點的某個人物就住在屍體發現處的山腳下。

紘男當時是搭電車來到附近的車站後，徒步走向谷尾家的。因為是鄉下地方的緣故，車站人員與幾位居民都記得當天黃昏過後有一名沒見過的男性在該車站下車。能夠在不被周圍發現之下將屍體搬入山中的房子並不多，因此就算警方不知道過去的事件，想必也會在很早的階段就把谷尾葵視為最高嫌疑人了吧。

葵被警方詢問到她跟舊情人的事件有何關聯性時，葵起初雖然嘗試隱瞞，但後來便詳細自供了。

關於五年前町井義和的事件內容，警方雖然不清楚有幾分是真的，不過從紘男的行動以及他留在自家的筆記內容可以判斷他與事件的關係肯定不淺。而且若不是如此，紘男也沒有理由特地來拜訪葵。另外也有紀錄顯示紘男事前聯絡過葵，據說是為了詢問二十四日是否方便拜訪的樣子。

犯案凶器以及受害者的手機、錢包與身分證件等物品都沒有被發現。根據葵的證詞，身分證件已經被她撕碎並在自家庭院燒掉，至於凶器與受害者的其他物品則是在丟棄屍體之後同樣丟棄到沼澤裡了。

「最近那些警察好像還在沼澤打撈東西的樣子，原來就是在尋找凶器之類的物品啊。」

領主聽到岩永的說明，似乎總算明白到現在白天山上還這麼吵的原因了。

「光是要讓人員登山到這種場所來就已經很辛苦了，這沼澤底部的淤泥又很厚，想必搜索行動難有進展吧。雖然站在警方的立場上應該還是希望至少能找到凶器就是了。」

正因為身為犯人的葵說出「原本希望讓大蛇吃掉屍體」這樣亂七八糟的發言，所以警方更希望能找到會影響證詞可信度的物質證據吧。

「話說領主大人，犯人谷尾葵當時除了屍體之外，有丟其他東西到沼澤中嗎？」

「我好像有看到類似那樣的舉動啦，不過……」

領主的證詞也有點不可靠的樣子。畢竟當時有可能是跟著屍體一起丟入沼澤，或是用看似不經意的動作丟棄東西就很難判斷了。

岩永喝了一口茶後將寶特瓶蓋轉緊，放到一邊，再把水壺中還剩一半左右的豬肉味噌湯注入剛才喝光的湯碗中。湯還是熱的。

「因為能夠獲得的情報有限，所以有些部分必須靠想像來補足。不過犯人把屍體丟棄到沼澤的理由應該還是非常單純的。」

領主見到岩永拿起筷子又準備享用豬肉味噌湯並說出這樣一句話，於是感到可疑地回問道：

「單純、是嗎？」

「是的。像這種情況，大多都是為了要包庇真正的犯人。」

屍體處理得不完全，犯人又沒有躲沒有逃，乖乖被警方抓到也招供了罪行。然而如果其中含有謊言或隱瞞，首先應該懷疑的就是這點了。

「警方似乎也沒有完全排除那種可能性，認為也許還有其他真正的犯人或是共犯。畢竟一名女性要在深夜中把男性屍體搬運到深山的沼澤丟棄實在是很不自然的事情，因此任誰都會懷疑是否有其他人物幫忙她這項費力勞動的。」

岩永嚼著豬肉的同時流利說道：

「到現在還沒找到凶器的狀況也加深了這樣的印象。如果凶器是跟屍體一起丟棄到沼澤，應該就可以在大致相同的區域發現才對。警方肯定也是根據這樣的想法在尋找凶器吧。然而警方到現在卻還在打撈沼澤。可見凶器並非谷尾家的菜刀，而是真凶的個人物品，而且有可能是一旦發現是凶器就會查出真凶的刀劍。例如是什麼人的遺物或是限定販賣的物品等等。因此真正的凶器並沒有被丟棄到沼澤中。」

領主大概是完全沒有想過那樣的可能性，深深地「嗯～」了一聲。

「雖然妳這樣說，但那個被逮捕的女人是自己一個人把屍體搬到沼澤的，而且當時我也沒感覺到有其他人類在場。至於那女人究竟有沒有丟棄凶器我是沒什麼把握，但我實在不覺得還有其他犯人啊。」

說到這邊的時候，領主忽然靠直覺發現岩永的說法中存在有強烈的矛盾，頓時提高聲音：

「不對，公主大人，這樣不是很奇怪嗎？如果那女人想要隱瞞共犯或真凶，她就更沒有必要把屍體搬到這座沼澤丟棄才對。不僅如此，因為女性應該不會獨自一個人把屍體搬到這地方來丟棄，所以反而會讓人懷疑是否有其他犯人。這樣不是反效果嗎？若她想要包庇真凶，根本不需要把屍體移動到這種地方來，只要老實去自首就可以了。」

不過岩永也早已料到領主會注意到這點了。

「不，谷尾葵跑到這裡來棄屍還是有其必然性與好處的。即便會因此讓人懷疑有共犯存在，但若棄屍於此，反而可以讓她想包庇的人物，從真凶或共犯嫌疑名單中被排除的話呢？」

飄浮在半空中的狐火發出燦爛的光芒。在光線照耀下，岩永抬頭看著領主，面露微笑。

「谷尾葵在事前就接到聯絡，得知受害者會來拜訪。就算受害者沒有告知來訪用意，但畢竟對谷尾葵來說是與自己厭惡的過去有所關聯的人物，想必她有感受到什麼不尋常吧。那麼你認為她會自己一個人跟那樣的對象見面嗎？應該會找其他人陪她吧？」

「這麼說是沒錯。」

「既然如此，當她跟受害者見面的時候，家中如果有其他人在場也並不奇怪。然後就是那個陪同在場的人物衝動性地殺害了受害者。那個人物還有大好的前程，相對地谷尾葵是個獨自關在鄉下地方又喪失父母、已經失去生存意義的人。因此她決定為了包庇真凶而行動了。」

由於內容上講得通，領主也沒有提出反駁。雖然好像有感覺什麼部分不對勁，卻又不知道是什麼地方不對勁而在思考就是了。

「谷尾葵讓開車到她家來的真凶先回去之後，再把屍體搬送到深山中的沼澤丟棄。這麼做的理由有三。第一個是將真凶可能留在屍體上的痕跡盡量消除掉。真凶在與受害者接觸的時候，有可能把毛髮、皮屑或指紋等等附著到受害者身上。要是就這樣讓屍體交到警方手中，難保不會被發現什麼與真凶有關聯的痕跡。因此她認為把屍體長時間浸泡在汙水中應該可以破壞附著在上面的痕跡，而決定把屍體丟棄在深山中的沼澤了。」

如果靠現代的科學調查技術，即便從浸泡在泥水中數天的屍體上或許還是有什麼特別的方法可以採集證據。但是既然警方懷疑是犯人的人物已經遭到逮捕，而且對方也已經承認罪行，警方應該就不會特地進行那樣又麻煩又花錢的證據分析才對。以破壞證據痕跡的手法來說，浸泡於沼澤想必不是沒有意義的方法吧。

岩永拿起原本在湯碗中攪拌的筷子，指向領主。

「第二個理由，是為了幫真凶製造不在場證明。警方也會認為女性獨自一個人把屍體搬到深山中丟棄很不自然。然而谷尾葵很早就讓真凶回家去了。因此當她到山中棄屍的那段時間，就能製造『真凶在其他場所』的不在場證明了。」

「不在場證明？」

「就是犯案當時，其人物不在現場的證明。領主大人所說的『棄屍於沼澤會讓人懷疑有共犯』的狀況，其實帶有完全相反的意義。因為屍體被搬送到沼澤丟棄會讓人認為有共犯，那麼無法幫忙將屍體搬到沼澤的人物是否就不是共犯了？換句話說，沒有搬送屍體的真凶就會被警方排除在調查範圍之外。而如果警方認為谷尾葵是獨自一個人將屍體搬運到沼澤，就不會懷疑有共犯存在。要包庇真凶的話，這麼做已經足夠了。」

領主大概是愣住的緣故，張大著嘴巴露出銳利的牙齒。

牠接著低吟了好一段時間，似乎覺得有什麼地方很奇怪的樣子。最後牠終於想到重要的問題而提出反駁：

「那麼女人把屍體丟棄到沼澤的時候，為什麼會呢喃出『但願能夠順利被發現』這種話？照公主大的人講法，屍體應該何時被發現都沒問題吧？就算說是為了幫真凶製造不在場證明，要是沒有推斷出嚴密的死亡時間應該就無法成立才對。受害者到女人家中拜訪的日期時間想必可以鎖定到某個範圍之內，進一步推斷出的犯案時間可能範圍就會更小，能夠棄屍的時間也就更侷限了。」

「唉呀，領主大人還真是注意小細節呢。」

「不好意思，我的個性就是如此。或許那女人已經做好被當成犯人逮捕的覺悟，但就算屍體沒有馬上被發現應該也不會有什麼問題才對。至少她應當沒有理由那樣祈禱。這樣一來就跟我聽到的呢喃不吻合了。」

當然，岩永已經準備好反擊手段了。

「領主大人，所以才會有第三個理由呀。谷尾葵希望盡可能消除掉真凶留下的痕跡。屋子裡的部分只要花點時間，一個晚上應該就能清掃到每個角落，消除所有痕跡了。可是屋外的部分又如何呢？究竟在什麼地方留下了什麼痕跡根本無從知道。真凶開來的車子在哪裡留下了胎痕？搞不好真凶也在無意間觸碰過什麼場所。」

岩永把端著湯碗的手伸向一旁的沼澤。

「谷尾葵為了盡量消除那些痕跡，就把屍體丟到領主大人的沼澤了。」

領主應該是霎時無法理解這個邏輯的緣故，沉默了一段時間，最後還是感到狐疑地問道：

「這是什麼意思？」

「還有什麼意思？就是她希望能下雨呀。領主大人不是被人類視為水神，也曾受人類期望祈雨過嗎？只要能夠下一場大雨，無論胎痕、指紋或是不小心掉在地上的東西都可以沖刷得乾乾淨淨了不是嗎？」

看到岩永說得一副理所當然樣子，大蛇領主又再度張大嘴巴。大概是岩永講到這邊又再度主張犯人的行動是想要依靠妖魔鬼怪的超自然力量，完全出乎領主的預料吧。

谷尾葵知道大蛇的傳說，那麼或許也會知道關於祈雨的傳說。

領主即使講話聲音聽起來有些慌張，但還是為了保持威嚴似地端正姿勢。

「等等，我被人類視為水神已經是古早以前的事情，而且實際效果也是有跟沒有一樣。再說，把骯髒的屍體丟入沼澤只會惹我生氣，跟祈雨祭典根本完全相反。那行為再怎麼想都不是為了祈雨獻上祭品的形式啊。」

岩永是智慧之神。對於這些祭典相關的知識甚至比當事人知道得還要清楚。

「祈雨的方法大致可分成兩種。一種是崇敬、討好水神，讓水神願意實現人類降雨願望的手法。這算是正攻法。反之，故意惹火水神，使其抓狂而降下大雨的手法也是存在的。」

「哦哦！這麼說來我也聽過有此一說啊！」

被視為水神的大蛇卻自己表現出驚訝的反應，也算是很奇妙的一件事。

「在各地的水神傳說之中，故意惹火神明的例子也很多。像是把蛇討厭的食物或金屬物品投入水神棲息的瀑布潭或池子，藉由汙染行為讓天空忽然下起雨的傳說；或是將動物的屍體投入池子或溝渠中做為祈雨儀式等等。」

要是不下雨，農作物就無法成長，是很讓人傷腦筋的事情。然而雨下得太多也同樣會讓人傷腦筋。「降雨」具有恩惠與災害的兩面性，也可以說因此形成了「神明實現願望的降雨」與「神明憤怒的降雨」兩種祈雨方式。

「因為從前就算討好這座沼澤的水神也不會下雨，所以谷尾葵才認為或許靠惹火水神的方式可以下大雨。其實只要看一下天氣預報就能知道降雨機率，可是並無法嚴密知道會下多大的雨。既然是想要把留下的痕跡沖洗掉，當然盡可能讓雨下得大一點會比較好。因此谷尾葵才會一方面抱著祈願的意義，把屍體丟棄到沼澤的。」

岩永如此說明後，把碗拿到嘴前喝了一口豬肉味噌湯。

「然後一如她的心願，領主大人確實生氣了呢。」

剛剛才說過自己感到火大的領主頓時沉痛嘆息：

「奇妙的是隔天確實下雨了啊。雖說只是偶然，但也實在不可思議。」

既然水神說是偶然，那就是偶然了吧。雖然說正是因為棄屍隔天下過雨，岩永才會編出這段推論就是了。

「這下也能說明領主大人所聽到的那句呢喃了。谷尾葵希望屍體會被領主大人發現，惹你憤怒發狂。因此她才會不自覺呢喃了一句『但願能夠順利被發現』。畢竟如果沒有發現也就不會生氣了。」

在對方冷靜下來思考反駁之前，岩永又緊接著說道：

「接下來的事情就簡單啦。谷尾葵被警方逮捕之後，只要對棄屍沼澤的行為講個假的理由就行了。至於她把理由講得像是以大蛇確實存在為前提，或許是她真的相信大蛇存在，或是想要藉由讓人懷疑她精神異常，好在法庭審判上爭論她的責任能力，試圖讓刑責可以判輕一點吧。」

領主大概是把頭抬高得太久而腦袋缺血難以思考的緣故，稍微把頭低下來沉思呻吟。

岩永則是在最後結論中提示了可能是真凶的人物：

「至於真凶，或許是町井先生的弟弟吧。那個人似乎也有接到受害人的電話，對於唐突的見面要求感到不知所措的樣子。然後又透過某種管道知道了哥哥過去的情人也有接到受害者的電話，於是他自己也聯絡了谷尾葵。接著在事發當天，那位弟弟也來到谷尾家一起跟受害者見面，而得知了哥哥死亡的真相後，他便一時衝動殺害了對方。」

對於谷尾葵來說，他是情人的弟弟，而且也能明白他想殺掉對方的心情，因此會想要包庇他也是有可能的事情。

岩永瞄了一下保鮮盒看到飯糰只剩下一個，覺得要是繼續拖下去也很傷腦筋，於是詢問領主：

「好了，請問這個說明如何呢？」

領主沉默半晌後，重新把頭抬高，左右搖動。

「不，這說明還不足夠。在妳所說的狀況下，那女人最希望的是下一場大雨。那麼就要呢喃『但願能夠順利下大雨』才適切。就算退一百步來說，也應該會呢喃『但願大蛇會生氣』才對吧。」

這反駁聽起來有些勉強。感覺得出領主雖然抱著「這樣已經夠了吧」的感情，但還是無法對這股不對勁的感覺視而不見的樣子。

岩永喝了一口瓶裝茶後，點頭回應：

「你說得沒錯。而且警方想必也懷疑過事發當晚是否有其他人同席，並調查過可能同席的人物當時的行動。如果有人從外地開車來訪，應該會被誰目擊到才對。因此可以判斷那樣的共犯或真凶其實並不存在。」

或許是岩永輕易就否定自己說法的緣故，領主頓時困惑地眨了眨眼睛。岩永接著把筷子插在最後一個飯糰上，拿了起來。

「所以犯人只有谷尾葵一個人，而她向警方招供的內容也幾乎都是真的。唯一與事實不同的地方，大概就是她將屍體丟棄到沼澤的理由吧。」

沼澤依然盈滿冰冷的水。狐火、月光與木魂們高舉的燈籠火光都映照在水面上。

「公主大人，那麼她真正的理由究竟是什麼？」

領主往前探出身子，岩永則是盯著對方巨大的雙眼，篤定說道：

「谷尾葵是為了讓警方幫忙尋找她想找的東西。」

沼澤周邊的草叢與地面有許多人為的痕跡，應該也包含當初打撈屍體時留下的吧。其中最顯著的部分，大概就是警方今天也來到沼澤探撈搜索時形成的。

「現在警方依然認為犯案凶器與受害者的物品也是被丟棄到這座沼澤，而持續展開搜索行動。谷尾葵就是為了這個目的，才會刻意把屍體搬到這裡來的。」

岩永朝刺在筷子上的飯糰咬了一口後，對再度愣住的領主繼續說道：

「她過去曾在這座沼澤丟棄了某種東西，而在殺害吉原紘男之後又覺得必須把那東西找回來才行。但是只靠她一個人根本不可能從深山中如此廣闊的沼澤裡找到想找的東西，因此她決定藉助於警察的力量了。只要她招供說自己把凶器或受害者的物品丟棄在沼澤，警方就有很高的機率會展開搜索了。谷尾葵就是期待這時候她想找的東西也能一起被發現。」

「那麼她當時的呢喃是……」

領主似乎也察覺岩永想說的話，於是岩永點頭回應：

「谷尾葵希望被發現的並不是吉原紘男的屍體，而是她過去丟棄到沼澤的東西。但因為是很久以前丟棄到沼澤的緣故，無法確定是否真的能被找到，所以她才會忍不住祈禱呢喃出『但願能夠順利被發現』這樣一句話。」

領主大概是在不自覺之下，霎時把頭轉向沼澤。

正因為把焦點執著於眼睛看得見的屍體，才會對那句呢喃感到矛盾。既然如此，只要說犯人希望被發現的是屍體以外的東西就可以了。而警方現在也依然在沼澤探撈除此之外的東西。
不久後，領主一副想要主張自己依然無法置信樣子似地，把頭轉回來俯視岩永。
「這、這道理我是理解了。但如果是那樣，她並沒有必要特地把屍體搬運到這裡來丟棄，只要把凶器或受害人的物品拿到這裡來丟棄不就可以了嗎？這樣做肯定比較輕鬆才對。不，她甚至根本不需要丟棄什麼凶器，只要跟警察說自己『把那些東西丟棄到沼澤了』，警察應該就會來探撈沼澤了吧？」
「問題是那樣做的話，事情就會變得很奇怪了。如果谷尾葵要達成目的，就必須讓警方知道有事件發生，並把她視為犯人逮捕，再聽到她招供說自己把凶器等物品丟棄在沼澤才行。那麼一開始要怎麼讓警方知道有事件發生呢？」
面對露出微笑如此詢問的岩永，領主抱著警戒心瞇起眼睛，語氣慎重地回答：
「首先要發現屍體，否則警方就不會行動了吧。」
「那麼要怎麼讓屍體被發現呢？難道要突然跑去自首嗎？那樣是不行的。谷尾葵在犯下殺人罪行的時候應該就不認為自己可以逃得掉了，然而她必須告知警方自己把凶器等物品丟棄到沼澤的事情才行。但那是一種想要隱藏犯罪證據的行為。一個試圖隱瞞罪行的犯人應該就不會去自首，而是首先會想把屍體隱藏起來才對吧？最起碼也應該會讓屍體呈現與犯人本身沒有關聯性的狀態吧？」
領主陷入了沉默。把飯糰都吃光的岩永則是把湯碗端到嘴前，將豬肉味噌湯也喝完後，朝著將巨大的影子映在她身上、使她周圍比黑夜更黑的大蛇妖怪說道：

「谷尾葵必須讓屍體被人發現，並且讓警方注意到她是犯人。但與此同時，她也要讓警方認為她有試圖合理地處理過屍體才行。那麼把屍體搬運到沼澤來丟棄就是最好的方法。在搬運屍體的同時也順便把凶器等物品一起丟棄到沼澤，會是比較自然的行動。再來說明自己是希望棲息於沼澤的大蛇會吃掉屍體，就能把『自己有試圖隱藏屍體』的想法傳達給警方知道了。而且因為這樣的證詞會讓人懷疑她精神不正常，所以警方為了確認她的招供內容是否屬實，就更加有必要從沼澤找到凶器等物品，便會更用心搜索了。」

岩永將端著空碗的手伸向沼澤。

「特地把屍體搬到這座沼澤來丟棄就能得到這麼多的好處。當然，她也聽說過禮拜天會有人登山採菇而經過這座沼澤旁邊。只要跟附近鄰居們有所交流，應該也就能聽聞到這些動向了吧。雖然並非絕對，但她當時就是判斷只要把屍體丟棄在沼澤便有可能在幾天之內被人發現了。」

一陣風頓時吹來，使樹林發出沙沙聲響，沼澤的水面也濺起了波紋。不過岩永前方因為有巨蛇的身體擋風的關係，冰冷的空氣並沒有吹向她。那隻大蛇妖怪則是緊閉著嘴巴，似乎在思考如何反駁的樣子。

「那麼，妳認為那個女人究竟是想找什麼？她過去究竟是把什麼東西丟棄到沼澤了？」

領主咧開大嘴詢問解答，而岩永輕鬆地回應：

「想當然就是跟她過去的男友——町井義和先生有關聯的東西吧。谷尾葵起初肯定很憎恨背叛了她、選擇與其他女性殉情的男友。畢竟在那起事件發生之後，她回到鄉下來整整兩年都關在家裡不出門，想必是受到了相當大的打擊才對。然而後來卻得知了那個男友是遭人陷害、背了黑鍋又慘遭殺害的。」

此時她對男友的感情肯定產生了巨大的變化。

「就算男友同時跟其他女性交往是事實，但他有與谷尾葵結婚的意思，也並沒有犯什麼罪。因此我想谷尾葵應該是原諒了過去的男友，對於自己憎恨過對方的事情感到後悔了。」

「原來如此，我搞懂了。她過去是把自己跟男友之間紀念性的物品丟棄到沼澤的吧。會讓她回想起背叛自己的男人的東西自然會忍不住粗魯丟棄了，而這次則是想要把那東西再找回來。不過話說回來，只是為了找回那樣的東西還特地把屍體搬運到這種地方，會不會太小題大作了？」

領主態度有點強勢地提出這個問題點，但岩永卻是不太感到在意地認同了這點：

「說得沒錯。說到底，谷尾葵在男友的事件發生之後，是從自己一個人居住的D縣搬回這裡來的。那麼跟男友相關的物品應該在搬家的時候就全部處理掉了才對。即使有留下一些照片或禮物之類的東西，也只要當成可燃垃圾丟掉就足夠了。」

岩永關緊水壺，蓋好保鮮盒，將湯碗與筷子收進袋子中，並全部塞回背包。領主對於那樣的岩永大概是感到不耐煩而逼近到她面前。

「那麼她到底是把什麼丟棄到沼澤了？」

「這個嘛，或許是她跟男友之間的嬰兒吧。」

岩永一臉輕鬆地笑著如此回答。領主聽到這答案則是全身僵住了。雖然對岩永來說這樣的答案應該不至於太意外才對，但也許完全超出了領主的想像吧。

岩永喝著瓶裝茶的同時繼續補充說明：

「男友町井義和死後，回到鄉下的谷尾葵發現自己肚子裡懷了跟已故情人之間的孩子。畢竟是背叛了自己的男人的孩子，就算小孩無罪，想必谷尾葵還是感到很煩惱才對。她自從回到鄉下之後約有兩年的時間拒絕與其他人交流，因此即便肚子變大了一點應該也不會被人發現吧。」

就算肚子懷了小孩，還是要經過一段時間才會產生自覺。雖然男友的事件發生當時沒有徵兆，但過了兩個月後才發現懷孕也是有可能的事情。

「如果那小孩能夠順利生下來，她或許還會有好好扶養的念頭。然而谷尾葵在胎兒尚未成熟之前就在自家流產，最後只留下了嬰兒的屍體。」

這年頭偶爾會在新聞上看到有人不願去醫院或是基於各種理由無法前往醫院，結果把生下來的嬰兒丟棄或是把流產、死產的嬰兒遺棄在公共廁所等等的事件。另外也有在河川或海邊發現嬰兒屍體的案例。

「這嬰兒屍體要處理起來想必讓她很頭大吧。對谷尾葵來說，她不但難以對這小孩產生親情，甚至反而只會回想起討厭的記憶而感到厭惡吧。然而要考慮到外人的目光，又不能當成垃圾丟掉。這個意外生下的小小屍體究竟該如何處理才好？她就連找人商量都很困難。因此她決定把嬰兒屍體丟棄到深山中的沼澤了。」

夜色越來越深。山中除了岩永以外感受不到其他人類的氣息，也沒有任何人工燈火，硬要講起來頂多就是幾個喪命於山中的人形成的幽靈們好奇地窺探觀望著，其他都是妖魔鬼怪類的存在。而這些存在們通常是很少跟人類接觸的。

「丟棄在這座沼澤就不會被人發現，或許是最適於葬送那個小遺體的場所吧。雖然也可以選擇埋葬於山中，但畢竟挖洞也很辛苦，要是埋得太淺又可能被野獸挖出來，導致被人發現。那麼乾脆用袋子之類的東西裝起來，再綁個重物沉到沼澤中，相較起來罪惡感會比較少，也比較不麻煩吧。」

領主凝視著沼澤，或許是在想：原來在自己不知道的時候發生過這種事情啊。就算是領主，畢竟棲息的地區很廣，也會有牠沒能注意到的事情吧。

「然後就在上個月，谷尾葵知道了男友之死的真相，對於自己草率處理了小孩的事情不禁感到後悔了。她既沒有理由憎恨情人，也沒有理由討厭那個小孩，反倒是覺得自己的行為罪孽深重。因此她才會認為至少要把小孩的遺體打撈起來好好弔祭，而實行了這場讓警方搜索沼澤的計畫。」

岩永把只剩下一點茶的寶特瓶關緊後，同樣收回背包中，並拿起拐杖。

「警方如果有從沼澤發現嬰兒的遺體，想必也會慎重處理。或許也會詢問谷尾葵是否有什麼線索。到時候她再說出真相，請警方好好弔祭就可以了。而且就算警方沒有詢問她，應該也會好好弔祭嬰兒遺體吧。」

岩永從當成椅子的圓木上站起身子，走向沼澤邊。沼澤沒有什麼變化。在深山中是鳥獸們飲水的場所，也有其他生物們棲息其中。在食物鏈中當然也會有屍體存在，就算多丟棄了一、兩具屍體，也不會讓沼澤忽然變得讓人毛骨悚然。

「也就是說，有一天會從沼澤底發現那女人的嬰兒嗎？」

領主把視線從沼澤移回岩永身上。但岩永聳了聳肩膀。

「應該不會發現吧。領主大人剛才說過，因為沼澤會被垃圾或野獸屍體汙染的緣故，你定期會叫妖怪們清掃。而谷尾葵把嬰兒丟棄到沼澤恐怕是四年多前的事情，那麼應該早就被山中的妖怪們清理到什麼地方去了。我並不認為那些妖怪們會因為找到人類的嬰兒屍體就向你報告，也不認為他們現在還會記得那種事情就是了。」

領主頓時「啊」了一聲。岩永這段假說的決定性證據已經不見了。

「即便如此，這依然是與領主大人的證詞沒有矛盾，也最有可能的假說了吧。」

岩永把拐杖轉了一圈後指向沼澤，一派輕鬆地接著說道：

「谷尾葵過去曾經把小小的屍體丟棄在這座沼澤。為了不要被人發現，她當時想必是趁黑夜自己一個人登山上來的吧。因此她才會再度想到趁夜把男人的屍體搬到這裡來丟棄的點子。並藉由把屍體丟棄在沼澤，試圖找回對自己來說更加重要的屍體。」

領主沉默好一段時間後，挪動身子發出聲響，深深嘆了一口氣。

「人類竟會想到這種事情並付諸實行，真是恐怖的生物。」

「一點都沒錯。」

「不，公主大人也是半斤八兩啊。」

岩永難得表示認同的說，但領主卻顫抖著身子，態度敬畏地如此回應。被這樣一隻感覺只會出現在古老故事之中、巨大得有如城廓高塔般的大蛇如此對待，讓岩永不禁感到難以接受。

看看時間，市區的公共運輸系統應該都已經沒在運行了。但好在妖怪之中也有能飛在天上的存在，只要把那妖怪叫來送自己回去就可以了。應該可以在東方的天空開始泛紅、公雞開始鳴叫之前進入被窩吧。

「妳用這個結論讓那隻領主大蛇接受了？」

隔天上午十點多，岩永為了接受定期檢查而來到了H大學附屬醫院。九郎則是因為剛好有時間，而且也順便為了拿回裝豬肉味噌湯用的水壺與其他餐具，於是陪她一同前來了。

岩永雖然很想抗議九郎昨天不陪她一起到妖魔鬼怪群聚的黑夜深山，今天卻願意陪她來這個牆壁又白又耀眼、一旁就有便利商店的大學醫院，到底是什麼意思？不過總覺得九郎願意一起來就算不錯了，因此岩永也就沒再多說什麼。雖然說即便是全新的設施或市區街上其實也都有各種妖魔鬼怪就是了。

因為距離就診還有一段時間，兩人坐在醫院內的一張長椅上。握著拐杖的岩永描述完昨晚的事情後，九郎卻有點懷疑地如此問道。這男人還是老樣子，對自己的情人一點都不信任。

「那當然，畢竟我仔細徹底地解決了領主大人的疑惑呀。」

要是當初一開始就把結論說出來，對方恐怕會覺得太過簡單而吹毛求疵，因此岩永才選擇了稍微比較拐彎抹角的論述方法。畢竟領主的個性感覺就是很在意細節，這樣的手法應該很契合對方的性情才對。

對於回答得一派輕鬆的岩永，九郎又皺著眉頭問道：

「那麼岩永，妳對於自己提出的假說相信到什麼程度？」

「我是不太相信啦。實際上谷尾葵應該對警察完全沒有說謊，真的希望棲息在沼澤的大蛇把屍體吃掉吧。」

岩永對這點同樣回答得一派輕鬆。九郎則是露出一臉「果然如此」的表情。

「在跟領主大人見面之前，我姑且有派聽得懂人話的浮遊靈到看守所去看看谷尾葵的狀況，結果據說谷尾葵嘀咕呢喃著『難道大蛇沒有發現屍體嗎？』這樣一句話呢。」

雖然直接詢問本人是最好的方法，但岩永並沒有方法接近被關在看守所的葵，就算讓浮遊靈幫忙詢問感覺也不會得到正常的回答。據那隻浮遊靈說，谷尾葵完全沒有注意到靈的存在，因此根本一點辦法都沒有了。

「話雖如此，但我的說明不僅可以講得通，聽起來也有合理性。只是犯人並不一定都會做出合理的行動。領主大人從自己聽到的呢喃內容與谷尾葵對警方的供詞之間感受到矛盾，認為谷尾葵既然是希望大蛇『把屍體吃掉』就應該首先呢喃出那樣的內容才對。然而她如果是覺得『屍體沒有先被發現就沒有後續了』而呢喃出那樣一句話，其實也不是沒有可能的事情。」

就算向領主說明「人類有時候會做出非合理性的行動，因此不要太在意細節」，對方應該也不會接受吧。但其實光是女性一個人在黑夜把成人男性的屍體搬到深山中丟棄就已經值得讓人懷疑精神上的正常性了，說她的心理狀況已經脫離常軌反而還比較說得通吧。

「講極端一點，領主大人也有可能根本就聽錯了谷尾葵的呢喃內容。如果是這樣，一切的前提就都不一樣了。」

「但是足以被稱為『領主』的大妖怪絕對不會承認自己聽錯了是吧。」

九郎拿著岩永交給他裝有水壺等東西的袋子，彷彿在慰勞對方的辛勞似地如此說道。

「是的，所以我才絞盡了腦汁呀。」

最後領主也感到滿意，岩永身為智慧之神的評價想必也提升了吧。

九郎似乎在考慮該從什麼部分開始提出注意而思索了一段時間後，開口說道：

「妳這種做法要是稍有一步走錯，搞不好就會因為胡扯撒謊而惹火領主，被對方咬死吃掉啦。」

「我才不會犯那種錯誤呢。」

岩永其實也沒有對領主撒什麼謊。她還特別補充說明這只是最有可能的假說，而且在一開始就有把谷尾葵的供詞內容轉告給對方知道。能夠完全否定岩永那段假說的證據想必也不會被找出來。領主根本無從生氣。

然而九郎還是用幾分嚴肅的語氣說道：

「拜託妳多花點腦袋注意自身的危險行不行？妳並沒有那種適於打鬥的能力啊。」

「我就說只要學長也跟我一起來就行啦。」

「我又不是每次都能跟妳在一起。對危險沒有自覺才是最恐怖的事情。我本來想說這次可以讓妳稍微記取一點教訓的……」

九郎說到一半頓時表現出一副再講下去也白費力氣的態度，垂下雙肩。

岩永不太能明白九郎究竟想表達什麼。她其實也有思考過最起碼的自我防衛行動，也有把腦筋花在那方面的事情上。昨天兩人之間也有討論過這些事情，難道九郎就是那麼瞧不起自己女朋友的能力嗎？真希望他能改正一下自己的想法呢。

但不管怎麼說，大蛇的委託已經解決了。再講下去也沒什麼意義。

「對了對了，又有遠方的妖怪想找我商量問題喔。這次對方是海坊主，我明天晚上必須前往日本海海岸的某個斷崖才行。」

聽到岩永這麼說，九郎嘆了一口氣。

「了解。我這次會準備卷纖湯給妳帶去的。」

九郎不太耐煩地揮揮手，一副就是要讓岩永自己一個人前往的態度。這男人難道都沒有感情嗎？

「為什麼你會覺得只要準備湯給我喝就夠了？跟我一起去啦！」

岩永用拐杖敲了一下九郎的腳，但是對於沒有痛覺的九郎來說似乎一點效果都沒有。

就在這時，妖怪從下面拉了拉岩永的裙子，告訴她就診時間快到了。

岩永的日常生活就是如此不得閒。

第二話　鰻魚店的幸運日

「你有自己一個人進過正統的鰻魚店嗎？」

梶尾隆也對眼前吃著鰻魚盒飯的朋友如此問道。於是那位朋友——十条寺良太郎停下筷子，把眼鏡底下的雙眼微微看向梶尾回問：

「你所謂的『正統』是指像這種店嗎？」

「就是像這種店。」

梶尾也把筷子伸向自己的鰻魚盒飯如此點頭。

十一月就快要結束的二十六日星期五，下午兩點多一些。這兩人在距離車站約徒步七、八分鐘路程，一條多數店家都拉下鐵門的商店街中進入位於最深處的鰻魚店，享用著特級鰻魚盒飯做為稍遲的午餐。

十条寺用筷子夾開鋪滿整個飯盒的香濃鰻魚，連同吸有醬汁的白飯一起夾起來並簡短回答：

「自己一個人是沒有。」

「為什麼？」

「鰻魚雖然好吃，但也不是無視於價格非吃不可的東西。光是這道鰻魚盒飯的價格就足夠讓我在外面吃一個禮拜能夠感到滿足的午餐了。如果是自己一個人吃飯，我寧願到那種店吃。」

「說得也是。雖然我們兩人的薪水都不算少，但也沒有到心血來潮就自己一個人跑來吃鰻魚飯的程度啊。」

梶尾與十条寺都是三十多歲快四十的單身漢，雖然也不是吃飯都不能奢侈一點，但這家店的特級鰻魚盒飯實在不是可以輕易當午餐吃的價格。

這家鰻魚專門店的氣氛古色古香，中午時的菜單就只有普級、上級、特級鰻魚飯而已。雖然到了晚上一方面為了當成下酒菜，另外也有提供白烤鰻魚、醋漬鰻魚與鰻魚煎蛋等等的單品料理，不過種類還是不算多。店內只有五人座的櫃檯座位以及幾個兩人或四人座的餐桌座位，再怎麼塞也不一定塞得下二十個客人。無論那些餐桌、柱子或牆壁都充滿歷史，彷彿長年來被燻得充滿鰻魚和烤炭的氣味。店員看起來頂多只有兩人或三人。店內雖然保持清潔，但挑剔的人或許會覺得整體被煙燻得有點黑。不過也正因為如此，給人感覺是一間講究的饕客會喜歡、提供道地鰻魚飯的店家。

而實際上這家店對於使用的鰻魚確實非常講究，據說不同季節會從不同地方進貨。醬汁也不是使用市售品，而是店家自己製作。似乎在這個地區是內行人都知道的名店。

「要能夠自己一個人輕輕鬆鬆進入這種店用餐，果然還是需要一定程度的年齡，或者說經驗吧。」

對於十条寺接著說到的這句話，梶尾也表示同意：

「是啊，如果只是二十幾歲，若非真的很喜歡吃鰻魚應該不會自己一個人進來吧。這裡也不是什麼門檻很低的店家。就算到三十多歲都還會覺得有點難度。十多歲的話根本連想進來的念頭都不會有啦。」

這間店從屋外的道路幾乎看不到店內，燈光也較暗，雖然對於在店內用餐的人來說可以比較放鬆，但對於想要進店的人來說多少會產生抗拒心。更何況這家店又位於來往行人稀少的商店街深處。想必多半的客人都是請人介紹一起帶進來、介紹朋友一起進來或是幾個人為了慶祝紀念什麼喜事而進店的吧。

梶尾雖然現在是個已經獨立出來擁有自己辦公處的一級建築師，不過最初踏入這家店門是以前任職於建築公司時上司帶他一起來的。若沒有像那樣的契機，他恐怕這輩子都不會進入這家店吧。後來雖不到常客的程度，不過他每年都會有幾次特別的日子和人一起來這家店用餐。

換言之，即便是已經三十多歲快四十的人，要自己一個人光顧正宗道地的鰻魚店還是很稀有的事情。

就在這時，梶尾把對話帶入正題：

「既然如此，那個到底是怎麼回事？」

雖然他只有稍微比個動作示意，但他所謂的「那個」應該就是指店內最深處的餐桌座位吧。十条寺也低吟一聲表示會意後，停下了筷子。

「是怎麼回事呢？」

兩個已經有點年紀的大人都會猶豫該不該獨自光顧的正宗鰻魚老店，最深處的餐桌座位上，有一名年齡看起來應該還是少女的嬌小客人，一副理所當然地坐在位子上享用著特級的鰻魚盒飯。

輕飄飄的秀髮與讓人聯想到瓷器的肌膚。握筷動作標準的手指又小又細又端正，甚至光是會動都教人感到不可思議。整齊凜然地穿在身上的服裝色調穩重，從布料材質上看起來恐怕是高級品。容貌與身高都簡直有如裝飾在展示櫃中的西洋人偶。

那嬌小的女孩把鰻魚飯夾到小嘴前，放入口中。明明臉蛋充滿稚氣，一舉一動卻都優美無比，同樣讓人會聯想到人偶。若她沒有在吃鰻魚飯而只是靜靜坐在椅子上，或許真的會讓人以為是什麼人偶。

一方面也因為時段的緣故，店裡的客人只有梶尾、十条寺與那位女孩而已。梶尾他們的座位跟那名女孩有一段距離，其實正常講話應該也不會被聽到交談內容才對，但那兩人從剛才就都壓低著聲量。

那位女孩是在梶尾他們坐到位子上點完餐沒多久後入店的。當時梶尾就對於這個和店家氣氛格格不入的小女孩感到驚訝，十条寺也大概是感到很意外地瞪大了眼睛。

女孩的身高應該連一百五十公分都不到。頭戴奶油色的貝雷帽，右手拄著造型雅致的紅色拐杖，身穿淡粉紅色的大衣，左手提著小小的包包，帶著甚至彷彿不屬於這個世界的氛圍進入了店裡。出來帶位的店員舉動吃驚地詢問：

「請問有人陪同嗎？」

結果女孩卻用平靜的語氣回應：

「不，只有一個人。」

接著被帶到店內深處的位子坐下之後，女孩便摘下貝雷帽、脫掉大衣，毫不猶豫地點了一份特級鰻魚盒飯，再從包包中拿出一本套有書套的書本讀了起來。從頭到尾的動作都流暢無比，感受不到絲毫的畏怯，始終表現得很自然，用完全不認為自己的行動有任何問題的態度靜待鰻魚飯上桌。

雖然女孩有一度把視線望向梶尾他們的方向，似乎感到意外地微微歪了一下小腦袋，不過和梶尾對上視線後便露出優雅而莫名帶有憐恤感覺的微笑闔上書本，調整為彷彿盯著虛空的姿勢。那行為就好像對於梶尾和十条寺即使沒有講出口也對她的存在感到很在意的態度表現得落落大方，彷彿那兩人的視線對她一點都不會造成影響一樣。

梶尾後來試著盡可能不要去注意那個女孩，而十条寺也一副刻意不理會那個女孩似地享用著端上桌的鰻魚飯，但內心似乎還是一直很在意的樣子。畢竟梶尾只是若無其事地把話題帶到那女孩身上，十条寺就立刻明白他在講什麼了。

這家店的特級鰻魚盒飯會附上鰻魚肝清湯與小碟的醃菜。梶尾喝了一口清湯去除口中的味道後，用盡量不把注意力放到那女孩身上的態度繼續說道：

「你覺得那女孩大概幾歲？」

「看起來應該是十多歲。可能是高中生，不，搞不好是中學生。」
「但現在是平日的下午，不管哪間學校應該都還在上課不是嗎？」
「或許剛好放假吧。」
十条寺即使如此回答，但還是感到可疑地補充說道：
「不過她給人的感覺別說是高中生了，甚至年齡更大啊。」
梶尾在聽到十条寺這麼說之前也已經有這樣的感覺了。
「說得對。不知道為什麼，總覺得她莫名有種通曉世故而達觀的氛圍。而且感覺也不像我們這種有內臟的人類啊。」
「要是沒有內臟就不會吃鰻魚飯啦。」
十条寺的意見雖然有道理，但梶尾在內心感覺上還是難以接受。
「話雖然是那樣講，但說她是精密的自動人偶還比較可以理解不是嗎？」
「這世上雖然有會寫字、會抽菸、會演奏樂器的自動人偶，但應該不會有偏偏要吃鰻魚飯的自動人偶吧。」
「日本的機關人偶就可能會有啦。」
「那女孩要說是人偶也是西洋式的人偶，應該是稱為 Automata 的類型才對。跟鰻魚飯根本格格不入啊。」
「問題不在那裡。」
因為梶尾本身是希望能認真討論這個議題的緣故，不禁有點責備對方似地舉高了筷子。於是十条寺抵了一下眼鏡，稍微瞥眼瞄著女孩說道：

「從打扮和用筷動作看起來，她成長的家庭應該相當不錯，想必在金錢方面沒有吃過苦。畢竟她毫不猶豫就點了特級的鰻魚飯，恐怕是哪裡的深閨千金吧。」

「深閨的千金會自己一個人進鰻魚店嗎？」

「搞不好是超愛吃鰻魚的千金啊。」

十条寺對於梶尾提出的問題點雖然如此回應，但還是有點說不過去。

「如果是那樣，應該會有自己習慣光顧的店家才對。要不然應該也會派隨從來買回去。至少不會自己一個人進店才對吧？」

「店員剛才看到她的時候似乎猶豫了一下，可見她不是這裡的常客。」

「就算以前有跟誰一起來過，那女孩只要見過一次應該就不會忘記才對。」

越想就越覺得那個女孩在這家鰻魚店中顯得很不自然了。

梶尾試著盡可能提出比較有現實感的解讀：

「會不會正因為她是深閨的千金而不諳世事，所以反而對於自己一個人進入這種店家不會感到抗拒之類的？」

「如果說是個不諳世事的深閨千金，她倒是沒有好奇地東張西望，感覺好像對這種店家已經很習慣了。」

十条寺提出反論後，嘆了一口氣。

「說到底，一個深閨千金就算再怎麼喜歡吃鰻魚，應該也不會在大白天自己一個人跑到這種冷清商店街的深處吧。」

「這間店本身在網路上也有被人介紹過，評價也寫得很好啊。」

「深閨的千金會特地上網找鰻魚店、看評價選店家嗎？」

梶尾試著在腦中想像那位坐在店內最深處、靜靜吃著鰻魚飯的女孩上網搜尋鰻魚店的模樣，但怎麼也浮現不出那樣的畫面。

「完全沒有現實感啊。」

「如果是個有特殊嗜好，喜歡到全國各地的鰻魚店光顧評價的千金小姐或許就會來這種店了。」

「那是什麼千金小姐啦？同樣一點現實感都沒有。」

雖然說頭戴貝雷帽，手握雕刻精細的拐杖，看起來年幼卻又似乎很老練的女孩本身就讓人感受不到什麼現實感就是了。

「真是個謎團。」

梶尾將烤到外皮鬆脆的鰻魚與吸飽醬汁白飯一起放入口中，語氣遺憾地如此呢喃。

十条寺頓時瞇起眼睛。

「你煩惱還真多。這種事就讓你那麼在意嗎？」

「世上還是沒有謎團比較好。這樣飯才好吃，晚上也才睡得好。」

梶尾的個性雖然並不會對生活中的每一件小事情都感到在意，然而那女孩的存在已經異質到不算小事的程度，感覺要是放著不管可能會一直掛在心上。唯有今天，他不希望自己心中要掛念那種事情。

就在這時，十条寺轉換了話題：

「那女孩會出現在這裡的理由就先擺到一邊吧。倒是你今天為什麼會忽然想找我中午一起吃鰻魚飯？這也是很稀奇的一件事。」

他似乎想再確認兩人光顧這家店的理由或動機，試圖從中獲取什麼線索的樣子。

對於這個問題，梶尾也簡單回答道：

「我太太雪枝過世後已經半年了。在那之前就接到的工作也總算結束，所以我覺得差不多該讓自己重新起步了，就想說要吃個鰻魚飯鼓舞一下精神。」

梶尾的妻子雪枝生前也很喜歡這家店的味道，因此以轉換的契機來說也算是個好選擇。

「但是就算我以前已經來過幾次，要自己一個人踏入這種店還是會感到抗拒，而且一個人默默吃高級餐點也感覺很寂寞。所以我想說你跟我一樣都是個人在工作，只要講我會請客吃鰻魚飯，你應該就會出來見面了。」

十条寺是獨立的程式設計師，時間安排上比較自由。而梶尾同樣也是個人在接工作，比較好約出來見面。

「要不是有人請客，我也不會進這種店來吃鰻魚飯就是了。」

十条寺點頭表示同意，並且只有嘴角笑了一下。

「話說回來，我這下稍微放心了。畢竟太太過世給你的打擊似乎相當大的樣子。上個月見面時，你的表情也看起來很疲憊，徹底消瘦了啊。」

「是啊，自從雪枝過世之後我就莫名覺得身體沉重，每天晚上睡不著覺。我也去過幾間醫院，但是都找不出問題所在，也就是說到頭來全都是心因性的身體不適。人的心靈就是這麼難以自由操控啊。」

再加上體重也減輕了兩成以上。就連梶尾也沒想到自己的身體狀況會變差到這種程度。

「不過最近總算漸漸好轉，這幾天睡得很好，食慾也漸漸恢復了。就是在這種時候要吃鰻魚對吧。」

「沒錯。奈良時代的人也認為鰻魚是對身體很好的食物。」

「是喔？」

「萬葉集的詩中也有提到鰻魚可以消解熱衰竭。雖然現在是冬天就是了。」

這個從高中時代就認識的朋友還是老樣子，知道很多不算很重要的小知識。或許是因為戴著銀色眼鏡給人伶俐而冰冷的印象較強，講話又很直接的緣故，他在人際交往上經常引起問題。現在他工作上沒有隸屬於任何組織或許也是基於這個原因吧。不過像這次梶尾忽然約出來吃午餐他也會赴約，是個懂得默默關心對方的好朋友。

就在兩人如此交談的時候，坐在店內深處的嬌小女孩依然一口接著一口地吃著鰻魚飯，吃的速度搞不好比梶尾他們還要快。然而她用筷的動作並不會讓人感到急躁或不體面，從這點上也能看出她家教很好。

即便是為了防止烤好的鰻魚冷掉而鋪在熱白飯上，或是用白飯層層重疊的鰻魚盒飯，要是顧著講話而吃得比較慢，味道還是會變差。因此梶尾和十条寺都動著筷子默默吃了一段時間後，十条寺又忽然開口說道：

「換個思考方式吧。」

看來他剛才默默吃飯的時候也依然在思考答案的樣子。於是梶尾一邊吃著飯一邊催促下文：

「什麼意思？」

「要從有限的情報推測出那個女孩來到這間店的理由是很難的事情。就算聽到她親口說出真正的理由，搞不好也不是我們可以聯想或推測出來的內容。」

「或許吧。」

要是那女孩說是因為有妖精出現在她夢中，告訴她今天一個人進鰻魚店吃鰻魚盒飯就會有好事發生，那內容也未免太過缺乏邏輯而讓人難以釋懷，根本無從推測。

「那麼就試著反過來思考吧。為什麼我們會遇上如此奇異的現象？」

「反過來思考？」

「自古以來，當遭遇到稀有的事情或是不可思議的現象時，人就會將它解讀為吉兆或是凶兆。現在這個現象或許對我們來說也是某種徵兆喔？」

十条寺語氣冷靜地如此回應。這種事情雖然是很不科學，但人的本能上還是有莫名可以理解的部分。

「確實自古以來就有那種說法。像看到黑貓穿過眼前就會有壞事發生之類的。」
「看到茶梗立起來就會有好事。」
「也聽說過遇到靈車很不吉利的講法。」
「但有些地區反而認為遇上靈車是好兆頭。」
「是喔？」
「另外也有傳說蝴蝶成群出現飛舞是社會變革的徵兆，也有人說早上看到蜘蛛是好兆頭，但晚上看到蜘蛛卻不吉利。比較不可思議的例子，還有聖人像流出血淚或是神社的御神體突然出現裂痕，這些現象也曾被視為異常變化發生的徵兆，引起世間騷動。」
即使不明白蝴蝶為何會大量出現，聖像為何會流淚，但只要知道那是為了告知什麼事情而發生的現象，人就會姑且感到接受了。
「那麼如果在正宗道地鰻魚店看到女孩子一個人在吃鰻魚盒飯，又是代表什麼？」
雖然是缺乏現實感的女孩，但也不是什麼物理上不可能存在的人類。如果是在適當的飯店大廳或是茶館，她雖然還是很引人注目但並不會到不自然的程度。正因為她現在是一個人進到這種鰻魚店，才會顯得奇特而不可思議。
如果從她楚楚可憐的外表來判斷，應該是幸運的象徵、是什麼吉兆吧。
十条寺這時抵了一下眼鏡。
「這裡是一間鰻魚店，然後出現的是個連究竟是不是人類都不清楚、外貌華麗而引人注目的存在，這幾點或許就帶有什麼意義或象徵吧。」
他接著彷彿在試探對方似地注視著梶尾。
「你知道鰻魚其實被視為某種存在的使者嗎？」
「不。」
梶尾吃著友人口中所說的鰻魚，任由友人展露自己的知識。
「鰻魚被視為是神佛——尤其是虛空藏菩薩的使者。而虛空藏菩薩據說掌管的是福德與智慧，左手持象徵福德的如意珠寶，右手則握象徵智慧的寶劍。」
「哦？智慧啊。」
說「福德」也讓人很難理解意義，不過「智慧」就好懂多了。
十条寺這時又提出了另一個知識：
「另外說到鰻魚，你知道關東跟關西切開鰻魚的方法不一樣嗎？」
「哦哦，這我知道。關東是從背部切開，而關西是從腹部切開。雖然說如果要把內臟掏出來，從腹部切開比較合理，但好像是因為關東武士較多，所以要避諱讓人聯想到切腹的方法。」
這個說法相當有名，因此梶尾理所當然地如此說道。然而十条寺又進一步說明：
「世間一般的說法是那樣沒錯，但也有人說是因為東西雙方的料理方式不同的緣故。關東在製作蒲燒鰻的時候會先串在竹串上蒸過之後再烤，但關西則是串好之後就直接烤了。要是從腹部切開串到竹串上，在蒸的時候就會因為肉的厚度讓竹串鬆掉，因此關東會從背部切開。而關西因為不會先蒸魚，所以較合理性地從腹部切開了。」
十条寺從飯盒中夾起一塊鰻魚。
「也因為這樣，東西方的蒲燒鰻口感會不一樣。有人會說關東的蒲燒鰻魚肉較柔軟好吃，也有人說關西的蒲燒鰻烤得較焦脆，吃起來比較有風味。」
他接著將夾起來的鰻魚放入口中，用一如往常的冰冷表情說道：
「這家店的鰻魚從口感上吃起來，應該是採用關西的料理方式。也就是在切開的時候是採用暗示『切腹』的方式。」
「這麼說好像沒錯。」
梶尾不禁好奇眼前這位朋友究竟打算把話題展開到什麼樣的理論，而一邊吃著鰻魚盒飯一邊豎耳傾聽。
十条寺再度用筷子夾起鰻魚肉，又提出了另一個知識：
「此外，鰻魚因為身體布滿黏液很難抓住，所以有時候會拿來比喻『巧妙脫逃』。」
「正因為是從萬葉集的時代就有在吃的硬骨魚，所以也流傳有各式各樣的說法。梶尾感到佩服地催促下文：
「如果把這些要素都綜合起來會怎麼樣？」
十条寺瞥眼瞄了一下有如人偶的女孩。
「那個脫俗的女孩象徵虛空藏菩薩，而鰻魚則象徵試圖巧妙脫逃罪嫌的罪人。因此這情境暗示虛空藏菩薩用智慧寶劍逮住了企圖脫罪的罪人，把他逼到切腹了。」

「真的巧妙銜接起來啦。」

「是啊。那女孩的現身或許是來自上天的啟示，代表罪惡將會被擁有智慧的人揭露出來並接受制裁。」

十条寺接著對梶尾緩緩說道：

「你……殺死了你太太雪枝小姐對吧？」

神祕的女孩依舊吃著鰻魚盒飯。這間店的特級鰻魚盒飯對於那樣嬌小的身體來說應該分量很多才對，但女孩一點都沒有表現出難受的感覺。她在用餐途中似乎有看向梶尾他們幾次，但或許只是想太多了而已。

「仔細想想，虛空藏菩薩把身為自己使者的鰻魚吃掉是不是講不通啊？」

梶尾皺著眉頭提出疑問，但十条寺卻一副早已料到這個問題似地回應：

「既然是菩薩，要怎麼對待自己的使者都是祂的自由吧。」

雖然要是真的那樣感覺會影響到菩薩信仰，不過現在必須追究的應該不是這點才對。

梶尾忍不住愉快問道：

「好了，為什麼你會認為我殺死了雪枝？她是在半年前的夜晚走在路上遭遇強盜襲擊，被搶走包包並推開，跌到路上的時候撞到頭部而不幸喪命的。」

「那只是從遺體被發現時的狀況如此判斷的。雪枝小姐遭強盜襲擊的瞬間並沒有被人目擊。如果是你把雪枝小姐的頭敲到地面上殺死後偽裝成強盜襲擊，也會變成同樣的狀況。」

既然要告發朋友是殺人犯，肯定有仔細思考過吧。梶尾為了確認這點，一邊吃著鰻魚飯一邊愉快地試著提出疑點：

「雖然沒有鬧出人命，不過在雪枝遇襲之前就有發生過同樣手法的搶案。雪枝死後也發生過幾件，所以警方才會循攔路搶劫犯行的線展開調查啊。」

「如果你是模仿實際上接連在發生的攔路搶劫事件的手法殺掉雪枝小姐，就沒什麼好奇怪的了。或者搞不好那一連串的搶劫事件本身都是你為了隱藏雪枝小姐那起事件真正的動機而親自犯案的。畢竟那個搶劫犯並沒有被抓到。既然除了雪枝小姐以外沒有鬧出其他人命，以混淆目的的犯罪來說風險就並不算高。」

十条寺雖然沒有放下筷子但也沒有再動到鰻魚飯，隔著鏡片用爬蟲類般的眼睛注視著梶尾，繼續解說：

「雪枝小姐一直想要跟你離婚。也許是她已經受夠了你強烈的控制欲和執著心吧。但獨占欲望強烈的你想必無法接受雪枝小姐離婚之後跟其他男人在一起。甚至為了把她永遠占為己有而決定乾脆把她殺掉也是很有可能的事情。」

關於離婚的事情，梶尾本人雖然沒有找十条寺商量，但是曾經提過。至於眼前這位朋友究竟推測梶尾的執著心強烈到什麼程度就只能靠想像了。不過兩人認識了很久，十条寺也知道雪枝是梶尾的初戀對象，因此他的推估應該不會差太多吧。

「你有證據嗎？」

雖然梶尾有點後悔自己用這樣老掉牙的臺詞給氣氛潑了冷水，但接著又覺得像這種時候大概也只能如此回問，而不在意地喝了一口清湯。

梶尾認為日本的警察基本上都是很優秀的。如果有什麼外行人光靠推論就能得手的證據，警方也應該早就得到手了吧。

「物質上的證據我是沒有。但是對我來說，光是你在雪枝小姐死後因為心神狀況不良而失眠消瘦，就是最好的證據了。」

十条寺一副自信滿滿地提出了這樣讓人聽不太懂的理論根據。

對於十条寺如此的自信，梶尾忍不住感到佩服了。

「你這又是什麼意思？」

十条寺接著有點神經質地揚起一邊的眉毛，清了一下喉嚨並端正坐姿之後回答：

「你並不是那種因為雪枝小姐被殺就會沮喪消沉，每天忍受著那樣的喪失感鬱悶度日的男人。反而應該會想盡辦法要揪出殺死自己太太的強盜，積極行動甚至展開報復行為才對。畢竟你不可能原諒屬於自己的雪枝小姐竟然被除了你以外的人物動手，所以你根本沒有時間消沉啊。」

坐在店內深處的神祕女孩已經放下筷子在喝茶了。看來她真的把鰻魚盒飯全部吃進了肚子裡。梶尾則是一邊吃著剩下不多的鰻魚飯，一邊深感興趣地繼續聽著十条寺的推論。

「就算退讓個一百步來說，假設你是認為太太過世就不會被其他男人搶走，覺得這樣的結果也好而原諒了強盜，沒有想要報復的念頭好了。那麼你應該會對狀況感到滿足才對。即便沒有明顯表現出喜悅的心情，也應該會過得跟以前一樣。你並不太會在意周圍的眼光，因此想必會很自然地過著正常的生活。不可能會心神疲勞、陷入導致身體消瘦的心理狀態才對。」

這說法很有道理，這朋友的觀察相當正確，於是梶尾輕輕點頭回應。

十条寺態度冰冷地繼續說道：

「然而你實際上卻表現得有如痛失愛妻的普通丈夫，每天沮喪度日，看起來就是一副因為事件深深打擊身心的樣子，也沒有想要展開什麼行動。這是不可能的事情，你肯定是在演戲。換言之你是害怕周圍的人或警方看出你對太太的死感到滿足，看出你有殺人的動機，而有必要演一齣假戲。如果你不是犯人，就算被人懷疑也不會感到傷腦筋的。正因為你是犯人，為了不被懷疑，你才有必要把一個痛失愛妻的丈夫扮演到甚至過度的程度。」

十条寺把筷子伸向自己還剩一半左右、已經有點冷掉的鰻魚盒飯，並盯著梶尾篤定說道：

「就算沒有物證，只要把這些話告訴警察，警方就會對原本沒有嫌疑的你也嚴格進行調查，就有找出有效物證的可能性。例如你犯下一連串攔路搶案的證據之類的。」

梶尾聽完對方的主張，稍微思考之後，總算明白了一件事。

「原來如此，這下我搞懂了。」
「搞懂什麼？」
大概因為這不是十条寺預期中的回應，讓他顯得不太愉快。梶尾則是若無其事地示意店內深處的座位，忍不住發出開心的聲音：
「那個女孩是你安排請來的對吧？為了從意外的角度切入我殺死雪枝的話題使我動搖，進而在心理上把我逼到絕境。」
這手法雖然拐彎抹角，卻是很有獨創性的謀略。這下梶尾不用繼續為了那個來歷不明的女孩感到煩惱了。
女孩這時把茶也喝完，大概是為了拿錢包而打開自己的包包，也攤開了大衣。
十条寺頓時皺起眉毛搖搖頭。
「不，那女孩是跟我完全沒有關係的客人。我才想知道她究竟是何方神聖啊。再說，你是一個小時前才約我出來吃午餐的，我可沒有能耐在這麼短的時間內請到一個那樣異質又漂亮的女孩子。」
「搞什麼，結果那女孩的存在終究是個謎團嘛。」
比起被長年來的朋友指控為殺人犯，這件事情更讓梶尾感到遺憾。這下多餘的掛心事依然沒有得到消解。
就在梶尾因為自己對那女孩的推理錯誤而沮喪的時候，十条寺則是氣憤地摘下眼鏡，用手指按了一下眼睛。

「我見到那個女孩而聯想到虛空藏菩薩、脫罪犯人與切腹都是事實。所以我才會覺得那女孩的現身是來自上天的啟示，告訴我一直以來心中的懷疑都是正確的，要我告發你的罪行。」

他接著又把手放到桌面上，低下頭。

「但那完全是我的誤會。抱歉，你並不是犯人。是我搞錯了。」

「你突然是怎麼了啊？你講的那些推理又不是你隨便臨時想到的東西，而且我覺得你對於我個性的分析也大致上都很正確喔。」

那都是很率直的意見，因此對梶尾來說，看到對方低頭道歉反而會讓他感到抱歉。更何況十条寺指控說「你是犯人」之後，梶尾又沒有特別提出什麼反論或反證，對方卻自己撤回了自己的主張，讓梶尾不禁感到莫名其妙。

十条寺抬起頭後，重新吃起自己的鰻魚飯。

「正因為我的分析正確啊。如果你是犯人，就不可能在突然被我告發之後卻毫無動搖，還那麼愉快地繼續吃飯。你應該會立刻停下手，把注意力集中到腦部思考該怎麼撐過眼前的狀況、該怎麼對付我才對。也不會有餘力去管那個女孩子。如果狀況變成那樣，我就更能確信自己的假說是正確的了。然而你實際上卻表現得從容不迫，對狀況只是感到有趣，甚至還在思考那個女孩的事情。這是不可能的。」

梶尾聽到對方如此說明，這才驚訝發現自己的態度完全就像個即使被警方懷疑或執著調查也沒什麼好傷腦筋的人物。

「老實說，你消瘦的樣子實在太過逼真，我無法判斷你究竟是不是在演戲。所以認為只要像這樣告發你，或許就能揭露你的偽裝。」

十条寺表現得相當自責。

不過那會逼真也是當然的，因為梶尾根本不是在演戲。雪枝過世之後，梶尾雖然認為無論要做什麼都必須先好好吃飯、好好睡覺才行，所以努力勉強自己把食物塞進胃裡，甚至還吃過安眠藥，但直到最近為止都完全沒有改善的跡象。

「原來雪枝小姐過世之後，你是真的變憔悴了。既然如此，你就不是犯人。如果真的是你殺了雪枝小姐，你就不會沮喪到那種程度。想必就是因為雪枝小姐是被來歷不明的人物殺死，你才會受到如此大的打擊吧。」

十条寺用一副感到自己犯了大錯的態度，粗暴地把鰻魚飯挖進自己口中。

不過梶尾倒是覺得對方沒有必要如此貶低自己而安慰道：

「這也很難講。我也不敢相信自己在雪枝過世之後身體狀況會變得這麼差。人的心其實是很難操控的啊。」

十条寺把吃光的飯盒放下來，開口宣告：

「就算那樣，如果你是犯人也不會變得如此嚴重。所以這餐的錢全部由我出，算是對你最起碼的賠罪。」

「別在意啦。話說回來，你為什麼至今都沒有把心中的疑惑告訴過警察？如果你有講，我應該早就被警方調查，也就能得出明確的結果啦。」

「我怎麼可能做出把朋友出賣給警察的行為。至少也要讓你有個出面自首的機會，否則我無法接受啊。」

「原來如此。那麼就應該照原先講好的，這餐由我出錢啦。」

十条寺真是個很棒的朋友。梶尾開朗地笑著如此說道。

就在這時，坐在最深處的女孩站起了身子。戴上貝雷帽，用拐杖在地上敲出輕微的聲響走向店門，對店員叫了一聲後完成結帳。梶尾和十条寺都不自覺地閉上嘴巴，用視線追著那女孩的行動。

女孩接著走到出口把手放到門上的時候，彷彿剛好想到什麼事情似地莫名看向梶尾露出微笑。正當梶尾因此愣住時，女孩便拉開店門、穿過門簾，消失到店外了。

在梶尾他們之後進店，跟兩人一樣點了特級鰻魚盒飯，又比梶尾他們早一步踏出店門。想必她的飯盒中一粒米也沒有留下，茶也都喝光了吧。然而那女孩卻還是老樣子，帶著彷彿自動人偶般的氛圍離開了。

梶尾與十条寺都像靈魂出竅似地在女孩已經離去的店內呆坐了一段時間。過去的事件究竟犯人是誰的話題都變得無所謂了。兩人接著看向對方，幾乎同時說道：

「結果那女孩究竟是怎麼回事啊？」

總覺得這個問題的答案應該不存在於人類智慧可及的範圍之內。

神祕的女孩子離店過了約十分鐘之後，梶尾與十条寺也踏出店門，在車站前道別了。

梶尾在車站前目送朋友離去後，敲了一下自己的肩膀。時間還不到下午三點，看不到放學的學生們，只有零零星星幾個行人。在晴朗的冬季天空下，梶尾思考著接下來的打算。昨天已經把工作處理完畢，預定計畫上就算進度放慢一點也不會有什麼問題。然而梶尾也想不到自己有什麼事情想做。

雖然天氣有點冷，不過就去買罐咖啡，看看附近有沒有什麼可以逛逛的觀光地或散步路徑，如果沒有就提早行動吧。於是梶尾拿出手機準備調查一下周邊情報，卻在這時被人從背後搭話了。

「梶尾隆也先生，請問可以打擾你一下嗎？」

梶尾趕緊轉回頭，便看到那個頭戴奶油色貝雷帽的女孩站在那裡。手握紅色的拐杖、剛才自己一個人踏進鰻魚店、有如西洋的自動人偶、個頭嬌小而楚楚可憐卻又讓人感到奇異、實在不像這個世界的存在的女孩。像這樣近距離一看，她的肌膚和睫毛等等也同樣有如人偶。

梶尾驚訝地低頭望著女孩，不過只要仔細注視就能發現她的眼睛是活生生的人類，也可以感受到體溫。

即使梶尾因此鬆了一口氣，但還是感到可疑地問道：

「為什麼妳會知道我的名字？」

梶尾記得自己和十条寺在鰻魚店都沒有講出彼此的名字，更不可能連名帶姓地稱呼對方。就算他們真的有講出來，從座位距離判斷這女孩應該也不可能聽清楚才對。可是她現在卻正確叫出了梶尾的姓名。

然而女孩並沒有回答梶尾的疑問，而是露出柔和的微笑。

「做為禮儀，我也報上自己的名字吧。我叫岩永琴子。因為有人拜託我來找你談談，請問可以耽誤你一點時間嗎？」

梶尾得知這女孩有個聽起來普普通通的名字，又感到更加放心了。看來對方是個能夠溝通的對象。

「我是不介意。有什麼事嗎？」

岩永接著用一副天真的態度問道：

「請問你接下來是打算去向警察自首嗎？」

對於這樣直衝核心的問題，梶尾霎時停止呼吸。岩永則是露出笑臉繼續表示：

「你因為後悔自己計畫性地謀殺了太太，所以打算去自首對嗎？」

為什麼她會知道這件事？

沒錯，梶尾確實計畫性地謀殺了自己的妻子雪枝。十条寺的推理大致上、或者應該說幾乎全部都說對了。

梶尾為了不想將要離婚的雪枝交給其他任何人，於是決心將她殺害了。另外為了隱藏殺人動機，他還在事前犯下了幾件攔路搶劫的罪行，試圖偽裝是連續搶劫犯不小心把雪枝殺死的。

雖然夫妻間傳出離婚的計畫，但警方並沒有看出梶尾的執著心如此強烈，或者也許是梶尾事先計畫的攔路搶劫布局發揮了效果，到頭來警方只有形式上調查了一下梶尾就將他排除在搜查範圍之外了。梶尾的計畫進行得非常順利。

然而他的計畫還是有一項失算。他本來以為只要殺了雪枝，不用再擔心太太被任何人奪走，自己就能安穩滿足地繼續過日子。一如十条寺的分析，梶尾毫不懷疑地認為自己可以一如往常地正常度日。但沒想到根本不是那麼一回事。

殺害雪枝並結束葬禮之後沒多久，梶尾就開始感受到身體沉重。晚上躺下來也會感到呼吸困難，變得頂多只能到淺眠的程度。他本來懷疑自己是不是什麼器官出了問題而到醫院接受精密檢查，可是都查不出任何異常。過了三個月以上，狀況都沒有好轉，他才終於想到這是心因性的身體不良了。

梶尾本來以為自己只要殺掉妻子就能滿足，但那看來是過度的自信。喪失妻子的事實與殺害心愛對象的行為，肯定是遠比自己所想的還要折磨自己的精神。想必自己的真心其實是認為即便讓雪枝成為了別人的東西也希望她能繼續活下去。雖然梶尾並沒有自覺，但身體的種種不適就是明白地顯示著這些事情吧。

梶尾因此對自己的行為感到後悔，決定去自首贖罪了。為了不要事後造成麻煩，他將已經接到的工作都全部做完，也把關於自身的種種事情都做好最起碼的整頓。花了一個月的時間處理完這些事情，總算可以沒有後顧之憂地前去自首的時候，梶尾漸漸感覺到身體變得比較輕鬆，晚上也比較能睡著了。看來這些不適果然是出自心理上的問題。

進了監獄之後想必好一段時間都吃不到鰻魚飯，也很難再跟老朋友見面了。因此梶尾才會在今天黃昏去自首之前，把十条寺約到鰻魚店吃飯。

雖然梶尾沒料到十条寺會在用餐時告發他殺害了雪枝，不過梶尾早已決定自首，也將身邊種種事情都整頓完畢，因此根本不會對警察感到害怕。無論被說了什麼話，他都不可能會感到動搖的。他甚至一邊吃著鰻魚盒飯一邊愉快地聽著對方的推理，打從心底欽佩著原來十条寺是從那樣的視角推論出真相。然而諷刺的是正因為梶尾那樣的態度，反而讓十条寺否定了自己的推理，實在是世事難料。

如果十条寺連梶尾準備去自首的想法都看出來，就沒有必要低頭道歉了。如果有懷疑過即便是梶尾這樣的人殺掉自己的妻子搞不好還是會罹患心病，他或許就能得出正確答案了。其實梶尾也是可以當場承認朋友的推理沒錯，直接向對方自白的。但梶尾想像到十条寺事後得知梶尾去自首的事情而驚訝的模樣就不禁感到有趣，於是沒有把真相講出口了。而且梶尾也希望可以跟朋友笑著道別。

但是為什麼眼前這個叫岩永的女孩會提出那樣的問題，簡直就像她很清楚梶尾這半年來的真相一樣？就算她是在鰻魚店清楚聽到梶尾和十条寺之間的對話，應該也不可能推理出真相，不可能連梶尾的姓名都知道才對。

就在這時，梶尾恍然大悟地敲了一下頭。

「原來如此，這樣就能解釋一切了。」

雖然梶尾因為事件真相以及他接下來的行動都被看穿而感到驚訝，但事到如今這些對他來說都不痛不癢。反正自己本來就準備去自首，結果都是一樣的。現在更重要的是，自己心中最大的謎團總算得到說明了。

「妳是什麼偵探或個人調查員對吧？因為我太太的親屬委託妳調查我，所以妳在我房間裝設了什麼竊聽器之類的東西，得知了內情。雖然像妳這樣的女孩子會從事那樣的工作實在很不合常理，但妳肯定沒有外觀上看起來那麼年幼吧。這下也就能理解妳剛才進入鰻魚店的理由了。」

這件事讓梶尾感到無比開心。

「那想必是為了把我逼到絕境而進行的事前準備、事前觀察。像妳這樣的女孩子一個人走進正統的鰻魚店，無論如何都會引起注意。而如果在店外又冷不防地被妳搭話、問罪，就會讓我感到慌張而使狀況變得對妳有利了。說這是上天的啟示其實也不算錯。妳確實就是手握智慧寶劍的虛空藏菩薩啊。」

梶尾得意洋洋地說著，本來以為岩永會因此感到欽佩，可是沒想到對方卻輕易就否定了他的講法：

「很抱歉，我跟菩薩並沒有關係。我會進入梶尾先生在用餐的店完全是偶然，而且我過去也從來沒有見過你。」

梶尾再度陷入困惑。岩永則是繼續說道：

「但就在我吃著鰻魚飯的時候，你太太來找我拜託事情了。」

「我太太？」

梶尾變得更加搞不清楚狀況了。難道是雪枝在生前曾拜託過這個女孩什麼事情嗎？不，這女孩說她是在店裡受到拜託的。

岩永淺淺一笑，開始說明：

「梶尾先生，自從你太太過世之後，你就一直覺得身體沉重，晚上也睡不好覺對吧？那也是當然的。因為被你殺害的太太化為幽靈，正緊緊地附在你身上呀。」

幽靈。雖然這漢字浮現到梶尾腦中，他還是一時無法理解。然而不知是不是冬季寒風忽然吹過的關係，他霎時有種體溫降了好幾度的感覺。

「請問你聽過所謂的『鬼壓床』或『靈障』之類的現象嗎？現在那些就發生在你的身上。你的身體異常並不是起源於罪惡感的心因性症狀，而是你的身體正承受著強大的外來負荷。」

岩永搖晃了一下淡粉紅色的大衣，伸手指向商店街的方向。

「我走進那間鰻魚店的時候就看到有人被充滿復仇心的幽靈附身，還有點感到驚訝呢。結果你太太的幽靈接著就把身體延伸到我面前，把各種內幕都告訴了我。因為你太太被你殺害之後就無時無刻都附在你身上，所以從你的殺人手法到你最近的動向她都瞭若指掌。而且就算你去向警方自首了，你太太似乎也沒有要放過你的打算喔。」

岩永的態度既不是在威脅也不是在告誡，而是有如闡述著真理的哲學家。

沒有推理也沒有調查，只是偶然進入一家店聽到幽靈講述真相。世上真有如此荒唐的事情嗎？面對啞口無言的梶尾，岩永態度依然不變地說道：

「所以說，梶尾先生，你就算跑去自首，在社會規範上贖了罪，你的身體也不會變得輕鬆，晚上也還是會難以入眠的。請你今後也繼續接受這樣的日子吧。」

梶尾這時總算露出了苦笑。因為他發現了岩永的說明中帶有矛盾。

「什麼幽靈還是鬼壓床的，拜託妳別跟我胡扯了吧。自從幾天前我想到自己快要可以去自首之後，我的身體就變得比較輕鬆，晚上也可以睡得比較好了。這是因為我的罪惡感減輕的緣故啊。」

結果岩永卻忽然笑了起來。

「那單純只是你的錯覺而已。正因為你一心認為只要贖了罪症狀就會消失，所以想到前去自首的日子接近了就會有種症狀緩和下來的錯覺。人的心靈真的是很不可思議呢。因此你那樣的狀態並不會長久。看，你現在身體又開始沉重了對吧？」

梶尾確實突然感到自己的肩膀、腰部與大腿都沉重起來。剛才還能輕輕鬆鬆吃下鰻魚飯的胃也忽然收縮而疼痛。額頭也滲出冷汗。幾天之前折磨著自己的狀態又毫無預警地復發了。

不知是不是自己的錯覺，梶尾甚至一瞬間看到有女人的手臂纏繞在自己頸部。他不可能忘記，那就是妻子雪枝纖細的手。

「你的體質似乎聽不到幽靈的聲音，所以你太太才會拜託我傳話。你並不是那種因為罪惡感而會導致身體不適的正常人，而是獨占欲望強烈到甚至殺害自己妻子，而且對此完全不感到反省，根本就不是人。你太太感到氣憤的是，你試圖以為自己是個抱有罪惡感的正常人。而且你所謂的罪惡感也是為了矇騙自己說這就是身體不適的原因而捏造出來的虛假感受，完全就是你的錯覺而已。」

對於感受到自己臉色開始蒼白的梶尾，岩永卻一副不合現場狀況似地溫柔告知：

「你今後要去向警方自首還是繼續在外面生活都無所謂。監獄生活雖然不自由，但至少食衣住方面都有保障。而在外面生活雖然很自由，也能吃鰻魚飯，但你必須用那沉重又難以入眠的身體繼續工作養活自己。真不曉得哪種選擇會比較輕鬆呢。」

明明講話的內容是如此冷酷，這個叫岩永的女孩卻依然肌膚晶瑩剔透、秀髮輕柔，絲毫不損她楚楚可憐的模樣。這點讓梶尾感到無比恐怖。

岩永行了個禮後，轉身準備離去，但梶尾趕緊把她叫住。

「妳、妳等一下。妳可以看見幽靈，可以聽見幽靈的聲音對不對？那麼妳應該也有辦法把附在我身上的太太趕走吧？拜託妳幫我驅邪。我會支付代價的。」

梶尾並沒有相信幽靈，也不可能讓自己相信。然而為了從這個折磨身體的沉重感獲得解脫，他除了這個女孩之外也不知道可以拜託誰了。

岩永把拐杖舉到梶尾的鼻頭前。

「我是怪物、妖怪、幽靈與魔物等等存在的智慧之神。就算會接受身為幽靈的你太太請求，也沒有道理要接受人類的拜託。如果你太太的幽靈附身於你有違世界的常理，我也不會不願意幫忙驅除她。但你這是因果報應，非常合乎道理，因此我也沒有做任何事情的必要。」

岩永接著彷彿忽然想到什麼不錯的玩笑話般補充說道：

「反正你太太總有一天會對附身於你感到膩，你就想辦法活到那時候吧。再說，能夠和你心愛到甚至想殺死的太太在一起的現狀不是正合你意嗎？」

梶尾連開口反駁的力氣都湧不上來了。岩永的身材嬌小，感覺只要用一隻手就能抓住她的頭撞向路邊護欄，可是梶尾卻連靠近她半步都感到畏怯。這女孩毫無疑問是靠人類的智慧無法衡量的存在。

然而梶尾還是伸出手做為最後的掙扎，大聲對岩永說道：

「最後、最後至少告訴我一件事。妳剛才為什麼會自己一個人走進那家鰻魚店？這點一直讓我很在意啊。」

梶尾希望至少能夠知道這個答案、消解這個疑問。

岩永雖然一副「你問這什麼怪問題呀？」似地露出非常詫異的表情，但很意外地還是用親切的態度說出她的理由：

「要說為什麼嘛，我只是因為今晚要到男朋友的房間過夜，臨時想說要給自己補充一點精力，而剛好看到一家鰻魚店，就走進去了而已。」

「補充精力？到男朋友房間過夜？」

面對只會鸚鵡學舌般重複話語的梶尾，岩永連呼吸都興奮急促地點點頭。

「鰻魚被視為是求子與安產的象徵，而且由於形狀像男性生殖器的關係，也被視為房事圓滿的象徵。感覺就是吃了能夠養精補氣。今晚我可是幹勁十足呢。」

畢竟人們會為了滋補養身而吃鰻魚肉，所以或許真的有那樣的效果吧。以理由來說確實很適切。

但是沒想到眼前這女孩居然會講出如此卑俗而下流的事實。看起來像個深閨的千金、精巧而美麗的自動人偶、菩薩化身的女孩，竟然會講什麼養精補氣、房事圓滿的。

梶尾徹底被打敗了。自己在鰻魚店絞盡腦汁討論、推測出來的答案竟然全都是錯的。原來正確的假說在當時被否定為錯誤就是現在這狀況的預兆了嗎？該不會一切都是幻覺，胡扯自己的妻子化為亡靈的這個女孩其實根本不存在吧？

可是沉重的身體與彷彿要壓碎內臟的這些感覺就算都是幻覺，也依然折磨著梶尾。

「那麼，祝你有個美好的餘生。」

岩永輕輕拿起貝雷帽如此道別後，便轉身離去。

被獨自留在車站前的梶尾一步也沒辦法動。

究竟要不要照原本的預定計畫去自首呢？總覺得不管有沒有去自首，自己都一樣會過得很痛苦。不論選擇哪一條路，都無法通往光明的未來。而且又沒有能夠商量自己該何去何從的對象。

只不過梶尾總算開始有了自覺。事到如今還在為自己著想，還在尋求從痛苦中解脫的方法，而且完全沒有念頭要對似乎附身於自己的妻子講什麼話道歉的自己，看來真的不是人的樣子。

晚上七點過後，岩永琴子與男友櫻川九郎在他打工結束準備回家的路上會合，並手牽著手從車站沿著人行道走向九郎單身居住的公寓房間。

九郎最近接了幾個短期而需要重度勞力，也因此時薪很高的打工。這男人的身材高䠷細瘦，雖然看起來似乎沒什麼體力的樣子，不過對勞力工作卻絲毫不感到困難，即使好幾天不眠不休也能好端端的，而且在有危險性的工作場所、環境或是面對危險的人物也能發揮出面不改色默默工作的膽識，再加上待人處事的評價又不錯，因此似乎到處都有人想請他去工作的樣子。

對於岩永來說，自己的男友在打工職場獲得好評固然是好事，但是他對待重要的女朋友卻偏偏不知該說是很薄情還是很被動又經常不懂得體貼，讓岩永難以好評的事情多得數都數不清。

在這樣回家的路上，岩永跟九郎提起了白天時從鰻魚店開始的這段事情。這一方面也是為了告訴對方自己吃了能夠養精補氣的鰻魚，要九郎今晚不用對她客氣的意思。

然而九郎在聽完之後卻嘆著氣露出複雜的表情。

「那個叫梶尾的人雖然是自作自受，但妳也太不留情了吧。」

「我只是完成自己身為妖怪們智慧之神的義務而已呀。」

岩永只不過是幫幽靈傳話而已，幾乎沒有耗費什麼勞力，連餐後的運動都稱不上。她實在不覺得自己為了這點事情需要被九郎如此嘮叨。

而九郎似乎還想繼續說些什麼，但最後卻放棄似地垂下肩膀，一副厭煩地回應：

「反正如今那種事情就算了。但是拜託妳今後不要自己一個人走進那種鰻魚店。我看那店裡的人肯定也在疑惑到底是怎麼回事啊。」

那個叫梶尾的人似乎也無法理解岩永為什麼會出現在鰻魚店的樣子。既然是到鰻魚店，除了想吃鰻魚以外又有什麼其他的理由呢？而且岩永既把餐點吃完，也有付了錢才離開，對店家來說應該也不會造成困擾才對。

「我是覺得應該沒什麼問題呀。還是說我去吃鱉料理會比較好嗎？」

「就各種意義來說都拜託妳不要做那種事。我是講真的。」

到底這之中有什麼值得否定的要素在內？岩永不禁嘟起嘴唇，但接著又想到一種可能而試著提了出來：

「請問學長是因為我一個人跑去吃高級鰻魚飯而感到嫉妒嗎？但學長今天從中午都在打工，就算我找你一起去你也無法來吧。要不然下次我再請你去吃好了？」

「不是那個問題啊。」

九郎又深深嘆了一口氣後，拉起岩永的手。

交了個莫名其妙的男朋友真的很辛苦呢。岩永如此感到不滿地走著。真希望那個叫梶尾的男人能夠把甚至想要殺掉妻子的強烈獨占欲望稍微分一點給這個男朋友。雖然岩永也不想要真的被殺掉就是了。

不管怎麼說，總之今天吃了鰻魚，就要好好發揮那個功效才行。在冬季的夜空下，岩永如此發誓。

第三話　電擊皮諾丘，或是向星星許願

雖然從外觀上看不出來，不過岩永琴子是個十九歲的大學生，而且有個大她五歲的男朋友叫櫻川九郎。

她因為小時候經歷過某種事情，所以同時也身為所謂妖怪、怪物、幽靈、魔物等等存在的智慧之神。具體來說就是接受那些存在們商量並解決各種爭執或其他問題的工作，因此也被那些存在們稱呼為「一隻眼一條足的公主大人」而備受敬畏。

而她今天也為了這樣的工作，傍晚來到男友九郎的公寓房間借用電腦上網，針對進入這個三月之後在一座叫渡渡水的小鎮發生的異常變化收集著情報。

明明今天難得來到男朋友的房間，岩永本來的預定計畫是要兩人一起煮晚餐來吃然後一起觀賞影片之類，好好輕鬆一下的，卻沒想到狀況會變得如此無趣。

事情之所以會變成這樣，是因為中午時忽然有妖怪們前來向岩永求助，而岩永從內容上判斷緊急性很高的緣故。

「九郎學長，很抱歉我改變了預定計畫。難得今天有時間可以較早到房間來一起相處的說。」

岩永感到不好意思地對站在廚房做事的九郎如此道歉。對方看到可愛的女朋友來到自己房間卻一直盯著電腦，肯定覺得很無趣吧。

然而九郎雙手卻各拿著裝滿咖啡的馬克杯走到岩永在使用的桌子邊，心情極為愉快地回答：

「別在意啦。其實妳也可以回家去忙沒關係喔。這樣我也可以有自由的時間，而且晚餐也只要做我一個人的份就夠了。」

雖然他的口氣聽起來很像是真心如此期望的樣子，不過岩永推測男朋友應該實際上是心情不太好，而故意講出這種壞心眼的話。於是她叫九郎坐到自己旁邊，並輕輕撩起裙襬露出自己的嫩肌。

「如果學長覺得無聊沒事做，就請摸摸人家的大腿吧。」

「摸妳的大腿有什麼好玩的？」

九郎一副打從心底感到麻煩似地如此說道。

這下就算是岩永也覺得自己沒道理要被講到這種地步而生氣起來了。雖然岩永以她的年齡來講外觀有點年幼，身體也不算太有肉，但大腿就是大腿呀。

「很好玩吧！大腿可是女性的魅力之一！像那個ＭＯＭＯ連者（註2）的『ＭＯＭ

註2 日本首部超級戰隊系列特攝作品「祕密戰隊五連者」中的戰隊成員之一，中文譯為「粉紅連者（桃連者）」。

Ｏ』就是取自大腿（futomomo）的『ＭＯＭＯ』呀！」

「不要胡亂捏造由來。那明明就是來自桃色（momoiro）的ＭＯＭＯ。」

九郎冷淡反駁後坐到岩永的對面，將其中一個馬克杯放到她面前。岩永不禁覺得明明自己說的是毫無疑問的真相，對方這態度也太差勁了。什麼桃色的桃，根本就是被既定觀念束縛了思考的典型想法嘛。

「話說回來，妖怪們是來找妳商量什麼事？」

九郎喝了一口咖啡後，言歸正傳到這次的問題上。畢竟如果要解決這次的委託內容應該會需要九郎的協助，因此岩永立刻端正坐姿露出認真的表情。

「這次的地點在Ｂ縣的一座叫渡渡水的海邊小鎮。根據妖怪們說，在那裡出現了一具奇怪的人偶在擾亂秩序。」

「連妖怪和怪物都會形容是『奇怪』的人偶？聽起來還真不尋常。那是什麼樣的怪異存在？」

「這個嘛，如果真要給它取個名字……」

岩永聽完妖怪們形容那個存在的行為與特徵後，將自己聯想到的名字說了出來：

「就叫『電擊皮諾丘』吧。」

皮諾丘是十九世紀在義大利發表的兒童文學作品《木偶奇遇記》的主角名字。由該作品改編成的動畫電影相當出名，應該有很多人即使不清楚詳細內容也至少知道這個名字以及故事大綱。然而電影與原作的內容有很多不同之處，也很難完全講說是一部寫給兒童看的作品。

九郎拿著馬克杯露出複雜的表情沉默一段時間，最後用疲憊的聲音告訴岩永：

「取那麼奇怪的名字，搞不好又會讓事情變得複雜囉。」

箆井多惠昨晚聽到半年前開始住到自己家的虎斑貓篤定說道：

「吾等的夥伴已經前往一隻眼一條足的公主大人的地方求助商量，因此一連串的怪事想必也很快就會獲得解決的。」

然而多惠還是完全無法放心。

多惠已是年近八十的高齡，經歷過人世上種種的風波，但是對於這次一連串的事情還是感到相當難受。

說到底，「一隻眼一條足的公主大人」究竟是什麼？從稱呼上聽起來就讓人覺得應該不是什麼正常的存在，恐怕也是妖魔鬼怪之類的吧。要去求助商量是無所謂，但會不會反而因此招來更多的麻煩？

雖然說會講人話的妖貓一副理所當然地與自己同居的現況，已經是一件怪事就是了。

多惠今早七點半也一如往常地穿著深紅色的運動服出門去慢跑。就在來到充滿海潮氣味的海岸邊時，便看到小鎮上的四、五名男性聚集在停了幾艘釣魚船的小港邊，表情嚴肅地在討論事情。其中也可以看到鎮長的身影。

右邊是藍色的海面，左邊是綠色的山野，頭上的天空晴朗，可說是連眼睛都會感到清爽的早晨。而且時期已到三月二十五日，氣溫也逐漸回暖了。可是多惠的心情卻既不清爽也不感到溫暖。

多惠嘆了一口氣後停下腳步，對那群男性說道：

「看來今天又有大量的魚屍漂浮了是吧。」

「哦哦，多惠女士。」

鎮長有如見到可靠的母親般，用鬆了一口氣的聲音轉向多惠如此回應。

這位鎮長今年六十一歲，雖然就年齡來講即便當多惠的兒子也不算奇怪，但是在這種時候居然對一個骨瘦如柴的老太婆露出求助般的眼神也未免太丟臉了。再加上鎮長的身材肥胖，更加深了沒有出息的印象。

然而鎮長並沒有注意到多惠這樣的心情，繼續說道：

「今天又有上百條的魚屍被打上海岸或是漂浮在海面上啦。自從進入這個月之後，每個禮拜都會發生三次這樣的現象啊。」

今年進入三月之後，每隔一、兩天就會有不限種類的大量魚屍被沖上這座小鎮的海岸。雖然根據潮汐或海浪高低的差異而會在不同的沙灘或岩岸發現，有時魚屍也會被沖到遠處的海面，但數量上都同樣相當異常。

多惠態度平靜地看著鎮長，接著望向海上。

「還是一樣查不出魚群的死因嗎？」

「我們雖然請縣內的大學來調查過，可是大多數的魚屍身上都沒有明顯的外傷，也驗不出毒素，又不是窒息死亡的。而且也沒有發生什麼類似赤潮的現象。硬要說的話，似乎所有的魚都是像休克死亡的狀態。」

鎮長如此回答後，一名釣魚船的船主接著搖搖頭。

「而且這只是因為魚屍漂浮在海面上比較顯眼而已，聽說其實連海藻、水母和貝類等等都有遭殃的樣子。這片海域到底是發生了什麼事情啊？」

「雖然剛開始的時候釣客們也不太在意，可是從上週開始，出海釣魚的人數就大量減少了。在岸上或岩岸邊垂釣的釣客也少了許多。釣魚船的客人數量已經減少到一半以下，明天開始的週末假日也已經有一堆客人取消預約啦。」

另一名船主彷彿感到胃痛地用手摸著腹部如此說道。

起初發現有魚屍漂浮的時候，靠海維生的大家都還很冷靜，認為應該調查一下便能知道原因，而且就算不知道原因，大海本來就偶爾會發生一些奇怪的事情，因此都沒有想得太深。

可是就在大家都抱著「明天這個現象應該就會結束了」的想法到了隔天、再隔天，翻起白肚的大量魚屍又再度布滿海面，有如鋪了一整面的白瓷磚。即使大家閉上眼睛祈禱隔週這個現象就會停息，到了下一週依然還是看到了魚屍漂浮，連海潮的氣味都變了。雖然沒有確認過正確的數量，但有時候甚至會有幾百條魚隻遭到犧牲。

造成這個現象的原因不明。既沒有被下毒過的跡象，也沒有海水溫度忽然上升、下降或是鹽分濃度大幅改變之類的事情。然而每隔幾天的早上，就會發現大量魚群以及接近小鎮岸邊的海中生物死亡的屍體。

這樣的海域肯定不會有人想要來釣魚捕魚吧。而且這件事還被報紙與電視新聞報導出來，因此外來訪客會減少也是理所當然的了。

「餐廳和商店也都表示客人減少了，要是繼續查不出原因，真不知道會變成怎樣。」

「在漁業方面或許也會出現影響喔。據說人們光聽到是在這座鎮的近海捕到的魚就不想買了。」

鎮長與船主們都越說越垂頭喪氣，讓狀況更顯得嚴重。

然而多惠卻對那樣的大家嗤之以鼻：

「好好的一群大男人別只是因為一個月狀況不順就在那邊驚慌失措呀。說到底，這小鎮從去年夏季前開始就狀況好過頭了。那時期因為那部電視劇的影響，讓我們賺到了前年的兩倍甚至三倍不是嗎？跟這個月的虧損互補起來就跟往年差不多一樣，或者獲利反而比較多吧？」

包含鎮長在內的男人們被多惠如此質問，都答不上話來了。

多惠所說的電視劇是去年春天播放的一部由當紅男女演員主演的電視連續劇。被山與海包圍的這座鄉下小鎮——渡渡水當時被選為拍攝現場，而且故事內容也與海釣或岩岸垂釣有關。

那部電視劇獲得近年來難得的大成功，使得大量的觀眾們為了想拜訪成為故事舞臺的小鎮、想到登場人物們用餐過的餐廳享用新鮮的魚類、想要在跟登場人物們同樣的場所釣魚，蜂擁來到了這座小鎮。

渡渡水鎮的總人口不到八千，不但交通不便，而且連一間便利商店都沒有，主要經濟來源是小規模的漁業以及外來的釣客，因此年輕人不斷外流。

而這樣的小鎮卻遇上了景氣好轉的契機。即使電視劇下檔之後，話題依然沒有降溫，週末還是有許多遊客前來。因為電視劇的關係，一直以來都不為人所知的這個極佳釣魚地點總算開始受到注目，固定前來的釣客也漸漸增加了。

雖然因為外來訪客急劇增加的緣故，各種糾紛與不滿也隨之增多，讓鎮上沒有參與商業活動的居民之中也有人感到不悅，但大致上來說，整座小鎮都變得充滿朝氣，趨勢看好了。

多惠接著一副好像很有道理似地說出其實連她自己都不是很相信的話：

「這世上大多數的事情都是好壞相抵的。幸與不幸的分量最終來說都不會相差太多。你們就想作這是海神大人在告誡我們，不要得意忘形地胡亂投資，花了大錢結果自取滅亡呀。」

雖然說為了告誡人民居然大量殘殺自己本來應當守護的海中生物，這樣的神明未免也太壞了。不過多惠只有把這想法放在心中，為了讓男人們鎮定下來而露出苦笑。

「你們就稍微再忍耐個一週。如果到時候魚群死於非命的狀況還是沒有改善，再來想想看要不要驅邪之類的吧。」

多惠雖然很清楚那樣做根本沒什麼用，但是忍耐之後如果還是沒有任何措施，肯定會讓大家心中的不安變得更強烈吧。

她接著便結束與男人們的交談，繼續慢跑起來。

每次要離開現場的時候，多惠都忍不住會露出苦澀的表情。她並不是沒有罪惡感。她其實知道進入這個月之後開始發生的那些大量魚群死亡現象的原因。然而就算把原因說出來，肯定只會讓傷害更大吧。

這時鎮長搖晃著肥大的肚子追上多惠，一邊擦著汗一邊跟在她旁邊。

「多惠女士，請等一下。請問實際上的狀況究竟是如何？」

「什麼實際上的狀況？」

多惠雖然配合語氣上似乎在試探什麼事情的鎮長放慢了跑步速度，但還是假裝搞不懂對方在講什麼的態度如此回應。然而對方並沒有因此氣餒地繼續說道：

「鎮上也有人開始在講了，說這會不會是善太先生在作祟啊。」

無論在任何地方，總會有直覺敏銳的人。不，或許是在鄉下小鎮狹小的人際關係中，會有人想要用那樣的角度解讀現象也是合乎常情吧。

「什麼作祟，講那什麼不科學的話？你是在哪間學校讀過書的？」

也許是被一個剛剛自己才講過什麼海神大人的白髮高齡對象批評為不科學的緣故，鎮長霎時畏縮了一下，但還是主張不讓步似地進一步表示：

「可是善太先生以前就不太喜歡突然增加的釣客與觀光客，因為他們不僅會隨地亂丟垃圾，未經許可就亂拍照，還會把鎮上種植的花草樹木擅自折斷或帶回家，驚動警察的案件也增多了。最後甚至連善太先生的孫子翼小弟弟都被觀光客的車子撞到喪命啦。」

突然間的變化就容易導致扭曲，為了扭曲而支付代價的人竟然是年幼的小孩，這究竟是什麼天理？

善太——戶平善太是跟多惠一樣在這座渡渡水鎮出生長大，從沒離開過這塊土地的人。年紀比多惠小五歲，家也住得很近，再加上各自喪失伴侶後都長年獨居，因此多惠也相當關照他。善太的兒子很早便離開小鎮結婚成家。而就在去年的八月，那個兒子帶著妻子以及對善太來說是孫子的十歲小孩——翼一起回鄉探親了。

然而那個孫子翼卻被來到鎮上觀光的四名男女大學生駕駛的車子撞到，意外身亡。據說當時駕駛車輛的大學生們都在說笑玩鬧沒有注意前方，而且方向盤的操作上也有問題的樣子。

善太的孫子雖然在剛被撞到的時候還有一口氣，但因為是暑假期間，外來觀光客的車輛導致鎮內道路堵塞，又有大量違規停車，延誤了救護車搬送，讓孫子在送往醫院的途中斷氣了。

「那真是一場接連的不幸導致的意外。甚至有人說如果翼小弟弟能夠再早一些些送到醫院就能得救了啊。」

多惠雖然認同鎮長的看法，但同時又刻意用嘲笑似的聲音回應：

「所以為了讓招致那個結果的觀光客們不要再到鎮上來，而對海中的魚群作祟引發原因不明的大量死亡現象嗎？」

「善太先生是二月底過世，葬禮結束進入三月之後，這個魚群大量死亡的現象就開始發生了。時期上也吻合啊。」

善太在孫子死後，臉上總是帶著彷彿默默在忍受命運無理的表情，在那群大學生接受法院審判之後也依然沒變。最後就在上個月，他有如氣力竭盡似地因為心臟衰竭而過世了。

「鎮長，你也稍微減肥一下吧。明明比我年輕將近二十歲，跑起百米搞不好我還會贏你呢。」

因為討厭的記憶湧上腦海的緣故，多惠看著氣喘吁吁的鎮長如此挖苦了一下。

「這與其說是我的體重問題，不如說是多惠女士即使跟高中生賽跑也能贏吧？」

「再怎麼說我也跑不贏田徑隊啦。」

「如果跑得贏才真的有問題啊。」

鎮長說著抓住了多惠的手臂。大概是覺得再這樣下去會被拉開距離吧。

「哦哦，請妳不要忽然改變話題啊。現在在講善太先生的事情。」

面對不斷喘氣的鎮長，多惠總算放棄而停下腳步，提出對方的講法中可說是矛盾點的部分：

「善太以前確實覺得觀光客很煩，再加上翼小弟弟又被殺害，肯定會感到怨恨吧。

但如果因此趕走觀光客，損失最大的將是這座小鎮。要是魚群離奇死亡的現象繼續下去，會導致遊客不再來訪，大家因此失業，到時候會有多少人上吊自殺或是離開小鎮？這樣做與其說是在詛咒觀光客，不如說是在詛咒這座小鎮呀。」

「可是善太先生在翼小弟弟的那起事件中不是也對整座小鎮都感到怨恨嗎？」

鎮長態度恐懼地對多惠如此詢問。

而看到多惠沒有反駁，於是他又接著說道：

「翼小弟弟的那起意外事故發生後，鎮上多數的人首先感到擔心的是意外死亡的事件如果被報導出來可能會使小鎮的形象受損，導致遊客人數減少。一座鬧出過人命的小鎮，而且原因還是在於大量增加的觀光客，要是這樣的話題受到討論，無論如何都會造成負面影響。因此據說也有人不但沒有對善太先生與其家屬表示同情，還暗示大家不要把事情鬧大。或許是這樣的心理影響，也有很多人在背地裡批評說開車的那四名大學生固然有錯，但翼小弟沒有注意安全也不對。那些話大概也有傳到善太先生耳中吧。」

「是有傳到他耳中沒錯。」

真是讓人討厭的話題。在這種一旁可以看見遼闊的水平線、陽光照得海浪閃閃發亮、偶爾也能看到海鳥飛舞的早晨，實在不是讓人想提出來回想的事情。

鎮長也許是因為自己也曾參與其中，或是因為沒能制止那些行為的罪惡感所致，表情頓時僵硬起來。

「對於這樣的小鎮，善太先生真的都不會想做些什麼報復行動嗎？」

他說得沒錯，多惠提出的問題點其實並不構成矛盾。

即便如此，多惠還是開口否定：

「但是你應該也知道，善太是個性情溫和的男人，講難聽一點就是個膽小的男人。當然，既然是人類就可能會怨恨什麼人什麼事，甚至會想要殺掉對方。但是他可沒有那種膽量去承擔自己親手殺害誰或讓誰不幸的責任。更不用說是影響到整座小鎮將來發展的壞事，他可沒那麼堅強。」

善太一如名字中的漢字，在性情上「善」的要素很強。或者應該說是個對於做壞事會感到強烈抗拒的普通男人。

「即便是死後，那樣的男人會做出對自己出生成長的小鎮詛咒作祟之類的事情嗎？你覺得他能夠忍受自己遭到鎮上的人們怨恨嗎？如果可以，他早在生前就跟人起衝突了，怎麼可能默默關在自己家裡？」

自己做了什麼事情，責任就必定會回到自己身上。多惠非常清楚善太並不是那麼堅強的人，足以承受自己直接陷害誰淪於不幸的責任。而關於這點，鎮長也點頭回應：

「是，我知道。但既然沒辦法親自下手，讓別的存在來代勞又如何呢？」

能夠有這樣的思考角度，或許該稱讚他不愧是兩屆連任鎮長的人物吧。

面對彷彿在恐懼自己的想法正確的鎮長，多惠用嚴肅的聲音回問：

「這話是什麼意思？」

鎮長接著用做出決意的態度說道：

「善太先生製作的那具大人偶，請問妳知道跑哪裡去了嗎？」

善太製作的人偶。

鎮長說出這句話的口氣就像是害怕自己承認這點，但是又沒辦法視而不見，因此希望多惠能證實正確答案，幫他背負起斷定真相的責任。其實不只是善太而已，想必無論是誰對於壞事、罪惡或負面的事物都不想直接扯上關係吧。

見到多惠默默站在眼前什麼話也不講，鎮長一副無法再繼續忍受這個氣氛似地開口說道：

「翼小弟弟去世之後，善太先生不是就在製作一具尺寸比小孩子稍大一些的木頭人偶嗎？雖然我沒有看過最後的完成品，但那人偶連關節都可以動，感覺如果用細線吊起來就可以當牽線傀儡了。」

多惠簡短回應：

「是呀，他確實做過那樣的東西。」

多惠最後在善太的家看到的那具人偶站起來高度約一百四十公分，頸部、肩膀、手肘、膝蓋與胯部都做成多少可以活動的關節，不過腳踝部分則是幾乎沒辦法動。而手指大概是特別難製作的緣故，手肘以下的部分是用同一根木頭削出形狀，手腕的前端只是削成約棒球大小的球形象徵手部而已，既沒有辦法抓東西也無法活動手腕。

木偶整體都沒有塗漆，手臂、腳部與軀體的稜角也沒有充分磨平，表面只是稍微打磨過而依然顯得粗糙。沒有穿衣服也沒有套鞋子，頭部也沒有頭髮或耳朵，甚至連眼睛和嘴巴都沒有，只是接上一個看起來像鼻子的東西。

如果用細線吊起來或許還是可以像牽線傀儡一樣操縱，但因為全身各處的零件大小比例有點奇怪的緣故，即使站直也會莫名給人一種傾斜的印象，讓看到的人忍不住有種不安的感覺。

「那大小簡直就像是仿造去世的翼小弟弟，也有人傳聞說那搞不好是善太先生想要做來當成孫子的代替品。」

一個年過七十歲，手也不算特別靈巧的男人忽然收集木頭，製作起尺寸跟人類兒童一樣大的人偶，自然會引起謠言。善太原本在鎮上生活得很正常，也有跟鄰近居民們來往交流，因此他如果忽然像是被什麼東西附身似地埋頭製作那樣的東西，其他人不可能沒有發現。

「那具人偶在善太先生過世之後完全沒有被提出來講過對吧？我也沒聽說回來辦喪事並收拾房子的兒子有找誰商量過如何處理那具人偶。那種東西若要當成一般垃圾丟棄應該會讓人不太舒服，而且那兒子恐怕根本不曉得善太先生有在製作那樣的人偶。那麼他如果在房子裡發現那具人偶，想必不會直接帶回自己家或丟掉才對，應該會詢問鎮上的人究竟是怎麼回事比較自然吧？」

這推論很有道理。

「可是無論喪事前或結束後，那樣的話題都沒有被提出來講過。簡直就像善太先生死後，那具人偶便從他家消失了一樣。多惠女士跟善太先生很親近，而且發現善太先生過世的人就是妳。請問那時候人偶有在他家嗎？」

「這很難講。如果他把人偶收到置物間之類的地方，我也不會發現。也或許是善太自己回過神來覺得自己在做的東西很奇怪，所以早就自己燒掉處理掉啦。」

多惠也用聽起來有道理的假說否定了鎮長的想法。

「但願是那樣就好了。」

鎮長擦了一下汗水。那似乎不只是剛才跑步流出的汗水而已，也混有冷汗的樣子。臉色依然不佳的他又接著說道：

「但是據說有人在半夜目擊到像是那具人偶的影子走在路上，朝海岸的方向離去。聽說那人偶直挺著背，而且還能聽到『喀、喀』地像是硬木敲在地面上的聲音啊。」

多惠忍不住垂下了嘴角。這時候自己究竟是要一笑置之地叫對方少講蠢話會比較有效，還是用同情的眼神看著對方比較正確呢？

就在多惠如此猶豫的時候，鎮長把感到恐懼的視線移向海面。

「那簡直就像是翼小弟弟死後的靈魂寄宿到那人偶身上，又接收到善太先生的思念而四處徘徊一樣。而且是走向海的方向，感覺就跟進入這個月後開始發生的魚群大量死亡現象有什麼關係啊。」

鎮長再度看向多惠，有如潰堤般一句接著一句說道：

「想想看，這是不是會讓人聯想到『皮諾丘』的故事？那故事也是老爺爺製作出來的木偶皮諾丘因為妖精的某種力量而獲得了靈魂，雖然惹出了各種麻煩事但最後變成了真的人類不是嗎？」

「皮諾丘呀。」

多惠用無奈傻眼的聲音回應，但鎮長不以為意。

「善太先生大概也是想到那個故事，所以給那人偶裝了一根像棒子的長鼻子吧？這樣越想就越覺得像是皮諾丘，感覺它自己就會動起來了啊。」

那具人偶的頭部約有一顆排球大，在姑且呈現球形的木塊中央插了一根十公分左右的木棒。那根木棒就像鼻子一樣，即使沒有眼耳口髮也讓人偶看起來有人的樣子。而故事中皮諾丘的鼻子也是一根細長的木棒，而且設定上只要撒謊就會不斷伸長。

多惠不禁表情憂慮地反駁鎮長：

「你的意思是說那具人偶繼承了善太的遺志，半夜到海上大量殘殺魚群是嗎？區區一具木頭製的人偶做的事情還真大呢。故事中的皮諾丘沒有那樣的力量吧？」

「雖然是那樣沒錯啦。」

「還有，老爺爺做的人偶因為妖精而獲得靈魂是電影的劇情。卡洛‧科洛迪寫的原作《木偶奇遇記》中是描述老爺爺得到一塊本來就會講話又會動的木頭，所以將它製作成人偶想要拿來賺錢。原本的故事才不是那麼溫馨的內容。這跟善太的人偶也差太多了吧？」

鎮長原本從「皮諾丘」聯想到善太製作的人偶可能自己會動，卻被多惠提出與原作的差異加以否定，而不禁慌張了起來。

然而多惠其實有說謊。如果她是皮諾丘，鼻子就會伸長了。

善太的人偶與皮諾丘其實有相同之處。因為那具人偶也是使用特別的木頭製作的。

不過多惠表面上還是一副講得很有道理似地繼續否定：

「已故的人生前製作或是珍惜的人偶自己動起來殺人還是引起災禍，那是怪談或恐怖作品常有的設定。你聽說的人偶目擊證詞只是將『善太製作人偶』跟『魚群大量死亡』這兩件本來毫無關係的事情組合起來亂講的謠言罷了。你都年過六十了，還相信那種話嗎？可別在鎮上的其他人面前講出來啦。」

「我是因為多惠女士才講的啊。但如果真的是那樣，不就全部都可以串在一起了嗎？」

鎮長雖然靠直覺認知到某種真相不明的東西，可是如果在公開場合講出來搞不好會遭到大家嘲笑。但自己一個人藏在心中又覺得很恐怖，所以他才會想依靠鎮上居民中活得最久、他認為最可靠的多惠吧。

而鎮長的直覺非常準。全部可以串在一起也是當然的。

多惠很清楚，一連串的魚群大量死亡現象就是跟善太製作的那具人偶有關係。那具人偶就跟皮諾丘一樣，即使沒有細線也能自己動。多惠已經看過好幾次那樣的景象，昨晚也看到了。

然而她絲毫不把那種事情寫到臉上，只是搔了搔自己的頭。鎮長則是又擦起汗水。

「當然，我並沒有相信那種事情真的會發生。可是如果繼續不把那具人偶視為問題，我總有一種事情將會變得無法挽回的預感。請問多惠女士怎麼想？」

超自然的現象雖然教人難以相信，但如此說明起來就很單純，因果關係也可以變得明確。大概就是因為這樣，人類至今依舊無法捨棄不科學的詛咒、作祟或意念等等想法吧。

「善太作祟嗎？也就是說善太雖然沒辦法弄髒自己的手，但可以讓自己製作的人偶代勞是吧？」

「至少他可以得到一面免罪金牌，說那全都是人偶擅自闖的禍。」

雖然製作出那具人偶的人是善太，但或許這樣可以在心理上逃避直接性的責任。

「真是討厭的想法呀。」

這位鎮長確實具有慧眼，他的推論幾乎都朝著正確的方向。或者他可能只是被逼到不得不承認真有「作祟」這回事的地步了吧。

面對明明眼光正確卻有如踏入泥沼般掙扎的鎮長，多惠基於最起碼的善意告訴他：

「去做好驅邪的準備吧。不過這種事情應該很難從鎮的預算中撥出費用，就由我個人來出錢好了。你可要辦得隆重一點呀。」

她說完後便繼續慢跑起來。而且這次加快速度，讓鎮長不再有想要追上來的念頭。

鼻子可以聞到大海的氣味，腳下可以感受到柏油路堅硬的觸感。

在這樣一座人口不斷流失、只有海浪聲音聽起來特別明顯的海邊小鎮，究竟是有什麼魔物降臨了？壞事一件接著一件，人偶自己動了起來，又招來更多的壞事。若這次魚群大量死亡的現象是最後的壞事就好了。但如果將來還有更嚴重的災禍，就必須趁現在阻止才行。

那隻妖貓從半年前開始住到多惠的家，搞不好就是上天為了驅除災禍而事先垂下的救命之繩吧。

雖然多惠很想抱怨上天別讓老人家過度操勞，但有時候正因為是老人家才能做事乾脆直接，正因為剩下的歲月不長了，才有辦法做出某些事情。多惠也只能做好覺悟，讓自己看準那樣的時機了。

多惠的家孤零零地建在海邊一座微高的山丘上，下面可以看到一片沙灘。其實以前周圍還有其他住家，但是一間接著一間消失，如今戶平善太過世後房子也被拆除，使得最接近的鄰居也距離多惠的家有兩百公尺以上。畢竟山坡的土地利用起來不太方便，鎮上居民又不斷外流，因此這地方恐怕永遠都不會有新房子了吧。

房子的構造是兩層建築加上庭院，空間大到即使家族四個人住起來都還會有空房。然而在十五年前多惠的丈夫早她一步離開人世後，現在住在這間房子的就只有多惠跟一隻貓而已了。屋齡雖然很老，不過定期都有在保養維修，抗震性也十分足夠，絲毫沒有老舊的感覺。

家中雖然有和室，但多惠基本上都是在木頭地板的房間生活，幾乎沒有在榻榻米上坐過。這是因為她從年輕時就喜歡這樣的室內裝潢，而且平常如果是坐椅子或沙發，在起身時確實不會對腿部和腰部造成負擔，對於年老後的生活也比較合理。

多惠八點多慢跑回來時，看到有個像鳥類的黑影從房子後面飛了出去。以為那是烏鴉的多惠瞇起眼睛仔細一瞧，但那隻鳥怎麼看都有兩個頭。多惠不禁感到可疑並打開家門進入玄關，虎斑貓便走出來迎接她了。

「嗨，妳回來啦？」

虎斑貓口氣親近地如此說道。多惠則是低頭看向牠。

「剛才我看到有隻像雙頭烏鴉的鳥飛走了。那是你的同伴嗎？」

於是貓用一點都不像動物的動作點點頭回應：

「是啊，牠送來了一個好消息。明天傍晚公主大人就會大駕光臨了。」

「那個一隻眼一條足的公主嗎？」

「沒錯，這下萬事都能獲得解決了。畢竟從那怪人偶出現之後，無論山上的妖怪還是海中的妖怪都沒辦法安心生活，正傷透腦筋呢。」

然而多惠倒是更加覺得可疑了。

「在我看來，你也跟那人偶一樣是妖怪就是了。」

「太過分了。請不要把我跟那種連話都不會講的傢伙混為一談啊。」

貓舉起前肢在自己身體前方快速揮動。那動作可說是有模有樣，更加深了牠不是普通貓的印象。

「就是因為你會講話所以是妖怪呀。真不知道那時候讓你進到家裡來究竟是對是錯呢。」

聽到多惠抱怨似地如此說道，妖貓立刻趴下身子低下頭。

「那天我從早上就吃不到東西又被雨淋溼，身體變得非常虛弱，因此我很感激妳救了我喔？」

「既然這樣你就不要跟我講話，裝得像隻普通的貓不就好了。」

「我只是想說要積極向妳報恩啊。」

「才不是。你明明是因為想喝酒才向我搭話的。」

這隻虎斑貓是去年九月底的時候來到多惠獨自居住的這個家。

那天從中午之後就下起傾盆大雨，甚至讓人連幾公尺前方的景象都看不清楚。而就在那樣的狀況中，這隻虎斑貓全身溼淋淋又腳步不穩地逃到這間房子門前，倒在路上了。

當時隔著玻璃落地窗發現那隻貓的多惠並不是因為湧出慈悲心，而是從貓的虛弱程度看起來感覺放著不管就會死在那裡，到時候要處理起來就很麻煩，所以才會把貓帶進家中，並餵牠吃自己吃剩的煮魚。

後來多惠也沒有刻意把貓關在家中，而是放任牠自由行動。本來以為貓會自己出去的，沒想到牠就這樣住了下來。

多惠本來在想，如果這貓過度干涉自己的生活就要把牠趕出去。然而這貓卻一點都不會惹麻煩，也不會在柱子或地板上磨爪子，更沒有鄰居會來抱怨，總覺得要把牠趕出家門反而還比較費事。

而且飼料也只要多惠每天稍微多煮一點點飯菜就足夠，甚至變得比以前更不會有多餘的剩飯剩菜，對多惠而言反而是件好事。

這樣的日子過了三個月，有一天多惠坐在客廳的沙發上，一邊端著日本酒一邊操作著桌上一臺筆記型電腦的滑鼠，準備從購物網站買東西的時候，躺在沙發邊緣的那隻貓竟忽然對她說了一句「可不可以也分我一杯酒來喝」。似乎是這隻貓很愛喝酒而忍耐不住的樣子。

多惠當時雖然感到很驚訝，但是如果自己驚慌失措、逃避現實，又會讓她覺得很不爽，因此她讓自己保持冷靜對應這隻妖貓，結果就這樣一起相處到了今天。

多惠從玄關走到廚房，打開冰箱拿出了一瓶礦泉水。

「既然是妖貓，我本來還期待你會把我吃掉，然後變成我的模樣頂替我，搶走我的家和我的生活呢。這樣我還能在往生後的世界跟老伴和孩子們炫耀我的死法很稀奇的說。」

多惠一臉埋怨地對著跟到她腳邊的妖貓如此說道，然而對方卻一副「不敢不敢」

似地搖搖手。

「在這個忙碌的現代，又是鄰居交流又是納稅什麼的，就算頂替了人類也只會勞心勞神而已。能夠寄宿在冷暖氣具備的房子裡，三餐又有飯吃的生活才是最幸福的啊。」

「我也是對這個必須勞心勞神的塵世感到厭倦了。」

多惠把礦泉水注入杯子喝了一口後，仰天抬頭。

「而且現在又跟妖怪的世界扯上關係，變得更加麻煩啦。」

就是這隻妖貓的存在不容分說地讓多惠與一連串的怪事扯上關係的。雖然就算沒有妖貓應該也會扯上關係，但至少不會那麼早就得知這麼深的內幕才對。

不過既然知道了，就要做自己該做的事情才行。

「跟你扯上關係唯一的好處，大概就是我孤獨往生的時候你會立刻去通知鎮上居民，這個交換條件而已吧。畢竟要是屍體發現得太晚，腐敗到連內臟都流出來的話，大家要處理起來肯定也很麻煩。」

多惠就是用這個交換條件給妖貓喝酒的，然而妖貓卻嘆了一口氣。

「不過啊，我總覺得身強體壯又有膽識的多惠女士搞不好會比我還長壽呢。」

對於多惠來說，她可一點都不希望自己比妖貓還長壽就是了。

多惠一邊洗著喝完的杯子一邊對妖貓問道：

「話說回來，你說的那個公主大人真的有辦法解決問題嗎？那人偶要是繼續這樣下去，不久後它甚至會殺人啦。」

「比起人類的問題，現在我們妖怪遭遇的犧牲就已經無法忽視了。」

跟在多惠腳邊的妖貓露出一臉彷彿吞了鐵塊似的表情如此回應。

「能夠自由行動，又會從右手釋放電擊的木製人偶，實在太不合常理啦。」

明明是隻妖貓卻在主張合不合常理，這點才真的讓多惠感到無法理解。不過她的腦海中浮現出那具人偶自己走路的景象，還是讓她忍不住皺起了眉頭。

「確實是很不合常理呀。」

多惠接著便回想起自己第一次在夜晚的沙灘上看到那具人偶時的事情。

多惠目睹善太製作的那具人偶走在沙灘上的情景，是在這個月十五日的深夜，過了一點半之後。

魚群大量死亡的現象從月初就已經開始，之後也連續在發生。而多惠心中也一直很在意善太過世後那具人偶下落不明的事情。從人偶的尺寸判斷起來，應該不會跟其他東西混在一起找不到才對。而且在人偶失蹤後沒多久，海上的異常變化就開始了。正因為多惠看過善太製作人偶時的樣子，她怎麼也無法認為兩件事之間完全沒有關聯性。

另外，自從第一次有大量的魚屍被打上岸的那一天開始，妖貓的樣子就變得跟平常不太一樣。牠明明多半的時間都會慵懶地躺在房間，可是從那天之後卻經常睜著眼睛靜靜不動，有如在沉思什麼事情。而且無論白天還是晚上，牠不在家裡的時間都變得比以前多，甚至有種似乎在為了什麼事情焦躁的感覺。

因此多惠一把揪住妖貓的頸部，把牠抓起來質問：

「關於魚群大量死亡跟善太做的那具人偶，你是不是知道什麼事情？」

妖貓雖然一開始還嘗試要蒙混過去，但是一方面因為多惠對於那具人偶的來源知道得很清楚，再加上多惠威脅牠要是繼續裝傻今後就不給牠酒喝，最後牠終於放棄隱瞞而說明道：

「我想那人偶今晚應該又會現身了。那人偶至今都是每隔一、兩天就會從山上來到海邊，而且都是在同樣的時間，沿著同樣的路徑，然後就會從剛好在這房子下面的沙灘走進海中。」

人偶怎麼可能會自己走進海中？若是普通的狀況下，多惠應該會如此反駁吧。然而這次的對象是隻會講人話的妖貓，說服力就完全不同了。因此多惠這天晚上過了一點之後，就跟妖貓一起來到海邊，躲在岩石後面。

渡渡水雖然是一座海邊小鎮，也有幾處沙灘，然而並沒有任何一處被當成海水浴場利用。因為每一片沙灘的面積都不大，且到處都有岩石，能夠光著腳走動的部分實在太少了。位於多惠家下面的海岸也是一樣，雖然是沙灘但隨處都有堅硬的岩石露出地面，腳下也有許多的石子。

而在那片沙灘上可以看到一個影子在走動，偶爾還會傳來堅硬的碰撞聲響。影子的高度比人類的小孩稍高一點。在月光下映出的影子外型就像個人類。然而身上沒有穿衣服，腳下也沒套鞋子。兩邊手臂的前端是沒有手指的球形，頭部也沒有眼耳口髮，只有一根長長的木棒充當鼻子。

另外在右手臂的手腕下方鑲有一顆黑色的石頭狀物體。多惠注意到，那也是代表那就是善太的人偶的證據。

「鑲有那顆石頭的右手臂。那毫無疑問就是善太的人偶沒錯。」

雖然早有被預告過，但多惠還是忍不住感到全身發冷。那具木製的人偶居然在動，居然在走路。它身上到處都沒有接細線或動力來源，也沒有人偶師在背後支撐它的手腳操作它。可是人偶卻像有生命似地用雙腳走路，穿過海浪聲陣陣傳來的沙灘。

「這個世界究竟是難以估測到什麼程度呀。」

多惠忍不住如此脫口而出。

而且在她的周圍、海岸上其他岩石的後方以及海面上，都可以看到手拿木杓的幽靈、身上的和服溼淋淋的可疑女性、彷彿在互相討論並行動的狐狸與狸貓等等怎麼想都是妖魔鬼怪類的存在，與人偶保持著一段距離窺探著它走路的樣子。甚至還有火球飄浮在空中，跟月光一起照亮四周。

「請妳盡量不要亂動。雖然我認為距離這麼遠應該沒問題就是了。」

妖貓如此提醒多惠。人偶接著通過了與多惠他們藏身的岩石最接近的地點，不過距離還是有十公尺以上。或許是因為這樣，人偶看起來並沒有發現多惠他們。而且即使到處有火球浮在空中，也因為位置很高的緣故，人偶並沒有任何反應。

就在這時，在人偶的行進方向前方出現了一隻不知該說是大猴子、大猩猩還是人猿的巨大野獸，手握一根棍棒站起身子。棒子上還有樹皮，只有握把的部分稍微削過，看起來充滿野性，無論長度或粗細都超過成人的腿部。根據多惠事後聽到的說明，那是一種叫「猩猩」的猿猴類妖怪，主要棲息在海邊或山中的樣子。

猩猩距離人偶二十公尺以上，露出尖牙，彷彿要撲向人偶似地用毛茸茸的腳在沙灘上一蹬。沙粒與石子當場爆開，猩猩巨大的身體一口氣就拉近了與人偶的距離。

與此同時，從人偶腳邊的海灘中冒出了一隻如輕型車輛般巨大的螃蟹怪物，大概是預先把沙子鋪在身上躲藏埋伏的吧。巨蟹用鉗子橫掃並跳向人偶，配合猩猩的攻擊時機發動奇襲。

霎時，人偶用教人意外的敏捷動作往側面一踏，並且把右手舉向螃蟹怪物。緊接著，它右手前端的球體便伴隨一陣爆裂聲響發出激烈的光芒。

多惠因為螃蟹巨大的身軀以及忽然出現的光芒而當場傻住了。

螃蟹怪物被那道光擊中便朝著海的方向飛了幾十公尺遠，兩把鉗子都變得僵硬不動，還口吐白沫地仰天倒下，任由海浪沖打。這時猩猩已經逼近到人偶面前，朝它揮下棒子。

可是人偶不慌不忙地就躲過了棒子，與猩猩錯身而過。接著把右手舉向猩猩，又再度從球體發出激烈的光芒。猩猩在千鈞一髮之際把手中的棒子丟向人偶，並朝海的方向跳開，在海浪中翻滾身子與人偶拉開距離。

在半空中被光線擊中的棒子當場變得焦黑，掉落到人偶面前碎開。要是猩猩沒有及時逃開，搞不好就落得同樣的下場了。猩猩大概是被嚇到腳軟的緣故，一屁股癱坐在海水中，張大嘴巴仰望著人偶。

「居然連巨蟹大人跟猩猩老大聯手攻擊都沒用啊！」

妖貓因為那兩隻妖怪落敗而很不甘心地如此呢喃，其他妖怪與幽靈們也都紛紛嘆息。通常要是在那樣的時機遭遇奇襲，應該會著急得不知應該先對付哪一邊，結果兩邊都被攻擊才對。可是那人偶卻一如人偶的印象絲毫沒有動搖，靠敏捷的動作應付了兩邊的對手。

人偶對倒下的巨蟹與猩猩瞧也不瞧一眼，「喀喀喀」地快步往前走去。

多惠顫抖著身子詢問妖貓：

「那人偶的手是不是放出了什麼東西？」

「是電擊。」

那確實放出了即使在黑夜中也非常鮮明的光芒，穿破空間。而且還岔出分支的軌跡就像打雷一樣，稱之為電擊也沒有錯。

可是居然會是電擊呀，而且還施展出如此不容小覷的破壞力。

妖貓壓低聲量繼續說明：

「那傢伙只要有東西接近到七、八公尺之內，就會二話不說地施放電擊。」

「就算要說話，它也沒有嘴巴呀。」

「那倒不是什麼問題。雖然只要安靜不動，它即使通過旁邊也不會做什麼事，但光是為了向它搭話而稍動一下，它立刻就會放出電擊。因此我們都沒有人可以跟它講話，連靠近它都辦不到。」

照它那樣子應該也無法溝通吧。

「我們的同伴們就像剛才那樣好幾次嘗試要破壞它，可是每次都被那招電擊輕易擊敗了。那電擊雖然似乎只能從它右手的前端施放出來的樣子，但即使離得很遠也可以精準擊中目標，就算勉強躲過並接近，只要被那隻手直接碰觸到就根本無從閃避，只能當場被擊倒了。」

「既然只會從右手前端放出電擊，應該還是有辦法對付吧？你的同伴那麼多，只要大家一起撲上去，一方承受電擊的時候，另一方就能從它背後抓住它的手臂之類的，就能打倒它啦。」

「那樣在抓住之前都不知道會造成多少犧牲啦。而且如果那樣真的可以打倒它還算好，但妳剛才也見過它面對聯手襲擊時的反應了吧？它的動作非常快啊。搞不好輕易就會被它躲開，然後大家一隻不剩地全部被電擊擺平啦。」

多惠雖然無法理解妖怪或亡靈的生死究竟是什麼樣的機制，不過要是被那電擊擊中應該也無法平安無事吧。像那隻螃蟹怪物到現在依然倒在地上。不過或許是因為體型較大而比較能承受電擊的緣故，看起來應該沒死就是了。

「在陸地上只要不靠近它或妨礙它，那傢伙就不會做什麼事。然後它走到這片沙灘的某個地點就會進入海中，幾小時之後又從海裡出來，回去山中。就這個意義上來講，那傢伙或許也算個只能按照已經決定好的內容行動的牽線人偶吧。」

就在妖貓說明的這段時間，人偶則是把身體轉向大海，像個準備入水自殺的人一樣走向海岸線，從膝蓋、腰部到胸口逐步浸入海中，最後連頭頂都消失在海面下了。

「話雖如此，那傢伙還是非常恐怖，不能放著不管。它像那樣潛入海底深處後就會放出那個電擊，靠那衝擊奪走許多的生命。至於白天則似乎是在深山中晾乾身體的樣子，但我們都不知道它究竟在什麼地方。雖然有妖怪偶然在山中發現那人偶而嘗試靠近，但是被對方放出電擊而嚇得逃跑了。」

海面偶爾會一閃一閃地放出光芒，直到遠方的海面也可以看到。就好像是雷電閃過一樣。

然而在天上可以看到月亮，沒幾朵雲，更沒有在打雷。那光芒是從海中發出來的。本來應該從天上落下的閃電現在卻竄過海中，光芒映照到海面上。是只有在海中閃過的雷電。

「而且因為那傢伙的關係讓山中的地盤受到侵略，害我們的同伴們都傷透了腦筋。海中也不只是魚類而已，我們許多的同伴們也接連犧牲，到了晚上只能到處逃跑。」

「畢竟電流在海中會往四面八方傳播，受害程度想必很嚴重吧。」

這下總算明白大量死亡的魚群幾乎都沒有外傷的原因了。牠們都是因為電流而休克，也就是觸電死亡的。即便沒有直接被擊中，電流也會在水中傳播到遠處。要是在裝滿水的浴缸中有電線通電，即使沒有直接觸碰電線，只要泡在浴缸中就會觸電了。現實中就有那樣的觸電意外發生。

另外在自然界中也有利用那樣的電流捕捉獵物的生物，就是電鯰或電鰻。這些生物的身體具有發電器，能夠靠強烈的電流使周圍的生物觸電甚至導致死亡，再進行補食。

然而現在放電的是一具木製的人偶。本來應該不可能在海中橫行的人偶，從右手放出電擊。

「見過那景象的海中妖怪形容那簡直有如惡夢。那人偶在又暗又深的海中也依然面無表情，從右手放出電流，連逃向遠方的魚群也毫不放過。然後就在大量魚群翻起白肚浮向海面的時候，那人偶在搖盪的海水中又繼續施放電擊啊。」

夜晚的海中對人類來說就是一片黑暗，再加上水壓，更加讓人感到恐懼。而現在有一具木製的人偶在那樣的海中從右手放出電光，接著就有大量的屍體在黑暗的水中緩緩浮向海面。緊接著又放出的電擊光芒會一瞬間照亮周圍的景象，看起來就像映出片刻情景的照片。那究竟會是怎麼樣的一片光景呀。在海中以一具木製人偶為中心，周圍都是雷電與魚群的屍體。如此沒有現實感的畫面，看起來確實就像是惡夢吧。

雖然多惠剛才目睹的那場巨蟹與猩猩的奇襲也是有如惡夢的景象，但海中的死亡色彩又更加濃烈。而那樣的惡夢殘骸到了早上就會被打上海岸，讓小鎮人民陷於不安。

要是再這樣下去，渡渡水鎮就會被那殘骸吞沒。而且在不久的將來恐怕就會被那惡夢的本體侵襲了吧。

多惠不禁感到顫慄，發出僵硬的聲音：

「怎麼會有這種事。居然會期望人偶做出這種事情，善太真的有如此憎恨這座小鎮嗎？」

後來人偶的固定行動依然沒有中斷。也許是靠妖貓特有的直覺，或是有同伴在聯絡的關係，妖貓似乎能夠知道人偶會出現在海岸邊的時機，到了晚上就會告知多惠。而妖怪們也繼續嘗試要打倒人偶，可是卻屢次失敗。

善太的人偶進入海中的海岸就在多惠家那座山丘下。就算不走下山丘，多惠只要從家門走個十公尺左右就能俯視那片海岸。對於多惠來說，光是知道那具人偶走在自己家下方不遠處，就讓她無法安心入眠了。

雖然人偶和妖怪們的腳印會留在沙灘上，不過現在這個時期到早上之前海水就會漲潮，把沙灘徹底洗過一遍，不留下任何痕跡。

不過應該還是有人深夜時偶然從遠處看到人偶從山上走向海邊的樣子吧。多惠以外的鎮上居民恐怕不久後就會發現人偶的行為了。

然後就在昨天晚上，妖貓對多惠提到了一隻眼一條足的公主大人的事情。

多惠結束回想，把杯子放到瀝水架上。

「真受不了，所謂的妖魔鬼怪到底是恣意妄為到什麼程度呀。」

「請不要把那種人偶跟我們混為一談。會造出那種玩意的人類才恐怖得多了。」

一個性情溫和的男人製造出的人偶卻引起連妖怪們都覺得是惡夢的情景，甚至開始侵蝕小鎮的表面世界。這下被妖貓說是恐怖，多惠也無從反駁了。

妖貓接著一副「話說回來」似地用右前腳敲敲多惠的左腳。

「多惠女士，有件事情要向妳商量一下。」

多惠頓時皺起眉頭。

「我總有一種不好的預感呀。」

「請別這麼說嘛。請公主大人來到鎮上就必須準備過夜的地方才行，請問可以讓她暫時住在這個家嗎？」

只要讓一隻妖怪住進家中，就會一隻又接著一隻地住進來。要是繼續容忍下去，都不知道會有什麼稀奇古怪顏色的怪物會跑進來了。

「你那些住在山上的同伴們都沒有住處可以招待她嗎？」

「不可以讓公主大人住到那麼簡陋破爛的地方啊。」

看來非常敬畏那個公主大人的妖貓誠惶誠恐地如此搖頭。

「而且關於這次怪事的起源以及內幕，知道得最詳細的人就是多惠女士了。如果妳能直接向公主大人進行說明，對我們來說也幫助很大啊。」

這點多惠倒是可以理解。雖然這些妖怪們在前去拜託那個公主大人的時候應該有告訴過對方詳細的內容，不過對方來到當地之後或許還會想整理出更正確的情報吧。

對於多惠來說，如果對方能夠解決問題當然最好，但要是對事後處理一概不管她也會很傷腦筋。

「話雖如此，但你難道要把我家變成一棟鬼屋嗎？」

「不不不，公主大人的外觀是個人類，即使被鎮上的人看見，只要說是來鎮上觀光的朋友就不會讓人起疑了。而且公主大人可是個楚楚可憐又性情激烈的人呢。」

妖貓的判斷基準根本不可靠，而且「性情激烈」這種表現方式跟「楚楚可憐」根本互相矛盾吧？「人類的外觀」聽起來也像是為了使對方鬆懈的擬態，讓多惠反而更加提高戒心了。

「不過既然都到這地步了，就一不做二不休是吧。」

多惠接著扠腰說道：

「好，反正這個家還有多餘的房間。不過你要告訴那個公主大人，叫她記得帶些可以討好我的伴手禮過來。」

身為屋主，她在這點上就毫不妥協了。

到了隔天，多惠對於自己要求公主大人要帶伴手禮來的事情不禁感到後悔。

下午四點多，正當午睡醒來的多惠開始考慮晚餐要如何的時候，忽然聽到有車子停下的聲音。多惠疑惑著這種時間究竟是誰來訪而來到家門前，結果看到妖貓叫著「公主大人」並迎接了首先下車的人。

多惠本來從昨晚就做好心理準備，讓自己無論見到所謂的公主大人是什麼樣的妖怪都絕不感到驚訝。然而對方的外貌實在過於出乎多惠的預料，讓她還是忍不住眨了好幾下眼睛。

那是個看起來只像十歲出頭的人類女孩，然而又有如製作精細的西洋人偶。女孩的個子比多惠嬌小，身穿雅致的服裝，頭戴一頂貝雷帽，右手則握著一把紅色拐杖。身上的裝飾品每一件都充滿人偶的感覺，彷彿只有穿戴在這女孩身上才合適的樣子。

如果說善太製作的那具人偶是粗糙簡陋的皮諾丘，那麼這女孩就是連細微部分都不妥協的工匠精心製作出來的完美陶瓷人偶。即使自己動起來也一點都不奇怪。實在不像是會來到這種鄉下偏僻小鎮、站在這種海邊山丘上的存在。

然而那女孩現在確實就站在眼前，讓秀髮隨著海風輕柔飄盪，用白瓷般的手整理著自己的裙襬。

人偶引發的怪異變化由一名宛如人偶的女孩前來解決，雖然感覺好像合乎條理，但多惠還是難以否認自己有種受騙上當的感覺。自己居然向如此楚楚可憐的女孩子要求伴手禮，這樣不是就像個陰險老太婆了嗎？

身穿綠色運動服的多惠走近那女孩。

「妳就是所謂的公主大人嗎？總覺得跟我聽說的不太一樣，難道是妖怪變身的？」

女孩則是露出開朗的笑容。

「很可惜，我是個有雙親也有戶籍的人類。若真要講有什麼特殊之處，大概就是我的右眼是義眼，而我的左腳是義肢而已吧。」

她說著，用手指敲敲自己睜著眼皮的右眼球，再用拐杖敲敲自己的左腳。接著摘下貝雷帽，用一副知書達禮的動作鞠躬低頭。

「我叫岩永琴子，還請您多多關照。」

究竟是什麼樣的經歷會讓一個人變得右眼與左腳都必須依靠人工物的狀態？正當多惠因為這樣的疑惑而一時猶豫該如何回應的時候，從車子的駕駛座又出現了一名雙手提著大紙袋的青年。他來到自稱岩永的女孩身後，一臉抱歉似地同樣彎腰低頭。

岩永於是也介紹了一下這位青年。

「這位是來幫忙我的櫻川九郎。」

青年——九郎跟岩永比較起來就普通得多了。身材高䠷而看起來愣愣呆呆，感覺就是個無害的二十出頭青年。然而多惠總覺得這青年莫名缺乏存在感，有種連活著還是死了都難以判斷的隔絕感，因此終究還是讓她心情難以放鬆。畢竟跟妖怪們稱為公主大人的女孩如此親近，肯定也不是什麼正常人吧。

「公主大人，我度日如年地等待著您大駕光臨呢。而且沒想到九郎大人也會一同前來，可說是如虎添翼。這下就能高枕無憂了。」

妖貓用一副比平常對待多惠時更加客氣敬畏的態度，在岩永腳邊雙腳合掌。

然而岩永卻粗魯地一把抓住妖貓的頭部，開始說教起來：

「在那之前，拜託你不要隨隨便便沒有正當理由、就向人類揭露自己的真實身分好嗎？幸好你遇到的對象不是個會把你的事情宣揚出去的人物呀。」

「對不起！對不起！我只是想說這個人應該沒問題！而且我認為就算多惠女士向外人宣揚自己家的貓會講人話，大家也只會覺得她得了失智症而已。然後我只要逃出去，應該就不會引起什麼大問題才對。」

「嗯，這好像也不失為一個好方法。」

「好個頭。說誰是失智老人啦。」

見到岩永差點就認同了妖貓的藉口，多惠立刻提出警告。看來這女孩的內在果然沒有外表那麼可愛的樣子。

岩永放開妖貓後，向多惠低下頭。

「恕我失禮了。那麼我們就快快來把問題解決掉吧。若人偶今晚出現，就當場把它擺平。畢竟大學也快要開學了。」

再過不久就是四月，的確是學校即將開學的時期。看來這位公主大人似乎是個大學生，但現在是去在意那種事情的時候嗎？

在多惠眼中看起來，這女孩的言行舉止簡直就像不了解事態有多嚴重似的，一點也不可愛。

雖然這房子沒有必要在意鄰居的眼光，但多惠還是覺得讓這個叫岩永的女孩子一直站在家門口也不太好，於是快快讓這兩人進入屋內坐到客廳的沙發上，並端茶出來招待他們。

青年剛才提在手上的那兩袋伴手禮，分別是知名店家的冷凍乾燥味噌湯二十五入禮盒以及限量生產的老店日本燒酒，都是價格昂貴的東西。這下讓多惠更加覺得自己像個陰險老太婆，要是不招待一點上好的茶與點心就太說不過去了。

岩永與九郎並肩坐在沙發上，多惠坐到他們對面的位子，而妖貓則是身為附近一帶的妖怪代表，坐到多惠的旁邊。

妖貓接著向岩永重新描述至今為止混亂的狀況，多惠也在一旁補充說明她所知道的幾項情報。

岩永靜靜聆聽著這些內容，露出在動腦思考的表情。像這樣坐下來面對面交談，多惠便感覺到這女孩給人的印象與一開始又完全不一樣了。

她的外表雖然是個稚氣猶存的少女，散發的氛圍與沉著的語氣卻都讓人感到很成熟，或者也許應該用「老成」來形容吧。

剛開始她和這位叫九郎的青年站在一起，看起來還像個小十歲左右的妹妹，然而隨著時間經過，現在就算說她是比九郎大十歲的姊姊，多惠恐怕也會相信了。

話雖如此，多惠依然難以放下心中的擔憂。這女孩真的有辦法解決那個右手會放電、連巨蟹和猩猩都束手無策的人偶嗎？坐在一旁的九郎也教人難以捉摸，完全感受不到足以和那人偶對峙的魄力。

大致說明完畢後，多惠鬆了一口氣看向岩永。

「公主小姐，這些大致上就是我們所知道的事情了。有什麼讓妳感到在意的地方嗎？」

多惠故意用「公主小姐」稱呼這個女孩。因為不論是用姓氏的「岩永」還是用名字的「琴子」稱呼，都讓多惠有種跟女孩太過親近的感覺。

「人偶的特徵、行動、鎮上的現狀以及至今的來龍去脈等等，似乎都跟我事前聽說的內容沒有太大差異。一位叫善太的人物對害死自己孫子的小鎮進行報復，是嗎？但是因為沒有勇氣親自動手，所以讓人偶來代勞。畢竟自古以來人偶就是為了當成人類的代用品或替身而製造的東西，當中也有代替當事人背負責任或承受汙穢的人偶。所以就用途來講是很吻合的。」

岩永感到佩服似地用相當輕鬆的態度如此統整內容後，把視線放回多惠身上。

「然而有幾個問題我想不太通。」

文雅的舉止談吐與稚氣的容貌顯得格格不入的岩永繼續說道：

「能夠擅自行動又帶來危害的人偶並不是那麼輕易就能製造出來的東西。如果是名聲遠播的人偶師傅傾注心血打造出來的人偶，或是長年受到主人珍惜而讓主人的情念寄宿其中的人偶就有可能會自己動起來沒錯；可是這次引起問題的木製人偶是雙手不算靈巧的外行人製作出來的東西，而且是一個月前才剛完成的，沒錯吧？」

「是呀。善太以前根本沒有做過什麼人偶，所以當時製作得相當辛苦。不過我也不曉得那人偶究竟完成到什麼程度就是了。雖然是製作到手腳可以活動的階段，但畢竟善太在製作的過程中就逐漸消瘦，最後有如全身的精氣都被絞盡似地過世啦。」

既沒有使用什麼特別的技術，也沒有長年累月蓄積力量，這樣確實不太符合人偶在製作者死後會自己動起來的條件。

就在這時，九郎從旁說道：

「不過這應該也可以說是那位叫善太的人傾注了自己渾身的心血，導致人偶發揮出靈異性的力量了吧？」

然而岩永搖搖頭。

「這個世界並沒有那麼簡單，不是光靠一個人的精神力就能辦到任何事情。即便是寄宿了怨恨或情念的人偶，頂多也只是頭髮伸長、在半夜嘻嘻笑或是跳起舞、在廢墟映入照片中嚇嚇人的程度而已。光是要讓一具人類大小的人偶自己動起來就需要相當強烈的怨念了，更不用說還會從手放出電擊，即使從妖魔鬼怪的角度來看也是超乎常規。要是一個老人的怨念就能讓那樣的存在誕生，天下早就大亂了。」

岩永的分析也有道理。如果像善太這樣膽小的男人注入怨念與心血就能製造出那樣的東西，換作一個性情激烈的人物用自己的生命為代價的話，搞不好就會誕生出詛咒這個世界、每晚到處殘殺的人偶了。

岩永接著皺起眉頭。

「這次的案件之中就是這點讓我想不通。我是認識某個人可能有辦法創造出那樣超乎常規的怪物啦，不過要是案件的幕後有那個人物，這人偶應付起來就會很棘手了。」

九郎也頓時露出警戒的表情。看來對於這兩人來說，那個人物非常危險的樣子。

「我雖然不清楚你們的情況，但這次應該沒有那樣的內幕。那只是因為善太的人偶跟皮諾丘一樣罷了。製作那個人偶所使用的木材中混入了特別的東西。」

「特別？我記得原作中的皮諾丘是用會動會講話的木頭製作的。」

岩永似乎讀過原作，這下說明起來就簡單多了。

「雖然善太使用的木頭是沒有那麼神奇，但依然還是很特別。那個人偶有一部分使用了鑲有隕石的木材。」

大概是這個事實太過出人意表的緣故，無論岩永、九郎還是妖貓都霎時瞪大了眼睛。關於這件事情，多惠也沒有告訴過妖貓。

多惠對於自己能夠讓妖怪們稱呼為「公主大人」的對象如此動搖的事情稍微感到滿足，並詳細說明起來：

「據善太的說法，那是發生在十年前的事情。有一次白天他走在山中的時候，忽然從頭上傳來劇烈的撞擊聲響，然後一根粗壯的樹枝就啪喇啪喇地掉落到他眼前。於是他小心翼翼地靠近那折斷的樹枝一看，便發現樹枝中間鑲有一顆約五公分大的黑色石頭，並散發出焦味。那根比人的手臂還要粗的樹枝似乎就是被那東西衝撞而折斷掉下來的，據說善太立刻就察覺了那是一顆隕石。」

隕石。從宇宙落到地球，撞上大氣層激烈燃燒，最後穿破大氣掉落下來的物體。即使在宇宙空間時體積巨大，多半在大氣層就會燃燒殆盡，掉落到地表也只會剩下幾公釐而已。即便如此，過去的紀錄中還是有發現過幾十噸重的隕石，市場上也可以找到約手掌大小的隕石被買賣。

「畢竟隕石剛掉落下來就被人發現是很稀奇的事情，更不用說是鑲在樹枝上的狀態了。如果讓世人知道，肯定會成為大新聞吧。然而善太感受到那顆石頭有某種奇妙的魅力，於是把它連同樹枝一起帶回家了。」

雖然把天上掉下來的石頭，以及雖然已經折斷但依然屬於山上的木頭擅自帶回家的行為有待爭議，不過既然都沒有其他人注意到隕石掉落，帶回家的也只是一根折斷的樹枝，想必不會有人知道隕石的存在與善太的行為吧。

「據善太說，他當時的身體狀況相當差的樣子。神經痛和偏頭痛越來越嚴重，會進入山中的原因似乎有一半也是考慮要自殺的樣子。然而自從他把那顆隕石帶回家擺在身邊之後，身體不知不覺間就不再疼痛，甚至變得比以前還要有精神。後來善太就變得非常重視那顆鑲在木頭裡的隕石了。」

當善太被人問到健康的祕訣時，他對於比較親近的對象就會提起這段事情並秀出那根鑲有隕石的木頭。木頭長度六十公分，粗十五公分，隕石鑲在略偏上方的位置，整體的八成左右都埋在樹枝裡，周圍的木頭呈現焦黑。隕石的大小跟一個小孩的拳頭差不多，表面雖然帶有凹凸不過就像稍微融化過一樣滑順。多惠看到的時候也覺得那不是普通的石頭。

岩永一副總算明白似地吐出一口氣。

「隕石因為是從天而降的神祕物體，自古也被人類當成是信仰的對象。有時被認為是上天告知戰爭能夠勝利的天啟，有時則被當成奇蹟的象徵而祭奉在神殿中。另外也曾有過人們聚集到隕石落下的地點，把其碎片撿回家當成驅魔道具的例子。」

「妳懂得真多呢。也有人說隕石是充滿上天的力量並掉落到地上的神明恩惠，具有保佑人民的功效。在日本也曾有過將隕石內含的鐵打造成刀並取名為『流星刀』，其中一把還獻給了皇室的事例。在世界各地，隕石都被人認為具有難以言喻的力量。」

多惠又再一次修正了自己對岩永的評價。這女孩不但有知識與理解力，似乎也知道該如何使用這些力量的樣子。

相對地，九郎則是提出在某種意義上符合常識的主張：

「但隕石終究是隕石吧？應該不會有讓人偶自己動起來，還從手上放出電擊的力量才對。」

在多惠準備說些什麼之前，岩永就搶先回答：

「地表上存在有能夠產生各種妖魔鬼怪的力量，造成對許多人來說不可思議的現象。那麼我們也不能斷定宇宙不存在類似的力量。而那樣的力量寄宿於隕石、掉落到地球上，被人撿起並受到那人物的情念或願望影響而引起禍害，也是有可能發生的事情。要講起來，就是宇宙等級的怪異現象呀。」

還真是莫名其妙的說法。就算有可能性，但真的會發生那種事嗎？多惠心中雖然如此懷疑，不過至少善太相信著那樣的可能性製作了人偶，而就結果來說那人偶也動了起來。

「善太講到隕石的事情時，大部分的人都是當成笑話聽聽而已，然而善太一直都是認真的。當他開始製作人偶的時候，我很驚訝他會把那根鑲有隕石的木頭拿來當成一部分的材料，因此忍不住對他提出了質問。」

善太自從孫子過世後就變得足不出戶，可是從某一天開始又忽然收集起木材，讓人覺得很不對勁。因此鎮長跟多惠都曾到善太的家向他問過話。

「我問他說：你做人偶是想要當成孫子的代替品嗎？難道你妄想說只要跟皮諾丘一樣使用特別的木頭製作就會自己動起來嗎？可是善太卻主張著『這石頭會實現我的願望』，毫不理會我的勸告。」

生疏的作業讓善太變得滿手是傷，甚至變得廢寢忘食。但他依舊不斷切削著木頭，製作著有一根長鼻子的人偶。

「在原作中，製作皮諾丘的老翁實際上因為皮諾丘的緣故吃了苦、受了寒，被關進牢，被鯊魚吞進肚子，兩年後好不容易獲救了卻又瀕死而變得臥床不起。就算製作了人偶也不會有好事。我也曾這樣跟善太講過，但他卻回我一句『我現在已經吃很多苦了』，依然沒有放棄製作人偶。」

當時自己是不是應該強硬制止他製作人偶才對？還是說當隕石埋入樹枝中掉落到善太眼前的那一刻起，就已經註定了這樣的結果？

多惠覺得現在去想那種事情也已經沒有意義而抓抓頭後，注視岩永。

「鑲了隕石的木頭並不算大，因此是被製作成右手臂，而且只有手肘以下的部分。隕石的位置剛好就在手腕下方一點點的地方。」

岩永舉起自己的右手，並用左手指了一下。

「會放電的那個右手嗎？」

「是呀。或許就是因為這樣，所以只有右手前端會放電吧。看來隕石的力量也是有極限的。」

妖貓這時用腳掌肉墊敲著多惠，發出抗議的聲音：

「這麼重要的事情，我可是第一次聽到啊。雖然我確實有看到那右手好像埋了什麼奇怪的東西。」

「我講了又有什麼用？就算我說那是隕石什麼的，你們也無法理解吧？」

妖貓蠢動著鬍鬚，接著用雙手壓住自己頭部。

「如果早點知道，我們就會更早去拜託公主大人啦！宇宙級的怪異存在根本不是我們能夠對付的對象嘛！」

就算那樣說，但多惠當時根本還不曉得什麼公主大人。

九郎則是一副事不關己似地對那位公主大人說出感想：

「居然還要對付來自宇宙的神祕存在，妳也真辛苦啊。」

「學長也要幫忙啦。雖然這種事情根本很少發生就是了。」

岩永的態度也一點都不緊張，還悠悠哉哉地喝了一口茶。

「來自遠方宇宙的存在，對於這土地來說就是異物，想必與這地方的秩序難以相容，必須立刻排除才行。比起跟那個人物扯上關係，現在的狀況還簡單明瞭多了。」

看來她是得知這次的事情與她認識的人物沒有關係而感到放心的樣子。

然而對多惠來說，她完全感受不出這兩人有準備動身解決問題的意思。要是他們繼續鬆懈下去，多惠也會很傷腦筋。

岩永大概是看出了多惠那樣的心理，接著又提出了新的問題：

「請問善太先生在製作人偶的時候，有具體講過他希望讓人偶做什麼事情嗎？」

「沒有。我雖然有問過他，但他頂多只有回我一句『就跟妳講的一樣，讓它成為皮諾丘也無妨』而已。」

善太如果有具體描述自己的目的，多惠搞不好還有機會說服他恢復正常地說。

「原來如此。他並沒有明確表示過自己是參考皮諾丘的故事在製作人偶是嗎？」

「所以又如何呢？哦哦對了，善太在人偶大致成形的時候也有講過『做成這樣或許就可以代替我實現願望了，不是嗎？』這樣一句話。也就是說，現在的狀況毫無疑問就是善太當時心中的願望了。」

多惠察覺出岩永也許想暗示的內容，而忍不住回嘴：

「如果有人要責備我為什麼當時沒能發現善太製作人偶是為了讓人偶代替自己報仇雪恨，我也無從反駁就是了。」

然而岩永卻對多惠搖搖手。

「要發現那種事情太難了吧。就算是我也沒辦法在那樣的時間點就推測出人偶擁有那麼強大的力量呀。如果有從隕石上感受到什麼可疑的力量，或許我還會做些什麼處置。但如果對方並沒有特別擾亂秩序，多事干預搞不好還會導致反效果呢。」

看來只是多惠想太多了。但這樣反而又讓多惠感到難以接受。若對方有把狀況看得嚴重一點，就算向多惠追究起責任應該也不奇怪才對。

或許這位公主大人並沒有深切感受到鎮上目前面臨的危機吧。

「總覺得妳好像很悠哉呀。我這十天來已經看過好幾次模樣恐怖的怪物和幽靈們嘗試要阻止、要破壞那個玩意，但全部都以失敗告終了。」

多惠重新端正坐姿，把身體傾向岩永。

「現在只有妖怪們注意到那個人偶的行徑，不過肯定遲早會被鎮上的人目擊到。就算剛開始鎮上可能會覺得恐怖而引起騷動，但接著人們就會明白要是不阻止它，魚群大量死亡的現象就會繼續下去，導致小鎮持續衰退。鎮上的人們想必會設法抓住、破壞那個人偶。」

人偶自己會動是不爭的事實，而且那明顯就是災害的源頭。鎮上的人也已經察覺到善太的影子了。

「到時候不知道那電擊會造成多少犧牲呢。就算我事先警告大家肯定也沒用吧。既然連妖怪們都束手無策了，根本不是人類可以對付的存在。要是鬧出人命，問題就會變得更嚴重。如果照現在這樣繼續下去，絕對會變成那樣。」

多惠頓時覺得自己好像講話過重了，於是克制自己的情緒，把身體靠到沙發背上。

「公主小姐，妳有什麼打算？就我看起來，妳應該沒有足以破壞那個人偶的力量吧。」

對於她這樣的發言，既不是岩永也不是九郎，而是妖貓趕緊撐起身子擁護起公主大人：

「多、多惠女士，公主大人乃是智慧之神，外觀上不適於打鬥也是當然的事情啊！」

牠大概是擔心會惹公主大人不高興而焦急起來的樣子，接著又用牠圓滾滾的手指向九郎。

「而且這次有九郎大人隨同前來。這位人物堪稱是超越怪物的怪物，擁有各種妖怪聚集起來都敵不過的強大能力！讓九郎大人對付那種人偶根本是輕而易舉啊！」

聽到妖貓如此熱衷又莫名對九郎帶有恐懼感的激動說明，多惠忍不住凝視起坐在岩永旁邊不太主張自己存在的九郎。

「你說這個有點傻傻愣愣的男生嗎？」

「您說得沒錯。」

九郎一副對於自己被妖怪評價到這種程度的事情覺得不好意思似地露出苦笑，並用眼神對多惠行了個禮。

結果岩永立刻對多惠伸出手掌表示抗議。

「呃，九郎學長是我父母公認的情人，請妳不要說他的壞話好嗎？」

多惠本來以為他們是因為妖怪方面的工作扯上關係的主人與隨從，但原來兩人之間是那樣的關係呀。多惠對於這點也不禁感到意外，然而九郎倒是對此似乎有異議的樣子，一臉傷腦筋地轉向岩永。

「說什麼情人，講出去很難聽啊。」

「這不是事實嗎！而且跟如此可愛的女孩子當情人有什麼不好！」

「妳都快要二十歲了還叫什麼女孩子？」

「也是啦，拜學長所賜，我已經不是『小女孩』了。」

這種時候是在講什麼話？不過至少這表示兩人之間的關係親近到可以交談這樣的內容，而且也代表他們並不覺得人偶造成的威脅有多嚴重的意思吧。

「你們之間的關係是怎樣都無所謂啦。總之只要有他在，就能阻止那個人偶了是吧？」

這才是現在的重點。岩永轉向多惠，稍微歪了一下頭。

「其實就算沒有九郎學長，如果只是要破壞人偶並非什麼難事啦。」

看來她對這點並不感到傷腦筋的樣子。

岩永接著莫名有點嫌麻煩似地甩甩手掌。

「鎮上的人們察覺人偶的存在並計畫破壞它的時候，只要開始行動時別輕率靠近，就可以在一個人也不死的狀況下破壞掉人偶了。我想時間上連一個禮拜都不需要吧。」

她講得還真是簡單，可是又不太高興地補充說道：

「但就是因為這樣，讓我想不通呀。」

不知道為什麼，岩永對於人偶能夠輕易被破壞的事情感到很在意的樣子。會不會是因為「別為了這種小事情把我叫來」的心理？

多惠不禁感到頭痛起來。難道自己必須說明得更仔細一點，這位小姑娘才能夠真正理解狀況嗎？

「妳有沒有在聽我講話？那人偶只要有東西接近就會放電，而且反應很快。就連怪物們都拿它沒轍了，人類又能做什麼事？」

岩永這時舉起左手掌打斷多惠。

「那人偶雖然白天不知道是躲在山上的什麼地方，但每隔一、兩天的晚上就會從山上來到海邊，而且幾乎都是沿著同樣的路徑對吧？然後會穿過這間屋子下面那片沙灘。」

「是呀，沒錯。」

多惠感受到岩永散發出的氣息突然變得有如拔出刀鞘的利刃般鋒利，有點嚇傻地如此回應。

岩永接著又說道：

「既然移動路徑幾乎都一樣，就能夠輕易埋伏等待，也能設置比較精密的陷阱了。

如果人偶會對接近自己的東西產生反應做出攻擊，那麼不要接近它就行了。而且就算在人偶附近，只要是靜止不動的東西它就不會攻擊，對吧？」

對於這點，多惠與妖貓也點頭回應。人偶當時在沙灘上穿過埋伏的巨蟹旁邊時，直到巨蟹動手攻擊之前人偶都沒有放出電擊。人偶終究只會對妨礙自己前進或是企圖危害自己的存在產生反應而已。

「既然這樣，只要事先在沙灘上某個範圍的區域內埋藏炸彈，當人偶進入那個範圍的中央附近時再透過遙控裝置引爆炸彈，不就能瞬間把人偶炸得粉碎了嗎？它連放電的時間都沒有呢。反正人偶不會注意到埋在地底下的爆炸物，只要利用遙控裝置，即使是從距離幾十公尺遠的地方也能看準時機引爆炸彈啦。」

多惠頓時啞口無言。妖貓也當場張大嘴巴。

只要講出來，方法其實非常簡單。雖然是很極端且脫離日常生活的手段，不過現實考慮起來也有十足的成功可能。

「如果要拿到炸彈很困難，其實準備可燃物也行。事先在廣大範圍鋪設可燃物，等人偶進入到足夠深度時再點火，就能讓它轉眼間被火包圍了。只要汽油大範圍蒸發，也能製造爆炸性的燃燒現象。如果能進一步從遠處朝它發射沾染可燃物的火焰箭矢，或是裝有汽油、燈油之類的袋子，人偶就毫無疑問會變得全身是火了。」

岩永緊接著又如此提出了另一種方法，效果同樣值得期待。

「就算人偶逃進海中，但它畢竟是木製品，肯定不會毫髮無傷。身體如果碳化就會變得脆弱，無法再自由行動。即便還能行動，能夠放電的也只有鑲了隕石的右手前端而已，只要那部分被燒斷就無法再放電。到時候就不需要害怕靠近它，便任我們宰割啦。」

多惠不禁對自己感到氣憤起來。其實只要冷靜下來動動腦筋，不會造成犧牲的手法根本多得是。

「為什麼我會連這麼單純的手法都沒想到？看來我也是老糊塗了。」

聽到多惠忍不住如此說道後，岩永也沒有特別安慰她，只是冷靜解說：

「恐怕是因為目睹到超乎常識的怪物強大的力量與跋扈橫行的場面，導致妳一時無法用人類的角度思考事情吧。人偶從手部放出電擊的景象是相當有衝擊性的，因此會認為人類根本束手無策也並不奇怪。」

就這個意思來說，或許代表多惠擁有正常人的感覺，所以見到妖魔鬼怪現身就會難以保持平常心。

多惠接著詢問妖貓：

「你們這些怪物都沒有想過類似的點子嗎？」

「怎麼可能想過！像公主大人這種激烈又狠毒的手法，我們根本不可能想得到啊！」

雖然這句話從某種角度聽起來很像是在講公主大人的壞話，但也代表岩永想到的點子對於怪物們來說是完全出乎預料的想法吧。

岩永並沒有責備妖貓，而是對多惠補充說明：

「其實大部分的妖魔鬼怪都並不算聰明狡猾，或者應該說他們的行動是根據本能，會受到與生俱來的特性束縛，不太能夠自由思考或想點子。另外也不善於使用道具或機械，對社會的適應能力也不高。所以說會危害人類的妖怪很難改掉那樣的行動，而且要是環境有所改變就會難以適應生存。即便是在局部來說會殺害人類、受人恐懼的怪物，就大局來看依然是會被人驅逐的存在。因此他們才會需要我當他們的智慧之神。」

「的確，要是妖怪們都很聰明狡猾也很讓人傷腦筋呀。」

對於岩永這樣的說法，多惠也感到可以接受。製作那具人偶的善太是個膽子很小的男人，而就連那樣的人偶都會讓妖怪們如此恐慌。可見真正最恐怖的存在毫無疑問就是人類。

多惠不禁深深嘆了一口氣。自己先前那樣壯烈的覺悟根本就像笑話一樣了。

「真是空焦急一場。沒想到只要思考一下，其實破壞那個人偶是很容易的事情呀。」

然而岩永的表情卻一點也不開朗。

「正因為這樣，所以我才想不通。」

她的神色反而變得更加嚴肅，彷彿在說接下來才是關鍵一樣。

這女孩應該不會在這種時候開玩笑講些故弄玄虛的發言吧。多惠不禁對於這樣教人不安的前言瞇起了眼睛。

「我不懂妳的意思。」

「那具人偶是孫子在車禍中遭到殺害的善太先生為了報仇而製作出來的東西，也就是善太先生的詛咒作祟化為具體形象的存在對吧？」

雖然事到如今還在確認這種事情有點奇怪，不過多惠還是點頭回應：

「是那樣沒錯。」

「既然如此就很奇怪了。」

哪裡奇怪？多惠對於無法察覺這點的自己感到焦躁起來。

岩永接著看向多惠。

「既然要為車禍身亡的孫子報仇，那具人偶不是應該首先去殺掉當時開車把那孫子撞死的那些人才對嗎？」

多惠頓時好幾秒鐘發不出聲音來。

自己居然漏看了這樣根本的部分。因為只注意到鎮上的事情，結果卻忘記了最重要的事件起因。

「對了，沒錯！如果善太要作祟，不可能會放過那些人的！」

對於總算發出沙啞聲音的多惠，岩永提出她事先透過網路調查到的情報：

「當時坐在車上的四名大學生都遭到逮捕，但只有駕駛者被起訴。雖然好像有證詞指出其他三個人有打鬧玩笑擾亂駕駛，事發時也沒有主動拯救受害者，然而成功起訴的只有駕駛一個人。加上受害者本身也有過失，而且大學生們家境富裕，支付了充分的賠償金，被告也有反省之色，於是最後確定了緩刑判決。對於一名小孩子的死，當時坐在車上的四個人究竟有沒有付出足夠讓受害者家屬們接受的代價？」

即使對相關人物們來說是晴天霹靂的意外事故，對於警察和法院來說終究是習以為常的案件，只要真相確認上沒有質疑的餘地，就會按照既定流程處理掉了。

「善太並沒有接受。在法院做出判決之前，他就已經聽說這很難判刑了。善太也說過『到頭來那些傢伙都不會贖罪的』這樣一句話。他心中很怨恨那些大學生呀。」

鎮上的人們也期望車禍的事情不要再繼續鬧大，而鮮少對善太表示同情。

「並沒有新聞報導說那四名大學生死於非命。畢竟那個人偶要是離開到鎮外，肯定會引起大騷動吧。換句話說，那些大學生目前還沒有被人偶做過什麼事情。」

岩永進一步提供的情報讓多惠腦中加速混亂。

「太奇怪了。這要怎麼思考才對？」

至今都認為這狀況是善太在作祟而從沒存疑過的多惠，怎麼也想不通岩永提出的這個巨大矛盾。

相對地，岩永則是一副早已知道答案模樣似地說道：

「只要不擇手段，要破壞那個人偶的方法其實多得是。也就是說，假設善太先生製作那個人偶是為了讓鎮上的人將它破壞……」

多惠遲遲無法掌握正確的狀況。岩永語氣不變地繼續說著：

「那麼要是就這樣把人偶破壞掉，搞不好會導致無法挽回的結果。」

如果不破壞人偶，小鎮會受到致命的傷害。但是破壞掉它卻又會招致無法挽回的結果，這究竟是什麼樣的狀態？如果這是真的，就代表當人偶自己動起來的那一刻起，多惠他們便已經無計可施了。

岩永接著露出微笑，表情冰冷得一點也不吻合她甜美的容貌。

「雖然我不會讓那種事情發生就是了。」

半夜一點多，多惠下坡來到昏暗的海邊。她的家雖然就在山丘上，但是從坡下的海灘只能隱約看到屋子的燈光而已。今晚的月色也很明亮，還有幾顆火球高掛在空中。這些光源底下可以看到幾十隻妖魔鬼怪們聚集在沙灘上，聽著岩永的指示行動，在各處埋伏躲藏或是搬運東西。多惠則是在遠處的岩石後面觀望著那片情景。

妖魔鬼怪中有的是猴子、狐狸、狸貓、山豬等等動物藉由妖力變化而成的妖怪，也有像章魚、貝類或魚類等等水生類的怪物。在那些存在們的中心則是頭戴貝雷帽的岩永，穿著西洋人偶般的衣裳揮動拐杖進行指揮。真不知道該說是奇特，或者說這樣的情景本身就缺乏現實感了。

這一帶的海岸即使在小鎮中也是屬於比較偏僻的角落，除了多惠的家以外，從其他房子看起來都位於死角，因此就算稍微騷動一點也不容易被人發現。要是有人察覺異狀跑來一探究竟，恐怕就會被這群怪異存在們嚇得昏倒了。

「你看起來應該也因為那公主小姐而吃了不少苦頭吧？」

多惠對靜靜在一旁進行熱身運動的九郎如此搭話。

九郎對於多惠這樣的問題頓時露出苦笑。

「這也很難講。要是沒有她，我現在恐怕早已迷失自己不知該如何生活了。」

九郎雖然在岩永面前表現得對她很不耐煩的樣子，不過現在大概是尊敬身為年長者的多惠而說出了自己的真心話。多惠不禁思慮起這位青年心中的感受。

「吃了人魚與件的肉，不但變成不死之身還得到了奇妙的力量，想必在生活方式上也需要下一番功夫吧。」

為了今晚捕捉人偶的行動，多惠預先聽說了九郎的特殊能力，然而那內容實在是超乎常理。吃人魚肉可以長生不死的傳說多惠也有聽過，但她萬萬沒想到自己會遇上真的吃了人魚肉而化為不死之身的人。而且居然還吃過據說預言了未來之後會死的妖怪——件的肉，同樣獲得了那樣的能力。這種事情能夠想像得到才難吧。

多惠對即使在這種時候還是給人的印象傻傻愣愣的九郎問道：

「以死亡為代價決定未來究竟是什麼樣的感覺？」

九郎擁有妖怪件的預知未來特質，而且據說他從那樣的特質發展出以死亡為代價可以照自己的意思決定不久的將來會發生什麼事情。換句話說，只要不是太久遠的將來就可以隨心所欲地操控。由於會伴隨死亡的緣故，本來應該是一生只能使用一次的能力，但九郎因為吃過人魚肉獲得不死之身，所以能夠不斷反覆決定未來的樣子。

換言之，就算殺害了九郎，他也可以決定出殺害他的人會吃虧的未來並立刻復活。怪不得那些妖怪們會對他如此敬畏恐懼。為了不要讓還不習慣九郎的妖怪們感到害怕，因此九郎現在跟多惠一起站在遠處等待準備工作完成。

九郎並非謙遜而是很自然地揮揮手回應：

「就算說是可以決定未來，也只是讓有可能發生的事情必定發生而已。如果是發生可能性很低的未來就不在我伸手可及的範圍，我也就沒辦法決定了。雖然可以讓骰子擲出自己想要的數字，但是要讓隨便買的一張彩券中頭獎就不可能辦到了。是自由度很低的能力啊。」

「即便如此，還是有辦法讓公主小姐準備的陷阱絕對成功是嗎？」

多惠再度把視線望向遠處指揮著妖怪們的岩永，而九郎也同樣把頭轉過去。

「雖然岩永就算沒有我，也可以靠自己的運氣獲得成功就是了。」

或許正因為是男女朋友，所以九郎更能深切理解這點吧。

多惠也不禁有種不寒而慄的感覺。

「的確，那女孩就跟神一樣，絕對不可與之為敵呀。」

岩永周圍的所有妖怪們這時紛紛散開，各自躲到指定的位置。現場除了火球——妖火們飄浮在人偶即使出現也不會產生反應的高度與距離之外，其他妖魔鬼怪們都從多惠的視野中消失了。妖貓接著跑到岩永面前，似乎向她報告了什麼事情。岩永點點頭後，跟妖貓一起小跑步回到多惠與九郎的地方。看來她左腳的義肢製作得非常精巧，讓人完全感覺不出那是義肢。

岩永來到多惠他們藏身的岩石後面，抬頭看向九郎。

「人偶下山來到海岸了，應該再過幾分鐘就會到這附近。請九郎學長也準備就位吧。」

「了解。」

九郎簡短回應後，岩永用拐杖指向沙灘的某個範圍。

「我們有在那附近做記號，請你誘導人偶踏到那個記號上。然後就請學長看準時機打信號。」

接著，岩永又用不太像她平常個性的溫順態度抬起眼珠補充說道：

「還有，請你盡量不要死喔。」

「事到如今才講這種話？」

「不是啦，因為妖怪們之間似乎流傳著『公主大人是個冷酷到不論男朋友死幾次都不會介意的出色人物』這樣的評價，讓我覺得不是很喜歡呀。」

「那不是事實嗎？」

「我還是有稍微感到介意好嗎！就算學長可以馬上復活！」

只有「稍微」而已嗎？多惠雖然不禁如此想，但畢竟九郎似乎不會有痛覺的樣子，所以死亡對他來說的比重或許也非常低吧。

九郎接著一副去散步似地走向海浪聲傳來的方向。岩永則是有點不滿地哼了一下鼻子後，站在岩石後面目送九郎離開。

不久後，多惠的眼睛也看到了那個有著長鼻子的木製人偶「喀、喀、喀」地踏在沙灘上緩緩接近。也就是那個右手腕下方鑲了一顆隕石的人偶。

「好了，就來看看公主小姐的預測精準到什麼程度吧。」

「所謂的策略就是要以最壞的可能性為前提去思考呀。」

對於多惠的發言，岩永一臉輕鬆地觀察著人偶的行動。

岩永的推測終究只是推測，也有可能只是白擔心一場。但也不能因此就忽視可能的風險。

多惠腦中回想起黃昏時岩永坐在沙發上說明那具人偶的真面目。

『自古以來不分東方或西方，所謂的人偶都是在帶有咒術性質的含意下製作出來的。有些是當成人類的替身承受災禍，有些是接受人類的命令進行勞動，也有當成讓神明或靈體降臨的容器，諸如此類的傳說也非常多。皮諾丘的故事也可算是那類的系統。也因為這樣，人偶自己動起來、使人類陷於恐懼的怪談也並不稀奇。不過聽到「人偶」與「咒術」是不是會聯想到另一種很有名的使用方式呢？』

聽到岩永這麼說，多惠忍不住從沙發上站了起來。因為她立刻就聯想到了另一種使用方式。

那同樣是自古以來就存在的手法。在日本最有名的就是『釘稻草人』了。

『沒錯，就是詛咒人偶。將人偶當成自己憎恨的對象，在上面釘釘子、點火燒掉或是埋到土裡，如此對人偶造成的危害就會原封不動地發生在憎恨對象身上的詛咒。以

「丑時參拜」聞名的釘稻草人是用五寸釘把稻草人偶釘在神社的樹木上，藉此對目標對象造成危害。在日本的古都遺跡也有發掘出眼睛或胸口被插上釘子的木製人偶，西洋也有發現手腳或頭部插了針的泥土人偶或蠟人偶，被認為是魔女或民間傳承的詛咒手法。除此之外，中南美洲的巫毒人偶也相當有名。』

既然人偶可以當成人類的替身承受災禍，那麼反過來讓人偶遭遇的災禍發生在人類身上的巫術也是有可能辦到的。或者說這樣的人偶利用方式搞不好還比較有名。

『為了讓詛咒人偶與想要詛咒的對象之間的關聯性更緊密，通常會賦予人偶與目標人物有關係的東西。像是在人偶上寫入對方的名字、貼上畫像或照片、埋入毛髮或指甲等等。這樣的手法被稱為類感咒術或感染咒術。藉由這樣的方式可以使人偶成為詛咒的對象本身，引起在人偶身上插針的話，對方身上同樣的部位也會感到疼痛；把人偶的手臂折斷的話，對方的手臂也會折斷；讓人偶著火的話，對方也會燃燒起來等等的現象。』

就在七個小時前，岩永一邊吃著茶點一邊話語流暢地說明了這些事情。

而現在，多惠在沙灘上望著走在遠處的怪異人偶。原來那存在的背後隱藏了比多惠的想像更加恐怖的企圖。

『善太先生製作的人偶也是一樣。那是透過遭人破壞才能發揮真正意義的人偶。雖然因為它會自己行動，又會從手放出電擊，對鎮上造成了災害，所以讓人很難聯想到是那樣的詛咒人偶，但只要這樣思考，一切就想得通了。』

九郎原本站在沙灘上與人偶保持二十公尺左右的距離，不過就在這時靜靜地奔向人偶。人偶剛開始雖然依舊自顧自地走著，但就在九郎接近到十公尺的瞬間便舉起右手臂。一道電擊緊接著劃破空氣，朝九郎飛去。

『那個人偶身上應該埋藏了與肇事撞死善太先生孫子的那四名大學生有關聯的東西。雖然毛髮或指甲之類的東西應該很難得手，不過光是在人偶身上找個地方刻上他們的名字也能期待發揮效果。』

太陽還沒下山前在客廳如此說道的岩永，此刻見到自己男友被電流攻擊也沒有露出緊張的神情。

九郎驚險閃過電擊，逼近人偶面前。畢竟雙方之間有一段距離，而且事先就知道對方會放電，因此只要避開對方右手的延長線就可以了，並不是完全無從閃避。然而人偶即使被對手閃開攻擊也沒有呆站在原地，繼續對入侵自身領域的存在施放電擊。

『要是隨便破壞那個人偶，那四名大學生恐怕就會喪命。所謂的詛咒人偶就是那樣的東西。』

善太果然沒有放過那四個人。他打從最初的第一目的就是要對那四個人進行報復。

『善太先生是個膽小的人，沒有自己殺人的勇氣，也沒有堅強到可以背負那樣的責任，對吧？就算要詛咒誰，那個詛咒的責任同樣是很沉重的東西。因此善太先生想到了讓鎮上的人代替他背負起那樣的責任。』

讓人偶代勞報仇的點子，雖然多惠與鎮長也都想到，也可以說他們都猜對了。只是他們沒想到還有更進一步的詭計。

『只要人偶對小鎮帶來禍害，鎮上的人想必就會設法處置它。而且人偶如果導致鎮上的人們有所犧牲，大家就會對人偶產生恐懼與憎恨，破壞人偶的手法也就會變得更加激烈了。』

因此人偶才會照著只要別人有那個意思就能輕易破壞掉它的規則行動。

九郎逼近到伸手就能觸及人偶的距離，但緊接著就被對手放出的電流直接擊中了。看來是人偶的反應速度快得讓九郎來不及對應。九郎當場身體焦黑，倒在沙灘上。如果是普通人絕對已經死了。

然而岩永表現得很平靜。多惠則是忍不住皺起了眉頭，但還是繼續望著重新踏出腳步的人偶，並在腦中回想著岩永剛才的說明。

『善太先生透過人偶向害死自己孫子的人們發出強烈的怨恨，並且希望激烈的破壞造成的強烈痛苦能化為詛咒傳到那些人身上。那痛苦並非釘釘子或用火燒所能比擬的程度。不只是善太先生一個人的憎恨，而是整座小鎮的憎恨所造成的苦痛。』

雖然善太並沒有料想到人偶對棲息於鎮上或海中的妖魔鬼怪們也造成了困擾，讓他們群起對抗了。如果妖怪們成功破壞人偶，善太的計畫就會以不完全的形式告終。然而光靠妖怪們的力量最後沒能阻止人偶。

『善太先生想必對鎮上也抱有怨恨，所以會覺得即使讓人偶暫時性地對鎮上造成傷害也沒有關係。就算人偶如果殺害了鎮上的人，也可以說是貿然靠近人偶的人不對，正當化自己的行為。至少人偶的設計上並不會主動接近鎮上的人。而且善太先生還進一步考慮要讓鎮上的人背負起殺掉四名大學生的罪，這想必也是善太先生對小鎮的一種報復吧。代表「就算你們不知情，但你們可是親手犯下了殺人的罪行」。』

如此一來善太就能避開罪行了嗎？這樣可以說他不用背負殺人的責任嗎？

『善太先生本身至少可以得到「自己並沒有痛下最後致命一擊」的免罪符。因為如此一來可以產生讓他指責「動手殺人的是你們」的對象，或許光是這樣就能勉強守住善太先生自己的良心吧。至少可以把責任分散給鎮上的人們。』

即使是一個人難以背負的罪，只要大家一起背負，自己的責任就可以減輕。

善太就是為了這樣的目的製作出詛咒人偶的嗎？只要破壞了人偶，魚群大量死亡的現象就會停止，觀光客們或許也會回流。然而鎮上的人們將會在心中留下難以挽回的陰影。

『人偶遭到破壞的同時，那四名大學生也會死於非命。新聞想必也會傳到鎮上。大家就算不曉得人偶的詛咒，也會發現大學生的死與人偶的破壞互相吻合，隱約感受到其中的因果關係，而在心中蒙上沉重的陰影。』

應該是從近距離遭受電擊的九郎雖然身上的衣服到處燒焦破洞，但除此之外都完好如初地站起了身子。對於擁有不死之身的他而言，簡直就跟什麼事情都沒有發生過一樣。他接著又接近人偶，但這次與人偶保持一定以上的距離，在人偶會做出攻擊的範圍邊緣移動著。

人偶雖然不會主動接近九郎，但還是一邊往前進的同時一邊用右手朝九郎連續放出電擊。九郎有時在千鈞一髮之際躲開攻擊，有時被電流直接擊中而倒地，不過始終在調整著人偶走路的方向與位置。人偶每次攻擊的時候腳的位置都會多少有點改變，也因此走路的地方會產生差異。多惠在事前聽過的計畫實際上就是靠這樣調整位置的。

看穿人偶真面目的岩永當時也說道：

『讓魚群大量死亡，使鎮上瀰漫不祥的氣息並逐漸蕭條就已經充分是一種詛咒了，不過讓鎮上的人代替自己背負起殺人罪行也同樣是一種詛咒。無論有沒有破壞人偶，這座小鎮都難逃詛咒呀。』

聽到這段話的時候，多惠不禁感到心情黯淡。打從人偶自己動起來的那一刻起，善太的願望就幾乎已經實現了。多惠應該要在人偶動起來之前就阻止善太才對的。

『雖然這也許是不敢背負罪惡的軟弱心理，以及身為一名善人的本性導致思考扭曲而想出來的詭計，然而就結果來講，搞不好比任何報復手段都要讓人感到毛骨悚然呢。』

岩永最後露出一臉似乎對善太感到無奈的表情如此作結，但多惠的心情可沒辦法像她那樣輕鬆。如果無論破壞與否都難逃詛咒，不就根本束手無策了嗎？

多惠當時也有如此詢問過岩永：難道妳有想到什麼對付的手段嗎？還是說要直接破壞掉人偶，代替鎮上的人背負起殺害四名大學生的罪？

對於多惠這樣的疑問，岩永微笑回應：

『要那樣做我也不介意啦，而且說到底，我其實也不在乎這座小鎮會遭受什麼危害。只不過善太先生的行為擾亂了這塊土地的秩序，試圖藉由來自天上的力量實現自己的願望。既然如此，我就不能讓他的願望得逞。』

即使要自己背負罪行也毫不介意，鎮上出現犧牲也與自己無關，只是因為違背了自己另外秉持的主義所以要做出適當的對應而已。這女孩一反她可愛的臉蛋，態度倒是相當無情。不對，這位公主大人本來就是楚楚可憐又性情激烈的人呀。

回想著這些話的同時，多惠看到視線前方的九郎又再度被電擊打飛、倒下。他被打飛到人偶的行進方向前方五公尺處，又在地上滾了五公尺。人偶沒有停下腳步，繼續接近九郎。但因為九郎變得動也不動的緣故，人偶也沒有再繼續攻擊了。

多惠在腦中反芻著岩永的說明。

『而且既然已經知道了這些，自然就有對付的手法。只要從人偶身上除去詛咒之後再把它破壞就可以了。一旦去除掉人偶與詛咒對象之間的連結，就算破壞人偶也不會讓對象遭到傷害。換句話說，我們只要把記在人偶身上的對象名字消除掉，或是把埋在其中的毛髮或指甲拿掉就可以了。』

即使聽到她這麼說，多惠依然看不到希望。雖然多惠能聽懂其中的原理，也能接受這麼做可以解決狀況的說法。但是問題又回到原點了。

就算想要從人偶身上去除連結詛咒的東西，光是「接近人偶」這件事情就辦不到了。會被人偶的電流攻擊的。就是因為會被電流攻擊，才會提出從遠處破壞人偶的手法，可是這樣就無法從人偶身上去除東西了。

多惠當初雖然如此反駁，但岩永其實也有想到解決這個問題的策略。一切都在她的掌握之中。

然後過了午夜十二點，來到今天這個時候。

人偶正準備穿過倒在地上的九郎旁邊。岩永將拐杖抵在沙灘上靜靜觀望事態演變，多惠則是對她說道：

「因為他倒在地上不動，人偶都沒有反應呢。那是在裝死嗎？既然如此，只要等人偶穿過旁邊再從背後撲到人偶身上揪住它的右手，應該就能壓制人偶又免受電流攻擊吧？」

在那樣的狀態下，讓其他妖怪們幫忙壓住人偶剩下的手腳，再調查人偶的身體，去除掉連結詛咒的東西。這樣的手法應該也可行吧。

岩永點頭回應：

「是可以那樣做沒錯。要讓九郎學長決定出那樣的未來並不困難。只是人偶如果被壓制自然就會為了逃脫而掙扎，右手肯定也會持續放出電擊。若要仔細調查人偶的身體找出與詛咒有關聯的東西，想必要花上一段時間。要是在那期間有誰稍微鬆一下手，奮力掙扎的人偶可能就會造成什麼犧牲。妖怪們也會感到害怕的。」

即使九郎擁有不死之身，但如果考慮到其他妖怪們，還是採取別的手段會比較好的意思。

「而且那人偶是木頭製的，並不算非常堅固。要是壓制它手腳或身體的力道抓得不好，搞不好會在掙扎的途中折斷手腳，最糟的狀況甚至可能折斷脖子。到時候詛咒就會成立了。因此還是避免那樣的方法會比較好。」

岩永在來到小鎮之前就已經描繪好封印人偶的藍圖，也做好準備了。雖然她應該也有考慮到那些準備派不上用場的狀況，不過現在岩永的策略確實讓人偶一步步走向她預定好的地點了。

「所以我才會在太陽下山之前，設置好這樣有點大費周章的陷阱。」

就在人偶離開九郎旁邊約五公尺的時候，倒在地上——或者正確來講，是原本死在地上的九郎又復活並站起身子。人偶立刻停下腳步，轉回頭把右手舉向九郎。

九郎這時高高舉起左手，口中發出聲音的同時把手臂往下一揮。雖然多惠所在的距離聽不到他講了什麼話，但如果按照原先講好的計畫，他應該是喊了一聲「就是現在」吧。

與此同時，人偶的身影忽然消失了。不，有一道電擊朝斜上方的夜空飛去，因此人偶應該確實在現場，只是位置從沙灘上瞬間轉移到地面以下了。

是陷阱坑洞。岩永召集了陸上與海中的妖怪們，在人偶每次都會在沙灘上經過的地點挖了一個直徑四公尺、深度二點五公尺的大坑洞，然後在洞口放一塊會裂成兩半的木板，木板表面再鋪上沙子與小石頭進行掩飾。另外還讓三個亡靈潛到坑洞中，從下方支撐木板。因為木板稍微架在洞口邊緣的關係，即使亡靈們放開手，也不會讓木板掉下去。不過只要有什麼東西壓到木板上，亡靈們一放開手，木板就會當場往下掉落，連帶壓在木板上的東西一起落入坑洞中。亡靈們只要穿過地面就能逃脫到外面了。

而現在人偶就是掉落到那個陷阱中。就在他走到洞口正中央附近把右手舉向九郎的時候，木板當場裂成兩半往下掉落。人偶的右手順著身體往下掉的力道而朝斜上方舉起，因此電擊才會高高射向夜空。坑洞中的亡靈們在事前就接到指示，只要聽到九郎發出信號就放開木板。

而且陷阱不是只有這樣。在洞口周圍事先還有圍一條繩子，同樣用沙子與石頭掩飾。繩子的兩端則分別伸向陸地與海上，由分成兩隊的妖怪們在人偶的攻擊範圍之外緊緊抓住繩子。那些妖怪就在看到九郎用左手發出信號的同時，從兩端一口氣拉扯繩子。

沿洞口周圍繞成一個圓並往兩個不同方向延伸的繩子，如果從兩端同時被拉扯，在洞口繞成的圓圈自然就會縮小。要是在圓圈中央有什麼東西，最終必然就會被繩子綁住。

而現在被繩子綁住的東西，就是人偶的右手臂。在手肘與手腕之間略靠近手腕的地方，比埋在手中的隕石稍微下方一點的部分，粗繩子緊緊綁住了人偶略帶弧度但表面粗糙的手臂。人偶的手臂並沒有仔細研磨過，弧度也不算平滑，因此從山與海兩側拉扯的繩子並沒有滑開，讓人偶沒有掉落到坑洞底下。

掉落到坑洞之前，人偶的右手本來舉著朝向九郎，而在掉落的同時被往上舉高。

即使連人偶的頭部都掉落到洞口以下時，唯有它的右手肘前端還露在洞孔上方。所以才會只有右手剛好被繩子綁住。

最後的結果就是人偶被懸吊在坑洞中央。因為坑洞深度有兩公尺以上的緣故，靠人偶的身高沒辦法踏到底部，只能懸在半空中掙扎。

綁住人偶右手的繩子在洞孔處拉成一直線，剛好把洞口分成兩個半圓形。雖然那右手前端斷斷續續地放出電擊，但因為被繩子固定住，只能朝著正上方的虛空放電。人偶雖然也有舉起左手嘗試要攀爬繩子，可是由於只有右手被綁住的關係讓它的身體斜向一邊，左手碰不到繩子。而且就算碰到了，靠那球形的手掌也沒辦法抓住繩子，更不用說是要攀爬到繩子上了。

也就是說，這個長鼻子人偶就因為這樣一個陷阱而變得無力反抗了。

岩永、多惠與妖貓在人偶的身影消失，只剩右手朝夜空射出了幾發電擊之後才來到洞口邊確認結果。多惠與妖貓都忍不住跑步趕到洞口邊，不過岩永倒是一副早在幾小時前就料到陷阱能否成功似地轉著手中的拐杖，輕鬆跟在多惠他們後面走過來，探頭望向坑洞中。

「如果只是讓人偶掉進洞中其實很簡單，不過要像這樣讓繩子只綁住它的右手把它吊在半空中，若沒有九郎學長的能力協助就很難辦到了。」

雖然只要時機配合得好，嘗試個十次應該會成功一次左右。但無論事前練習過多少遍，要在正式上場時一次就成功，還是需要相當大的運氣成分。

多惠瞥眼看向衣服到處焦黑、從大概是獾類變成的動物妖怪手中接過一套新衣服的九郎。

「他就是為了讓這個計畫必定成功，而死了那麼多次嗎？」

要不是九郎反覆施展未來決定能力，應該也很難讓人偶剛好站在預先決定好的位置，很難讓成功機率從一成提升到十成吧。然而岩永大概是不想讓這點被講成是計畫中的瑕疵……

「回應女朋友的期待不就是身為男朋友的義務嗎？」

她說著這樣有點硬拗的辯解後，將視線轉回懸吊在坑洞中的人偶身上，並且對周圍的妖魔鬼怪們發出下一道指示：

「要是讓它繼續掙扎下去，搞不好會讓右邊肩膀或手肘脫落。你們按照計畫把它埋起來吧。」

成群圍繞到周圍的妖魔鬼怪們在岩永這一聲令下又一起動了起來，把當初挖洞時搬出來的沙土又陸續倒回坑洞中。至於繩子已經被固定住，就算妖怪們放手也不會鬆開了。

坑洞在轉眼間就被掩埋，讓人偶的大腿關節以下都被固定在溼黏的沙土之中。如此一來人偶的雙腳就變得完全無法活動，對垂掛的右手臂造成的體重負擔也消失，不需要擔心肩膀或手肘脫落了。

然而人偶的右手臂依然被繩子綁著，固定朝向上方。現在能夠活動的僅剩下左手臂，但也幾乎只能前後擺動而已。人偶的攻擊能力完全被剝奪了。

「這樣它就不會因為掙扎讓身體破損了。九郎學長，麻煩你去檢查看看人偶身上有沒有被裝了什麼連結詛咒的物品，或是在什麼地方被寫上人名等等。」

「我知道了。」

換好衣服的九郎爬下已經被埋了一半的坑洞，調查起人偶的身體。

岩永則是低頭望著他並冷靜說道：

「我想連結詛咒的東西應該是裝在它的軀體部位。因為手腳部分為了能夠活動，構造上萬一固定關節的零件鬆掉或是碰撞到什麼地方就有可能會折斷脫落。那樣連結詛咒的東西就會脫離人偶，導致詛咒的對象頂多只會感到手腳疼痛而已。為了避免這樣的狀況，如果要裝應該會裝設在軀體才對。」

九郎一邊注意著人偶揮動的左手臂一邊到處觸碰它的身軀調查著。沒多久後，九郎停下動作，凝視著人偶的腰部附近說道：

「這裡刻了幾個人名。有那四名大學生的名字，還有另一個名字。」

九郎露出困惑與驚訝交雜的表情望向多惠。而岩永似乎也沒料想到除了四名大學生之外還會有別的名字，頓時愣住了。

「另一個名字？」

多惠見到岩永如此明顯地表現出動搖的模樣，不禁感到愉快。那個名字究竟是誰，多惠已經預想到了。她忍不住笑起來，覺得九郎猶豫著該不該把那名字講出口的樣子有點可憐，於是代替他說了出來：

「就是我的名字吧。」

九郎即使依然感到猶豫，但還是點頭回應了。多惠感到無奈地嘆了一口氣。

「善太大概是無法接受我看起來過得很幸福吧。人偶之所以會出現在我家附近，或許也是為了讓我目睹那恐怖的景象。」

岩永驚訝地張著嘴巴，但很快又回過神來，在要求多惠詳細說明之前先向九郎開口確認：

「學長，人偶身上還有其他被動過手腳的痕跡嗎？」

於是九郎又繼續調查起人偶。

一段沉默的時間過去後，九郎搖搖頭。

「沒有其他動過手腳的痕跡。這些名字要怎麼消除掉？看起來應該沒有刻得很深的樣子。」

岩永為了尋求多惠的意見而抬頭望向她，不過多惠認為按照原先預定的計畫就可以了。

「把名字削下來吧。雖然被刻上名字的人可能會感受到皮肉被剝開的疼痛，但這點程度的事情應該要甘願承受才行。包括我也是。」

章魚外觀的怪物將一把刀交給九郎。這也是事先準備好的東西。

九郎接下刀子，小心翼翼地抵在人偶的腰部削動。用同樣的動作削了幾下後，對岩永打手勢表示結束了。

因為岩永看起來很在意多惠的狀況，於是多惠張開手臂向她回應：

「不痛也不癢。看來就算是怪異的隕石跟善太的怨念，光是要讓人偶動起來放電也已經耗盡全力了，沒有多餘的力量實現那個詛咒呢。」

這是真的。雖然搞不好是年紀大讓皮膚的感覺變得比較遲鈍而已，但多惠甚至連被輕撫一下的觸感都沒有。

岩永摘下貝雷帽，望著從人偶懸吊的右手斷斷續續射向上空的電擊，語氣冷淡地說道：

「也就是說，善太先生的詭計打從一開始就完全失敗了。」

就結果來說，只是雷聲大雨點小罷了。

岩永的推論和策略要說沒有意義也確實沒什麼意義。畢竟就算沒有想那麼多，直接把人偶破壞掉，其實就能輕易解決問題了。

岩永「嗯~」了一聲，疑惑歪頭。

「這也算是一種『害人終究害己』嗎？」

「誰曉得？不過設計這麼複雜又仰賴他人力量的計畫，會失敗的可能性自然就很高了吧。」

多惠用這樣的道理回應岩永。將善太的生命當成燃料的詛咒與執著，終究只是徒勞一場。要說這就是逃避責任與罪行並推託給別人的人最後的下場，把這種事情講得有如真理一樣是很簡單的。然而……

多惠抱著難受的心情，對眼前這位人偶般的女孩說道：

「話雖如此，但這樣的結局還是讓人感到討厭呀。」

妖怪們扛著巨大的木槌與棍棒等東西聚集到洞口邊，看來他們打算用那些東西破壞人偶的樣子。岩永將貝雷帽重新戴好後，伸手指向坑洞中。

「請問妳要幫忙破壞人偶嗎？」

然而多惠搖搖頭，轉身背對她離開。

「稍微體恤一下老人家吧，我要去休息了。你們破壞人偶之後，別忘了把洞埋好呀。相對地，我會幫你們準備好早餐的。」

多惠如此說著並揮揮手後，妖貓便趕過來跟在多惠的腳邊。看來這隻同居生物比起幫忙公主大人，更優先選擇了不要讓多惠自己一個人回家的樣子。

雖然這也不代表什麼意義就是了。

隔天早上，多惠一如往常地伴隨日出起床，按照約定準備了早餐。白飯配煎蛋、味噌湯加上菠菜拌芝麻、炒牛蒡蘿蔔絲、烤魚還有烤海苔，是相當日式的餐點。平常只有自己跟妖貓的時候，多惠並不會準備得這麼豐富。不過那位公主大人還姑且不說，對於死而復活了那麼多次的九郎如果不好好補償一下，多惠總覺得會過意不去。

破壞完的人偶被分裝在兩個紙箱中，放在屋子的玄關前。手腳與身體都被拆散，已經沒有任何可以活動的部分，就連鼻子都被折斷了。

鑲在右手的隕石也被拆下來，不見蹤影。畢竟唯有那玩意要是放著不管搞不好又會釀禍，所以大概是岩永打算帶回去處理掉吧。

早上七點過後起床的岩永與九郎都坐到餐桌邊，多惠也為妖貓在桌邊準備一個盤子裝有魚、白飯與菠菜。等到大家都稍微吃了點東西之後，多惠開口說起昨晚在沙灘上講到一半的事情：

「我以前有兩個孩子，但是都在很小的時候遇上交通事故一起過世了。當時小孩子們並沒有錯，而那個肇事者非常有錢，支付了鉅額的賠償金。雖然有實際服刑，可是一下子就出獄了。對方後來好像也有來為小孩們掃過墓，但也只有來過那麼一次。」

這些都已經是遙遠的過去，多惠講出口時的態度不自覺地顯得輕鬆。或許是自己難以忍受把這件往事講得太過沉重吧。

「我們夫妻因為這件事情，一下子忽然變成了這種鄉下地方的資產家。但我們本來就沒有什麼經濟上的煩惱，要是把那些錢死守著不用肯定也不會有什麼好事。因此當時我老公的高中朋友說要創業，我們就把大部分的賠償金都借貸給對方了。」

接下來的發展講起來就像笑話一樣。

「結果那間公司急速成長，把我們投資的錢變成了好幾倍還回來。簡直是亂七八糟。我們後來又把錢捐給交通意外孤兒的基金會，或是出錢協助非營利團體的經營，總之就是想要把那些錢用完，可是不管怎麼花都彷彿不會減少。」

九郎一副不知該怎麼反應才比較好而顯得猶豫，不過岩永倒是很單純地表現得很有興趣的樣子。

「等到餘額總算減少到符合我們的身分時，這次又換成我老公忽然遇上水難意外而過世了。他比我年輕十歲，當時才五十多歲而已。結果我又因此獲得了一大筆的賠償金。」

如果只是讓老年生活不用擔心的程度倒是還好，然而以多惠的尺度來看等於是獲得了一筆即使老年生活過上一百年都還有剩的資產。

「我光是要考慮怎麼花這些錢就傷透腦筋了。有一堆人跑來向我提議投資或捐款，但感覺起來都像詐欺一樣。隨便扯上關係的話恐怕不只是我，搞不好還會害到別人也陷入不幸。可是如果只交給可以信賴的人又不會花掉多少錢。再加上我這個人連個小感冒都不會得到，身體強健到連妖貓都說會長壽的地步。結果不知不覺間我就成了鎮上的名士，即使表現得比縣長還高高在上也不會有人生氣。」

多惠並不是刻意如此期望而變成這樣的。她只是從年輕時就過著不變的生活，說自己認為正確的發言，並保持對自己的言論負起責任的態度，結果在不自覺間就變成如此了。

「然而在背地裡也有人說我是靠著家人的屍體發財的魔女或鬼婆婆。這也是沒辦法的事情吧。畢竟我經濟富裕又身體健康，看起來一點都不會不幸，而且失去了全部的家人還能毫不介意地繼續生活呀。」

在這座缺乏前景看好的產業，人口不斷流失的小鎮中，多惠的狀況變得太過於異質了。話雖如此，她也沒有打算年過六十才離開自己出生成長、丈夫與小孩的墳墓也都埋於此地的這座小鎮。

「善太也是明明喪失了孫子卻得不到鎮上人多少同情，甚至有人中傷他，說他靠賠償金與保險金賺了不少錢。所以我覺得擔心，希望自己能為他出一點力量的說。」

但或許就是基於類似的經驗而希望能出一份心力的想法過於天真了。

「對於拚上自己的生命想要為孫子報仇、想要詛咒對方的善太來說，我或許是必須否定的存在吧。如果報復是正確的想法，那麼因為家人的死而活得幸福的我就必須是錯誤的才行。否則善太的行為就會顯得太過愚蠢了。因此我必須接受正當的懲罰，必須變得不幸。所以他才會把我的名字也刻在人偶身上吧。」

岩永這時似乎也心有感觸似地插嘴說道：

「平白怨恨別人也該有個限度。我也是經常被人講說處處都受到上天眷顧，但我其實還是有遭遇到最重要的男朋友對我付出的愛一點都不足夠的不幸呀。」

看在多惠的眼中，坐在岩永旁邊吃著菠菜拌芝麻的這位青年，實際上已經對岩永付出十足的愛了，只不過人的慾望總是深不見底吧。九郎則是繼續動著筷子假裝沒聽到，也不表示任何感想。

多惠接著說道：

「話雖如此，不過生活上不愁沒錢用，自己一個人又過得不悲觀的我，或許應該不算不幸吧。但其實無論是失去小孩們的時候還是失去老公的時候，我都曾經很想死掉，只是沒有勇氣自己尋死而已。要是有人忽然從背後刺我一刀，我反而會很高興呢。如果這隻妖貓能夠把我吃下去殺掉就好啦。」

「妳又在講那種恐怖的話了。」

在餐桌下的妖貓用腳掌的肉墊拍了一下多惠的腳。看來就算是妖貓也懂人情，認為至少要勸諫一下多惠吧。

多惠接著聳聳肩膀。

「我在某種意義上跟善太是一樣的。我害怕要自己承擔責任。明明這家中已經沒有任何對我來說很重要的東西，我卻沒有勇氣自己離開這裡。為了報仇付出自己生命的善太搞不好還比較有勇氣。要我詛咒別人到那種程度，我根本會害怕到做不出來呀。」

放下筷子後，多惠把身體靠到椅背上，閉起眼睛。

「當那個人偶出現的時候，我不禁感受到某種命運，認為自己現在在這裡就是為了阻止那玩意、為了拯救這座小鎮，覺得最後應該會犧牲自己的生命與那個人偶同歸於盡。但這都只是我的妄想罷了。即使沒有我，其實也不需要付出什麼代價就能破壞掉那人偶了。我只是毫無意義地存在於這裡呀。」

雖然並沒有期待什麼回應，不過多惠還是睜開眼睛，重新看向岩永。結果岩永露出開朗的笑臉，端起手中裝有味噌湯的湯碗。

「不，多虧有妳在這裡，讓我今天享用到這樣一頓美味的早餐。我可是感激不盡呢。」

「謝謝妳這麼說呀。雖然那碗湯是你們帶來當伴手禮的那個冷凍乾燥味噌湯就是了。」

只要放進碗中注入熱水，誰都可以在幾十秒內泡好一碗湯。根本不到受人感激的程度。

「即使如此也是一樣的。」

岩永講得非常篤定，真不曉得她這樣講究竟有什麼根據。多惠接著把視線望向裝有人偶破壞後零件的紙箱子擺放的玄關。

「那個人偶只要交給鎮長去驅個邪，鎮上的大家應該就能放心了吧。至於隕石，是你們要拿去處理是吧？」

於是岩永端正坐姿，點頭回應。

「是的。畢竟不能讓那東西又引發別的問題。」

「說得對。這下小鎮也能恢復原狀啦。」

雖然即使魚群大量死亡的現象消失，要讓一度流失的觀光客與釣客們回流，想必還需要一段時間，不過之前的好景氣本來就是如泡沫般的現象，就算因為這次的事件破裂消失也並不奇怪。就算如此，鎮上的氣氛應該還是會恢復平穩吧。

對於這件事莫名感到些許焦躁的多惠又說道：

「唉，真受不了。我的人生到底還要持續到什麼時候呢？」

岩永與九郎都沒有回應，不過多惠也不介意。就算是屬於妖魔鬼怪的那一側，這兩人也都還很年輕，在這種時候想必也不知道能說什麼吧。

岩永琴子坐在車上。因為整理行李以及向周邊的妖怪們打招呼花了不少時間，當坐上九郎駕駛的車子從箆井多惠家出發的時候已經是上午九點多了。車子行駛十五分鐘便離開了安靜的渡渡水鎮，現在正行進在看不見海的國道上。

九郎雖然有駕照但並沒有自己的車，所以使用的是岩永家的車子。也因為這樣，在車中是岩永坐得比較自在舒適，九郎倒是駕駛得彆手彆腳的樣子。

在副駕駛座上繫著安全帶的岩永手上拿著從人偶拆下來的隕石，舉起來隔著光線隨意觀察。九郎則是握著方向盤面朝前方，大概是感受到岩永的動作而說出感想：

「雖然事件平安獲得解決了，不過靠那樣一顆隕石與喪失孫子的老人懷抱的意念竟然能夠誕生出那樣的人偶，這世界真的是很奇妙啊。」

雖然九郎本身就是個非常奇妙的存在了，不過在這點上岩永也是一樣。因此岩永針對其他部分提出回應：

「這也很難講。搞不好因素不是只有那些喔。畢竟我從這顆隕石上感受到的力量並不算很強大。」

雖然隕石中寄宿有異質的力量，但岩永並不認為光靠這樣就能引起那種程度的現象。或許渡渡水鎮這次的災禍中還有加入另一種其他力量。

「說不定篦井多惠女士的意念也成為驅動人偶的力量呢。」

自從聽到早上那段話之後，岩永就這麼覺得了。相對地，九郎則是用充滿猜疑的聲音回應：

「妳又在隨便撒謊了。」

「我在這次的事情中並沒有故意撒過任何謊好嗎！」

九郎的回應總是這樣缺乏愛。明明因為這次的事件跟皮諾丘有關聯性，讓岩永覺得撒謊可能會讓鼻子變長而刻意避免撒謊地說。

岩永用拐杖的握把部分戳著九郎的側腹部並認真說道：

「那個人渴望著死亡，而且似乎是渴望具有意義的死亡。或許她是在無意間期望那個人偶為鎮上帶來災禍，並且讓自己擔任犧牲性命解決事件的角色吧。所以人偶才會獲得了光靠善太先生的意念無法獲得的力量。」

據說篦井多惠在人偶製作的過程中拜訪過好幾次戶平善太的家。搞不好她的意念與願望就在那時候寄宿到她視野所看到的存在了。

「畢竟那個人所累積的意念比起善太先生要來得久、來得濃、來得深呀。」

岩永並沒有手段確認實際狀況如何，也沒有確認的必要。即使把這種事情告知篦井多惠本人，也不會讓什麼事情有什麼好轉。沒有人會想要背負招致災禍的責任，但卻有人會期望站在阻止災禍的立場，給自己一個英雄式的死亡。因此為了讓自己成為英雄，也有人會期待會不會有災禍發生。

岩永雖然並不至於說多惠也是那種人，但至少多惠並沒有覺得那樣的狀況不好吧。因此岩永才沒有把這些推測講出口，默默離開了山丘上的那棟房子。

九郎露出難以釋懷的表情問道：

「那個人究竟算幸福還是不幸呢？」

岩永則是對似乎開始煩惱的男友如此回答：

「那要看她本人的感受，不是我們可以評價的事情。」

她接著把隕石放到儀表板上，將手指交握。

「像皮諾丘最後成為了人類，覺得那樣的自己很幸福。但故事本身卻是用一句『皮諾丘成為了人類真的幸福嗎？』的提問作結呀。」

也就是說答案並不是尋求了就能得到的東西，而人也只能每一天如此活下去而已。

九郎彷彿在挖掘記憶似地皺起眉頭好一段時間後，表情認真地提出糾正：

「不不不，無論電影版還是原作的木偶奇遇記，都不是那種會讓人感到不安的結局吧？妳是不是跟其他故事混淆了？」

這麼說起來好像是那樣。

「哎呀，就別再講那些硬邦邦的話題了吧。反正事情都結束了，我們沒有必要繼續煩惱呀。」

與其講這些話，不如討論接下來順路去哪裡玩玩還比較有建設性。

九郎在一旁深深嘆了一口氣。

「真羨慕妳總是過得很幸福啊。」

「那是什麼話嘛！講得好像人家是粗神經的笨蛋一樣！」

九郎才真的應該對自己對待情人的種種態度有所自覺才對。

岩永拿起拐杖的握把戳著九郎的臉頰，但九郎本人倒是繼續開著車，表現得毫不在意。

第四話　斷頭臺三四郎

宮井川甲次郎因殺人嫌疑遭到逮捕了。看到這則新聞時，森野小夜子不禁在想：

（明明把屍體處理得那麼徹底的說。）

接著當她聽說甲次郎是自己聯絡警方而遭到逮捕，頓時從腳底感受到一股涼意。

（這下警方應該不久後也會調查到我身上吧。）

這天小夜子清晨時才疲憊地回到公寓自家，一覺熟睡到黃昏左右，醒來完成了幾件自己身為插畫家的工作，到了晚上十一點多才吃著已經很晚的晚餐並打開電視，結果就看到了這則新聞。

她接著透過電視與網路得知了比較詳細的內容後，稍微冷靜下來想著：

（看來甲次郎先生並沒有把我的事情講出來，也明白要是講出來只會讓自己的罪變得更重。）

然而遭到逮捕的甲次郎有幾項言行讓小夜子怎麼也想不透。雖然因此讓她心中留下不安要素，但又不可能去當面質問本人。

根據報導指出，這次的事件是七十三歲的宮井川甲次郎與小舅子發生爭執時不小心殺死了對方，於是打電話告訴警方並主動接受逮捕。感覺其中並沒有什麼像謎團的部分。

然而犯人宮井川甲次郎在打電話給警察之前，竟用自己宅邸中的斷頭臺刻意砍下了受害者屍體的腦袋。

這點使得事件成為大新聞。說到底，光是日本國內居然有人自己擁有一座斷頭臺，這件事情就已經足夠成為話題了。

後來好一段期間，小夜子都過著每天忍受社會上討論這起事件而難以平靜的日子。話雖如此，但畢竟是一樁犯人已經自首的事件，就連用斷頭臺砍下受害者腦袋的理由都已經得到犯人自供，因此很快就沒有新的話題了。經過一個禮拜後，網路上也沒有人再討論這件事情，也沒有警方的調查員來找過小夜子。

當遭到逮捕的甲次郎被問到為何要刻意把屍體砍頭的時候，他似乎是這麼回答的：

「因為我從以前就很想試試看，這座在日本製造出來而從來沒有對人使用過的斷頭臺，究竟是不是真的可以把人類的脖子砍斷。」

那座擺在宮井川家宅邸的斷頭臺據說是於明治時代在日本製作出來，唯一可以確認現存的純國產斷頭臺。

斷頭臺，是十八世紀末於法國發明的處刑裝置。在相隔一段距離的兩根直立柱子之間吊起一把橫幅較寬而呈現斜型的刀子，藉由讓刀子落下，將固定在下方的受刑人砍頭。是原理很單純的裝置。

在那以前，斬首多半是由處刑人用手揮動斧頭或刀劍。然而這樣做經常無法一次就把頸部砍斷，在反覆兩、三次的失敗之後才總算可以把腦袋完全砍下來，會給予受刑人相當大的痛苦。

相對地，斷頭臺藉由吊在上方的刀子重量以及柱子高度產生的落下速度，可以迅速確實地砍斷對象的頸部。對象不分貴族或平民，也不會讓對象感到痛苦。因此在斷頭臺剛出現的時候，甚至被人評價為平等人道而單調乏味的機械。

這些都是小夜子聽甲次郎說的。

宮井川家的斷頭臺高約兩百三十公分，橫幅約一百五十公分。高高吊在上方的銀色巨刀長約一公尺，沒有任何一處生鏽，日本刀匠精心打造出來的刀紋也相當漂亮。體積大歸大，但也不至於無法擺在屋內。在大門雄偉、四周都有圍牆圍繞，宛如武士宅邸的宮井川家裡，那座斷頭臺就擺在一間六坪大的和室中。

六月二十日，星期一。小夜子得知宮井川甲次郎遭到逮捕後過了一個月。警方依舊沒有來找過她，讓她徹底安心地恢復了一如從前的心境。

即便是內容奇異的事件，只要已經抓到犯人也得到自供，而且其中沒有明顯的矛盾點，警方的處理流程跑起來應該也會很快吧。小夜子雖然沒有看到起訴後法院如何裁決的新聞，不過應該也沒有煩惱的必要了。

這天，小夜子從早就搭上B縣的地方路線列車，沿線下車到各處的遺跡、舊巴士站、無人車站、廢墟等等地方拍攝照片。晴朗的天氣可說是相當適合讓她收集工作用的題材資料。

將裝有照相機、素描本與幾項畫具的托特包背在肩上的小夜子，身穿牛仔褲搭配顏色樸素的上衣，打扮輕鬆好活動。

她今年二十八歲，如果平日從早上就搭著乘客稀少的鄉下列車，手拿相機與素描本單獨行動，無論如何都容易讓人起疑。不過她透過既沒化妝也不多加裝飾的外觀，希望讓別人覺得她是為了工作而在進行這樣的行動。

然後到了下午一點多，小夜子從只有她一個人的無人車站月臺搭上進入車站的列車。這班列車只有前後兩節車廂，座位是兩人坐的椅子兩兩相對的橫列式座椅。兩節車廂的乘客加起來也不到十人，車上到處都是空位，無論靠窗還是靠走道的車位都任君選擇，坐起來也寬敞舒適。不過小夜子還是為了找一個比較能放鬆的位子而在車廂中邊走邊張望。

然而她很快又停下了腳步。因為她見到靠窗的座位上坐著一名頭戴貝雷帽、閉著眼睛的少女，忍不住看得入迷了。

少女似乎是靠在窗戶上睡覺的樣子。顏色淡薄而飄柔的秀髮，宛如瓷器的白皙肌膚。小巧的嘴巴與纖細的脖子。身上的衣服大概是訂製品，明亮而毫無多餘之處的設計充分襯托出少女楚楚可憐的模樣，看起來也像是西洋人偶會穿的衣裳。可以說是個存在感非常近似於人偶的少女。

沉睡的少女手中握著一把拐杖，上面雕有一隻縮成一團的小貓，同樣加深了超脫日常的氛圍。畢竟一個普通的少女是不可能握著那樣的拐杖外出走動的。

小夜子光看一眼就被少女吸引了。少女實在是楚楚可憐，這點想必任誰都會認同吧。然而小夜子更進一步從少女身上感受到某種不祥的東西。如果說「不祥」不太適切，也可以說是不穩妥、不尋常，彷彿會讓日常的平衡朝不好的方向傾倒的氣息。就是這樣的感覺，讓小夜子怎麼也無法移開視線。

「請問怎麼了嗎？」

不知究竟注視著那名少女過了多久，小夜子忽然被人如此搭話才總算回過神來。於是她把視線移向聲音傳來的方向，看到少女身邊還坐著一名青年。

青年的年紀約二十出頭，大概是一名大學生吧。大腿上放著一臺打開的筆記型電腦，似乎在製作什麼文件的樣子。畢竟一名從無人車站上車的女性忽然停下腳步並盯著自己身旁的少女瞧，想必他也沒辦法保持沉默吧。對小夜子來說唯一得救的是，至少青年看起來並沒有感到畏懼的樣子。

青年的容貌上找不出什麼特別的個性，服裝與少女相比起來也遜色許多，看起來就是個典型的不起眼大學生。然而他個性似乎很溫和，即使面對可疑的女性也只是露出苦笑，並沒有要譴責的樣子。

小夜子趕緊彎腰低頭。

「啊，不好意思。我忍不住看得入迷了。」

接著從口袋中拿出為了像這種時候而準備的名片，遞給青年。

「我是插畫家的上月。請原諒我唐突的行為。」

名片上印有筆名的「上月」、手機號碼、電郵住址、SNS帳號以及成為她插畫作品代名詞的招財貓圖案。本名並沒有公開，基本上她都會隱瞞自己的名字。

青年頓時驚訝地盯著收下的名片，再重新看向小夜子之後，又看著電腦螢幕敲打起鍵盤。大概是連上網路在搜尋名片上的名字，或是想確認SNS的帳號吧。

小夜子瞄著沉睡的少女並詢問青年：

「呃，請問這孩子跟你認識嗎？」

畢竟在空位這麼多的車廂中兩人坐在一起，總不可能毫無關係才對。如果彼此沒有關係，青年應該也沒有保護少女的必要。

青年從螢幕前抬起頭，又再度露出苦笑。

「是的。她本人自稱是我的情人就是了。」

「情人？」

在現在這個年代，歲數差這麼多應該會有問題吧？小夜子雖然如此感到訝異，不過青年瞄著少女補充說道：

「別看這樣，她——岩永是個大學生，最近才剛成為二十歲。我只要跟她在一起就偶爾會受人懷疑，實在讓我很傷腦筋啊。」

這名少女居然已經二十歲，讓小夜子感到非常驚訝。不過聽他這麼一說再仔細觀察，少女睡覺的姿勢的確比較成熟，五官也多少可以感受到沉穩的感覺。

「原來如此，情人呀。」

「雖然終究只是她自稱的就是了。」

青年一臉認真地如此斷言。看來這兩人的關係很複雜的樣子。

「一直站著也不好講話。請坐吧。」

青年好意地比了一下自己對面的座位。畢竟小夜子也開始感到電車搖晃，於是她看著被稱為岩永的少女，並且與青年面對面坐了下來。

沒有被對方起疑驅趕算是一場僥倖。從岩永的外觀看起來，她就算走在路上被模特兒或演藝經紀公司的星探看上應該也不奇怪。或許他們經常會遇到類似這樣的狀況吧。

「我叫櫻川九郎，現在是個研究生。」

青年報上了自己的名字與身分。大概是因為小夜子有遞出名片，所以他認為禮貌上應該有所回應吧。

「雖然插畫的事情我不是很懂，不過妳好像負責過相當有名的工作呢。像是熱門音樂團體的CD封面之類的。」

九郎應該是根據自己剛才從網路上得到的情報如此提到，小夜子則是並非基於謙虛地搖搖頭否定：

「那只是我個人發表在ＳＮＳ上的作品偶然被對方看上眼而已，其實我目前還沒有辦法只靠插畫工作吃飽飯，另外也接了幾個打工。再說，那個ＣＤ封面也是那個團體走紅出名之前的東西，只不過是如今被翻出舊作而已。」

為了宣傳自己的技術與世界觀，小夜子有在ＳＮＳ上發表幾件自創的作品，有時候也會因此讓她接到工作。雖然小夜子也希望自己可以出名到出版個人作品集的程度，不過就算真的有那樣的機會應該也是很久以後的事情吧。

「請問會在作品中畫入招財貓是妳個人的講究嗎？」

九郎或許是透過電腦螢幕看著小夜子發表在ＳＮＳ上的幾件作品而如此詢問。

確實，小夜子發表的自創作品無論是風景畫或者以物品為中心的畫作，每一幅都呈現讓人容易注意到招財貓的構圖。雖然接到委託工作時就不能擅自在作品中加入招財貓，不過有時候委託人也會主動要求務必要把招財貓畫進去。

「正確來講，我講究的是招財貓與放置的場所，或一起畫在作品中的物體之間的關係。」

因此小夜子並非對招財貓本身有什麼很深的執著。

九郎聽到小夜子如此說明而重新看一下插畫作品，似乎也注意到了。

「聽妳這麼一說，這些畫的場景確實都是正常來講不會擺招財貓的地方。廢墟中、陡峭的懸崖上、變形的車道護欄前，這張是絞刑臺，而這張是電椅嗎？」

居然能夠立刻看出絞刑臺與電椅，真是了不起的觀察力。明明絞刑臺如果沒有吊脖子用的繩索就只是兩根柱子支撐一根長長的橫棒，看起來要說是晒衣架也可以。電椅也只是一張木椅子上加了束縛帶與裝有電極的電線而已，搞不好也會被看成是某種按摩椅吧。

雖然兩種都是處刑用的裝置，但如果在絞刑臺側面的棒子上或者電椅的座位部分有隻撐起身子兩腳坐下，兩頭身比例而整體呈現圓滾滾的形狀，右前腳或左前腳彎在臉頰邊一副很幸福的白色貓咪，就算沒能立刻發現是處刑裝置應該也不奇怪才對。

九郎看著電腦的螢幕，感到敬佩似地說道：

「每一幅畫描繪的都不知該說是讓人難以平靜，或者說是心境無法沉穩的空間或物品。然而在那之中放一隻全新的招財貓又莫名讓人感覺明亮，或者說營造出了一種悠哉的氣氛。」

無論絞刑臺或電椅，小夜子都盡量畫得潔淨、清爽，使人感受不到陰影。招財貓的部分也在脖子掛上金色的鈴鐺，腳抱大塊的小判金幣或鯛魚，更進一步強調出福氣的感覺。其他像懸崖或變形護欄的畫，也都採用了這樣的手法。

然而廢墟會讓人聯想到毀滅，陡峭懸崖會聯想到墜落，變形護欄會聯想到車禍事故。一如九郎所說，都是讓人越看心情越難以平靜的景象。

光是在那樣的畫面中加入招財貓，就有人會在心中湧生奇妙的柔和感，覺得受到淨化。相反地也有人會感覺這樣更強調出畫中風景或物體給人的焦慮感。不管怎麼說，這樣不自然、不平衡的搭配會產生出另一種不同的魅力。

雖然有很多人覺得小夜子這樣的插畫很有趣，但也會聽到有人覺得這是低級趣味或感到不舒服之類的意見。

而九郎的反應中並沒有抗拒感，而且在某種程度上正確看出了小夜子這些畫作的用意。

小夜子於是一口氣說明起來：

「常有人說舉右腳的招財貓會招來金錢，舉起左腳的則會招來人潮，不過其實招財貓也被使用在招來福氣、招來安全、招來好緣分等等各式各樣的意義上。被認為是招財貓由來的傳說之中，也有像貓咪導致生意興隆、治療了疾病或是因為被貓誘導結果避開了一場豪雨等等各種故事。而且自古以來貓就因為會趕跑老鼠而受到人類重用，所以也能說招財貓以帶來幸福的象徵來說，有很古老的一段歷史吧。」

諸如豪德寺、淺草寺、住吉大社等等有名的寺院神社，也都有根深柢固的招財貓信仰，若講到民間信仰就種類更豐富了。

「藉由將那樣的招財貓跟與之不協調的場所或物體擺放在一起，就能讓那個場所或物體看起來的感覺變得完全不一樣。而我覺得這樣的畫面很美麗、很有趣。今天我也是為了尋找通常不會有人擺放招財貓的不平靜場所，而沿著這條鐵路線到處照相或寫生的。」

小夜子從托特包中拿出照相機、素描本以及一隻可以放在手掌心上的小招財貓像。

「我自己本身也絕不認為這樣的畫作是高尚的趣味。畢竟包含絞刑臺在內，都是將多少會讓人聯想到死亡的東西當成題材。不過這就是我的作品的個性，或者說世界觀。」

九郎有點感到意外似地看著講話熱情的小夜子，然後歪了一下頭。

「就算是接委託並按照委託人要求的內容作畫，要是沒有畫家本身的個性，就會變得不管委託誰畫出來都是同樣的東西了。而且我也沒有立場去批評別人的趣味是低級或高尚啦。不過……」

他就像是對於小夜子的工作可以感到理解，但對於現在這個狀況難以明白似地問道：

「那為什麼妳會對岩永產生興趣呢？」

對於小夜子來說，這才是主題。

「因為從這位岩永小姐的身上，我不知道為什麼感受到一種印象，就是我一直以來在尋找的『與招財貓不協調』的感覺。」

就某種意義上，小夜子從岩永身上感受到了與堪稱是她原點的東西相同的印象。

「她的外觀是個楚楚可憐的少女，散發出亮麗的氛圍，但同時又讓我看起來覺得莫名不祥，彷彿深藏有一種不尋常而不平穩的感覺。不像是屬於這個世界的存在，有如全身包覆著死亡的預兆。」

雖然不清楚原因，但這女孩就是讓人感到不平靜。

「我從來沒有從一個人物身上感受過這樣的印象，因此我的招財貓系列作品中都沒有描繪人物的畫作。但如果能夠將給人的印象與她相同的人物跟招財貓畫在一起，我的作品表現幅度肯定可以一口氣擴大的。所以我為了搞懂她給我那種印象的理由究竟是什麼，才忍不住看得入迷了。」

小夜子說到這邊才總算注意到，自己講的話是多麼亂七八糟而讓人感到不舒服。一個初次見面的三十出頭插畫家忽然說出「我覺得你的同伴就跟處刑工具或廢墟一樣帶有死亡的影子，而我想知道那個原因。」這種話，也只會讓聽到的人提高戒心吧。

然而九郎卻一副心中的疑惑總算解開似地露出笑容。

「原來是這樣。原來畫這種作品的人看到岩永會有那樣的感覺。這麼講起來其實也有道理吧。」

「難道你心中有什麼底嗎？」

「有的，自從我認識她之後就遭遇過許多有如死亡般的經歷，次數數也數不清啊。」

這句話雖然聽起來像在開玩笑，卻莫名帶有現實感，讓小夜子更加被這位叫岩永的女孩吸引了。

為了不要錯過這樣的機會，小夜子趕緊接著說道：

「哦哦對了，如果不介意，請問可以讓我拍一張她的照片，或者至少畫一張她的素描嗎？當然，我不會在發表的作品中讓人知道是她，也不會放到網路上的。」

「那種事情應該不是問我，而是要徵求本人的同意吧？」

這麼說也對。不過九郎保持著笑容，回應中帶有「我是不會介意啦」的意思。

「岩永她本來就喜歡像這樣打盹睡覺，不過這次是因為她連日來為了工作進行調查，又碰上大學方面有三份報告要交，導致她一直到今天中午前都在忙。大學的報告甚至有一份還必須要我像這樣幫忙她呢。」

九郎說著，把手放到筆記型電腦上。也就是說岩永最近很累，因此現在在車上聽著車輪與鐵軌的聲音在睡覺的意思。雖然其中也有讓小夜子聽不太明白的部分，但總之對方應該是在委婉表示不要為了徵求岩永同意而特地把她叫醒吧。

小夜子因為今天一整天都有空，所以要她等到岩永醒來也是沒問題的。

「話說兩位接下來是打算去哪裡呢？」

「如果時間足夠，我們是預定到終點站的溫泉地好好放鬆一下。畢竟她總是很難好好休息，所以我是很希望快點把這次的工作辦完啦。」

雖然九郎的回應中避開說明關鍵的工作究竟是什麼內容，聽起來他們好像也沒有太多時間，不過似乎並不介意小夜子繼續坐在這裡的樣子。

而且九郎應該也有好好在關心岩永。他雖然剛才強調情人關係是岩永的自稱，但那或許只是為了掩飾自己的害臊罷了。

就在這時，九郎唐突提到：

「話說回來，妳的作品之中好像沒有斷頭臺的畫。」

「咦？」

九郎把視線放到電腦螢幕上繼續說道：

「絞刑臺、電椅，甚至連釘刑臺都有，可是卻沒有處刑工具中最出名、給人印象最強烈的斷頭臺與招財貓畫在一起的作品。總覺得那應該是畫起來最有感覺的題材吧？」

其實這樣的問題小夜子已經好幾次被工作上的委託人問過，也早就有一套固定的回答。然而這次小夜子卻不禁很不自然地沉默了一下後，裝作若無其事地回應：

「以處刑工具來說，斷頭臺實在太過出名了，反而很難畫呀。雖然我調查過很多資料，也試著畫過很多次就是了。」

小夜子本來以為這樣就能把話題帶過了，可是九郎卻同樣一臉若無其事地繼續說道：

「這麼說來，大約一個月前，好像發生過一起犯人用斷頭臺砍斷屍體脖子的事件吧？」

小夜子雖然一時之間說不出話來，不過還是勉強擠出了一句不會有什麼問題的回應：

「哦哦，確實發生過呢。雖然犯人好像自首了，而且最後事件也沒查到什麼問題便獲得解決就是了。」

就是宮井川甲次郎被逮捕的那起事件。小夜子當然會記得，而且這也跟她至今沒有發表過斷頭臺搭配招財貓作品的理由有關係。

在宮井川家宅邸的那座斷頭臺旁邊就真的擺有一尊招財貓像。小夜子就是看到那樣的景象而發掘出了自己作品的方向性。

九郎或許是透過網路查到了那起事件的整理文章，語氣平淡地開始描述起來：

「五月二十一日上午九點左右，住在D縣Y村的宮井川甲次郎聯絡警方，表示自己在自家殺了人。警方於是趕到他宅邸一看，便發現甲次郎的小舅子——五十五歲的淺間貞雄在宅邸的一間房間中呈現遭到斬首的狀態。房間內擺有一座斷頭臺，而甲次郎說明他就是用那東西砍斷了屍體的脖子。」

宮井川家的宅邸中有一間和室專門陳列甲次郎中意的美術品或工藝品，而那座斷頭臺也擺放在那間和室中。在一間有凹間又有榻榻米的房間中擺放一座西洋發明的斬首處刑工具實在格格不入到讓人覺得有趣的程度，而且甲次郎還在那座斷頭臺旁邊擺了一尊高三十公分左右的白色招財貓。

九郎針對事件繼續描述：

「根據甲次郎的供詞，在五月二十日晚上，淺間貞雄來到宅邸拜託甲次郎借錢給他。貞雄從十多年前開始就經常來向甲次郎借錢，而因為這樣的狀況持續了很久，到最近已經演變成問題。這天兩人之間也發生了激烈的爭執，結果就在甲次郎激動推開貞雄的時候，貞雄的後腦杓撞到桌角，當場死亡了。」

甲次郎的妻子在十七年前因病過世，夫妻間也沒有小孩，因此甲次郎從那之後就獨自一個人居住在宅邸中。而貞雄是那位妻子的弟弟，原本跟甲次郎的關係疏遠，但因為經營的公司在資金周轉上陷入困難，才變得會來找甲次郎借錢了。

雖然看在小夜子眼中，總覺得即使對方是已故妻子的弟弟，甲次郎也根本沒有必要借錢給一個關係疏遠的男人才對。不過宮井川家在當地是個舊豪族，透過不動產買賣構築起資產，甲次郎也靠股票交易每年可以賺到好幾億元，因此多少回應了借錢的請求。

然而這樣的狀況如果持續了十年以上就未免太超過了。而且據說貞雄從一開始借錢就說著「我姊姊不就是被你害死的嗎？」這樣近似威脅的話語，表現出對方出錢是理所當然的態度。

從高中時代就經常出入甲次郎家的小夜子，也是從一開始就知道了這些內情。

「甲次郎對於貞雄的死雖然感到驚訝，不過畢竟自己已是高齡又沒有家人，沒有什麼害怕失去的東西，因此立刻決定向警方自首了。而且據說他最近對健康方面也抱有不安，覺得與其孤獨死在宅邸中不如進監獄還比較好的樣子。同時，甲次郎從以前就很好奇自己擁有的斷頭臺是不是真的可以砍下人頭，熱切希望能有機會可以嘗試看看。而這次眼前難得有一具屍體，覺得既然已經要自首，多少再加個罪名也沒什麼差別，於是他就把屍體搬到斷頭臺的房間，實際嘗試使用了。」

甲次郎雖是高齡但體格不差，就連警察聽說他是自己一個人搬動屍體並固定到斷頭臺上，也覺得他應該不會太費力而沒有感到懷疑的樣子。

九郎接著看向小夜子。

「那座斷頭臺據說是明治時代在日本製作的，但一次也沒有使用過。後來雖然中間過程不明，不過在昭和初期成為了宮井川家的東西。我還是第一次知道在日本也有製作過斷頭臺呢。」

這部分的情報也有記載在新聞報導上。

小夜子雖然一時感到猶豫，但既然自己剛才說過有為了當成作品題材而調查過資料，如果對斷頭臺以及那起事件完全不知情也會讓人起疑，於是她有點畏縮地回應九郎：

「日本在江戶時代也有執行過斬首刑，不過形式上是由人拿刀砍下受刑人的腦袋，並沒有想過像西洋那樣靠機械砍頭的點子。日本人對於刀有很強烈的感情，也有代代以斬首為生計的家族，而且還會用砍頭後的屍體試刀或磨練技術，因此或許很少會有斬首失敗的例子吧。然而進入明治時代之後日本便一口氣西洋化、近代化，連刑罰也轉為配合西洋的做法。據說當時像火刑、釘刑或梟首示眾等等殘酷的刑罰都陸續被廢除了。」

「妳懂得還真多呢。」

其實這些都是甲次郎告訴小夜子的知識，但小夜子當然不能這麼說了。

「畢竟我針對斷頭臺多少有調查過，也難免會讀到那起事件的相關報導。而據說當時日本對於斬首刑也為了導入西洋式的機械性刑罰而考慮過要使用斷頭臺，但或許是要進口實際的斷頭臺有其難度，因此最後是參考斷頭臺的形狀、功能以及設計圖，由日本自己製作了。而就在那樣純國產的斷頭臺完成的時候，社會上開始覺得斬首本身就太過殘酷，結果斬首刑也遭到廢除了。我記得那好像是明治十五年吧。於是那座斷頭臺一次都沒有被使用在刑罰上、沒有砍過人頭，就被封存起來了。」

雖然有種說法是明治初期曾有一座法國製的斷頭臺祕密運送到日本，在彈正臺（明治時代的監察機關）的主導下實驗性地使用過。然而當時並沒有留下正式的紀錄，那座斷頭臺的存在也沒有被確認過。因為是相當特殊的異說，所以小夜子並沒有提出來講，不過日本製作的斷頭臺當時沒有機會派上用場的事情是毫無疑問的事實。

九郎大概是找到了別的文章，感到佩服的同時說出了補充情報：

「原來那就是宮井川家那座純國產斷頭臺的由來。哦哦，二十年前左右還曾經討論過要將它從宮井川家捐贈給博物館，也做過了一番調查呢。當時從學術層面上也證實了那是製作於明治時代的斷頭臺，而且完全沒有被使用過的痕跡。」

「畢竟就某種意義上來說，那是具有歷史價值的稀有物品，交給大學之類的機關保管或許是最好的吧。」

「不過當時捐贈的事情並沒有談成，只是說好當甲次郎先生死後或是他想要捐出來的時候才會交給博物館的樣子。」

由於甲次郎很中意那座斷頭臺，所以他當時歡迎針對斷頭臺進行調查，但對於要立刻送讓出去的事情則似乎感到抗拒的樣子。小夜子記得後來當美術館或博物館要舉辦跟刑罰或明治歷史相關的展覽時，甲次郎也會把斷頭臺借出去展示。

九郎停頓下來呼吸了一口氣。

「為了刑罰而製作出來，卻一次都沒有被使用過的斷頭臺是嗎？而甲次郎對於那座斷頭臺似乎有很深的感情。也有報導說那斷頭臺被保養得很好，還跟甲次郎擁有的其他美術品裝飾在一起。」

那大概是為了加深「甲次郎會基於好奇心而使用斷頭臺」這種印象的報導吧。

「既然如此，他應該會很想試一次看看那座斷頭臺究竟有沒有到實用的程度，會好奇日本工匠製作出來的東西究竟會不會有缺陷吧。而這時眼前出現了一具屍體，自己又已經做好了自首的覺悟，那麼會付諸實行或許也是難免的。」

雖然小夜子覺得九郎會說這種事情是「難免」的感覺不太尋常，但九郎卻一副能夠明白似地點了點頭。

不過小夜子很清楚，甲次郎的供詞是在說謊。甲次郎不會因為那樣的理由砍下淺間貞雄的頭。

「甲次郎在供述的時候似乎還滿意地表示，那斷頭臺很漂亮地一次就把脖子砍斷了，還說自己這下就了無遺憾的樣子。除此之外，因為斷頭臺的實驗成功時已經是深夜，甲次郎覺得這時候報警也只會讓住家四周變得騷動，給鄰居們添麻煩，而且警察職員們要應對起來也會很辛苦，所以等到隔天早上才告知警方的。」

九郎用眼睛追著電腦螢幕上的文章繼續說道：

「警方剛開始好像也有懷疑過甲次郎的供詞。畢竟刻意用斷頭臺砍下屍體腦袋的行為實在過於脫離常軌，而且甲次郎感覺好像隱瞞了什麼事情。然而遺體的驗屍結果中，死因與死亡時刻都與甲次郎的供詞內容相符，受害者生前的行動也與甲次郎的描述一致，找不出什麼更多的疑點。因此警方最後是朝著告發甲次郎過失致死或傷害致死，以及毀損屍體的方向進行調查的樣子。雖然判決還沒有出爐，不過罪狀應該不會有太大的改變吧。」

關於甲次郎的事情到底要繼續講到什麼時候？

小夜子不禁感到些許焦躁，為了盡可能自然地結束這個話題，而用視線示意了一下戴著貝雷帽睡覺的岩永。

「呃，我們這樣講話沒關係嗎？她既然是累到在休息，講話吵到她會不會不太好？」

這樣的表面話通常來講應該是無法不予理會的，然而九郎大概是完全無法察覺小夜子的心情，或者真的缺乏對岩永的感情，竟笑著揮了揮手。

「這點程度沒問題啦。以前有一次下雨天我們進到一間速食店，結果她也睡著了。我那時候試著把薯條插進她的鼻孔，結果她就那樣睡了三分鐘都沒有醒來啊。」

意思是說三分鐘後她就醒來了，這實在很難拿來當參考。

「就是因為你對她做那種事情，她才會讓你遭遇到有如死亡般的經歷不是嗎？」

「但總比插山藥來得好吧？」

「速食店沒有賣山藥呀。」

搞不好最近的速食店其實有在賣，只是小夜子太久沒有光顧過那種店，忍不住感到不安起來。不過九郎立刻補充說明：

「哦哦，我是在講別的時候。有一次岩永說她『拿到了好東西』，然後高高舉著一根五十公分以上的山藥來到我房間啊。」

九郎大概是回想起當時的狀況，感到沉重地皺起了眉頭。小夜子也在腦中試著想像那個情景，不禁感到些許同情。

「女朋友拿著山藥跑來房間，總讓人覺得別有深意呢。」

山藥據說有增強精力的功效。雖然日常生活中大家是帶著滋補身體、增進活力的意義在食用，但看到女朋友帶到自己家來總感覺會引起什麼誤會。

「或者應該說她根本只有深意啊。」

九郎打從心底感到厭煩似地如此斷言。

看來在他旁邊有如睡美人的這個叫岩永的女孩，果然不是什麼泛泛之輩。這也證實小夜子的眼光一點都沒錯，讓她多少有點自信了。但這種建立自信的方式真的好嗎？

不知不覺間，車上乘客只剩下小夜子他們三個人了。大概是原本就很少的其他乘客在中途的車站陸續下車了吧。小夜子不禁也有種車內溫度忽然下降的感覺。

就在她重新振作精神，思考要如何巧妙地獲得對話主導權的時候，九郎又提出了一個新的話題：

「話說回來，請問妳知道什麼是『付喪神』嗎？」

「副桑神？」

怎麼又跑出個奇怪的詞彙了？小夜子雖然好像有聽過，但一時之間想不出來那是什麼。

於是九郎露出微笑，仔細為她說明：

「說是器具的妖怪或許比較好理解吧。經過上百年漫長歲月的古老道具會寄宿靈魂，使它成為具有自我意志並自由活動的怪物。在百鬼夜行繪卷之類的作品中就有描繪琵琶、古琴或鍋釜長出手腳和臉部行走的模樣吧？」

小夜子聽到這段說明才總算浮現印象，也想起了漢字究竟怎麼寫。她記得自己也看過那幅繪卷，簡單來講就是擬人化的道具。

「雖然並不是古老的東西就一定會成為付喪神，不過有一種說法是漫長的歲月中特別受到珍惜，或是反過來完全不被重視的道具會比較容易化身為付喪神的樣子。」

所以又怎麼樣呢？

正當小夜子感到疑惑的時候，九郎語氣輕鬆地說道：

「從明治元年到現在已經將近一百五十年了，那麼妳不覺得在明治時代廢除斬首刑的那段期間製作出來的東西，有可能早已成為付喪神了嗎？」

九郎闔上筆記型電腦，雙眼筆直看向小夜子。

「在宮井川家宅邸的那座斷頭臺在幾十年前就已經成為付喪神了。因此宮井川家發生的那起事件其實不只是犯人與受害者而已，那個付喪神同樣也是在場的當事者。」

這世上怎麼可能真的有什麼付喪神？這青年到底突然在講什麼？

然而小夜子卻頓時有種喘不過氣的感覺。明明車廂內空蕩蕩，車窗外可以看到山野與田地被太陽照耀得一片鮮綠，也依舊可以聽到車輪與鐵軌的聲響。

九郎微微瞄向坐在他旁邊的那位自稱情人。

「其實這個岩永負責的是接受妖怪或怪物等等的怪異存在商量問題並予以解決的工作。而那個斷頭臺的付喪神最近來找她商量，表示他對於被警方逮捕的甲次郎的言行舉止感到難以理解，尤其無法明白甲次郎把小舅子的屍體斬首的理由，因此希望岩永幫忙解開真相。」

說到這邊，九郎輕輕笑了一下。

「順道一提，那個斷頭臺的付喪神自稱名叫三四郎。據說是因為刀刃長度為三尺四寸，所以取了這樣的名字。」

三尺四寸，也就是約一公尺。與那座斷頭臺的刀刃長度相符。

這應該只是偶然吧？可是這位青年並不停下這些脫離現實的發言。

「甲次郎用斷頭臺砍下了小舅子的頭是事實。畢竟這是斷頭臺本身的證詞，不會有錯。然而據說甲次郎在那之後呢喃了一句話：『這樣一來應該就沒問題了。』」

九郎的語氣平穩，臉上也浮現出連他自己都覺得「這些話真是莫名其妙啊」的害臊表情，但是卻依然不停下嘴巴。

「三四郎不明白究竟是什麼事情『沒問題』，不過他在這個時候並沒有感到特別在意。後來斷頭臺被警方視為事件的證據而遭到扣押，三四郎於是在保管場所從職員間的對話得知了甲次郎向警方表示的斬首理由，也就是『自己從以前就想用那座斷頭臺實際砍一次人頭看看』那段話。」

究竟還要多久才會抵達下一個車站？小夜子不禁懷疑列車是不是放慢了速度，全身的神經都緊繃起來。

「聽到這段話的斷頭臺三四郎馬上就知道那是在撒謊了，同時他也對甲次郎那一句『這樣一來應該就沒問題了』的呢喃開始感到奇怪。究竟甲次郎為什麼要撒那種謊？到底是什麼事情沒問題？得不出答案而感到傷腦筋的三四郎似乎就在深夜從保管場所悄悄溜出來，跑去找岩永商量了。」

小夜子勉強自己露出笑容。

「又是付喪神又是斬首理由什麼的，我才想問你有沒有問題呢。再說，你為什麼要講得好像那些事情跟我有關係一樣？」

嘴上雖然這麼說，但小夜子不可能會沒有關係的。

高中畢業之前，小夜子都居住在距離Y村的宮井川家宅邸徒步約十分鐘左右的地方。她的父親是一位園藝師，經常受甲次郎委託修剪宅邸的庭院以及其他雜事。這時候小夜子的母親還沒有外遇離家，父親也還多少認真在工作。雖然如今小夜子早已將那兩人的長相都遺忘了。

就在小夜子高中一年級的時候，有一天接到父親打電話來表示自己忘了帶東西，要小夜子幫他拿到宮井川家的宅邸。在那之前小夜子雖然從外面看過宅邸，但從來沒有進去過裡面，對於甲次郎這個人也不是很熟悉。

當她把父親忘記的東西送到宅邸後，因為人手不足而被父親吩咐去打掃房間。然而她搞錯房間，進到了擺飾有各種藝術品的特別和室。

小夜子就是在這時候看到了那座明治時代製作的純國產斷頭臺，在斷頭臺的旁邊還擺了一尊白色的招財貓。

斷頭臺的威容與銳利感，招財貓的圓潤與恬靜感，兩者的組合讓小夜子大受感動。她從小就喜歡畫圖，經常拿各種題材寫生或嘗試繪製獨創的插畫，希望自己有一天可以從事這樣的工作而到處尋找可以當成自己題材的東西。然而她從來沒有見過吸引自己到這種地步的美麗景象。

也不知道究竟花了多少時間，她入迷地觀賞著那對斷頭臺與招財貓的組合。她的個性從以前開始就容易對吸引自己的對象看到入迷，甚至遺忘周圍的狀況。

而當時六十歲的甲次郎就發現了那樣的小夜子。

一個初次來到別人家宅邸的高中女生若呆呆站在房間中被人發現，就算挨罵應該也是沒辦法的事情；如果那是擺飾有高價藝術品的房間就更不用說了。然而甲次郎大概是對小夜子熱衷注視著斷頭臺的模樣感到有趣，笑著對她說道：

『只有斷頭臺的話，或許會被人說是恐怖又不吉祥而已。但如果旁邊有尊招財貓又會如何？這座處刑裝置是不是也看起來變得溫和而美麗了呢？』

小夜子還沒確認究竟是誰在對她講話，就首先激動地點頭並快嘴表示同意：

『是的！因為旁邊有個圓滾滾的招財貓，更加襯托出斷頭臺美麗的筆直線條，也更加讓人可以明白它做為一臺裝置的講究設計呢！』

緊接著她也不理會甲次郎的反應，便拜託對方讓她拍張照片，或者不方便的話至少也讓她畫張素描。在這點上她也是跟從前一樣一點都沒變。

甲次郎對於那樣的小夜子感到很中意，於是告訴她隨時都可以到宅邸來拍照或寫生。這或許是因為小夜子希望將繪畫當成工作而對宅邸中其他的美術品和工藝品也都感到興趣的緣故，不過更重要的是她立刻就理解了甲次郎最為中意的斷頭臺所散發出的魅力，這點似乎讓甲次郎相當高興的樣子。小夜子事後也聽甲次郎說過，他一直以來都很希望有個對象可以跟他談論這些事情。

後來小夜子便經常出入宮井川家的宅邸。雖然因為兩人歲數相差四十歲以上，一方面要顧慮到世人的眼光，所以小夜子都偷偷摸摸的就是了，甚至連她父親都沒有發現這件事。

甲次郎和小夜子非常談得來，讓她看了許多宅邸收藏的美術品，也讓她畫素描。能夠就近看著貨真價實的美術品繪畫素描的機會尤其讓小夜子受益良多，甲次郎的審美觀也對她造成了影響。兩人經常在斷頭臺與招財貓前面聊得忘記時間，小夜子偶爾也會聽聽甲次郎的抱怨。從這時候甲次郎的小舅子淺間貞雄就會來向他要錢，而這件事也成了兩人之間的話題。

甲次郎是小夜子最能依靠的對象，也是她居住在那座村子的時期最親近的人物。

「因為妳就是事件的關係人。」

九郎的語氣中並沒有責備，而是露出「把妳扯進麻煩事中真是不好意思」的表情說道：

「森野小夜子小姐，那個斷頭臺的付喪神也記得妳的事情。妳可以說是這一連串謎團的中心人物。」

如果所謂的付喪神真的存在，當然會記得小夜子了。不，那是不可能存在的。但是若不存在，眼前這位青年又為什麼能夠講出這樣荒唐無稽卻又符合事實的發言？

坐在九郎旁邊睡覺的女孩大概是快醒來的關係扭動了一下身子，結果頭上的貝雷帽掉了下來，落到九郎大腿附近。

九郎拿起那頂貝雷帽的同時，面露僵硬的笑容對小夜子繼續表示：

「岩永早已解開了謎團，知道究竟發生了什麼事情。那麼，就讓我們進入正題吧。」

岩永感覺好像隨時都會醒來。當這女孩睜開眼睛的時候，是不是一切都會結束了？是不是整個現實都會遭到改寫？

小夜子不禁抱著想要尖叫出來的心情，緊緊握起自己的托特包。

在距離一座不知究竟是還在使用或是已經長年廢棄的無人車站一公里以上的地方，小夜子癱坐在四周連一間民房都沒有的神社後面擦拭著汗水，調整呼吸。

這是什麼陷阱嗎？還是惡夢？

就在九郎準備進入正題的時候，小夜子注意到列車已經停下來打開車門，於是立刻從座位起身，奔到了月臺上。而九郎大概是因為太過突然而沒能站起來，或是因為沒辦法丟下還沒醒來的岩永，結果沒有隨後追上，列車便出發了。

小夜子看到列車出站之後便馬上離開車站，在山野間的坡道上不斷奔跑，看見一座鳥居就衝了過去，兩階併作一階地爬上階梯，穿過鳥居見到神社，於是繞到神社後方癱坐到地上。神社背後有一排高度及腰的木製柵欄，柵欄的另一側是雜草叢生的陡峭斜坡，斜坡下方是一塊河岸。如果要從那裡爬上來應該會很辛苦，而且那高度與距離也應該會讓人不想攀爬才對。

太陽還高高掛在天上，雲也很少，天氣非常晴朗。周圍感覺不到有人的氣息。只要躲在這裡應該就不會被找到了。而且神聖的場所也可以讓小夜子稍微放鬆一點。

她在腦中思考著。接下來該怎麼做才好？究竟是發生了什麼事情？

那兩個叫九郎跟岩永的人物是警方關係人嗎？還是更加糟糕的人物？或者反過來其實是好人嗎？

不，對於才剛認識的對象忽然講什麼妖怪實際存在的人，不可能會是什麼好人。

「對不起，我並沒有要嚇妳的意思。」

不可能是好人的兩人之一——九郎道歉似地舉著一隻手，從神社的轉角處現身了。

「你、你為什麼會找到這裡？」

小夜子沒有站起身子的餘力，甚至連害怕的力氣都沒有，只能感到愕然。就算九郎是在下一個車站下車追上來，若沒有預先知道她在這個地方……不，就算他預先知道，也不可能這麼快就追上來才對。而且九郎幾乎沒有流什麼汗，也臉不紅氣不喘。

大概是為了不要刺激小夜子，九郎保持著一段距離緩緩走到她正面，站在腳已經可以碰到柵欄的位置。

「斷頭臺三四郎來商量之後，我們就在找妳了。即使是在人很多的街上，其實也有很多的妖魔鬼怪。我們在浮遊靈之類的存在協助下，前幾天終於找到了妳的下落。後來我們就隨時在監視著妳。而且在這附近一帶也到處有無害的妖怪們，告訴了我們妳在這個地方。」

看到九郎像這樣站在眼前，小夜子才發現他身材意外地高。可是他身段卻放得很低，表現得彷彿立場比小夜子還要弱。

「不過要追上妳還是很累人的一件事。因為岩永不善於運動，我想她等一下晚點才會過來吧。」

雖然九郎無論態度或語調都像個善良的青年，但這點反而讓小夜子感到更加毛骨悚然。有著好青年的樣貌卻表現出異常的言行，這樣的不均衡感擾亂著小夜子的心。

九郎接著反省似地垂下肩膀。

「因為今天妳要沿著那條地方列車路線到處走的緣故，所以我們猜想只要配合時間搭上列車應該就能在什麼地方遇上妳。不過我萬萬沒想到會是妳主動跟我們接觸呢。

那狀況完全出乎我的預料，因此讓我非常猶豫該如何向妳提起我方想說的事情才好。一直以來這種事情都是岩永在做的，但畢竟今天要把她叫醒也太可憐了。」

小夜子忍不住笑了起來。

「我會從那女孩身上感到不祥也是當然的，因為她就是讓我的罪行曝光的預兆呀。原來這世上真的有所謂像『預感』之類不可思議的直覺呢。」

在這點上，小夜子姑且相信了超自然的力量。

「可是你也沒有必要為了嚇唬我而撒謊說什麼妖怪吧！那也太過不可思議了！」

「在那點上我也沒有撒謊。我發誓，我們不是警察，也沒有要告發或指責妳罪行的意思。妳之所以會對岩永感到不祥，應該是因為她本來就是那樣的存在。我們只是受到斷頭臺的付喪神三四郎的委託而來的。」

對於小夜子的抗議，九郎一副「妳的心情我明白，但還請妳鎮靜下來」模樣似地搔著頭。

小夜子不禁感到氣憤，嘗試靠理論反駁：

「那個『三四郎』的名字就是你在撒謊的證據！Guillotine（斷頭臺）的名稱來源是將倡導者約瑟夫．伊尼亞斯．吉約丹（Joseph-Ignace Guillotin）醫生的姓氏改為女性名字的吉約帝納（Guillotine）！所以 Guillotine 應該是女性，不可能是『三四郎』這種男性的名字呀！」

對於這點，九郎當場沉思了一段時間後回答道：

「這個嘛，畢竟那東西在日本也稱作『斷頭臺』，而三四郎是純國產的，所以就算性別不一樣應該也沒關係吧？」

「別那麼輕易就改變性別呀！」

小夜子一方面為了壓抑湧上心頭的恐懼而準備繼續大吼，不過九郎緩緩往後退開，並且把手掌伸向前方擺出安撫情緒的動作。

「請妳冷靜下來，我們並沒有要加害於妳的意思。」

但這句話說到途中，九郎的身子就忽然往後一仰，從小夜子的視野中消失了。

他恐怕是為了不要刺激小夜子而把身體靠到柵欄上想要再拉開一點距離，結果那柵欄不知是基部還是整體已經相當脆弱，承受不住人類的體重而當場斷裂，跟著九郎一起摔落陡峭的斜坡了。

小夜子面對突如其來的展開當場愣住，但很快又回過神來站起身子，探頭望向陡峭斜坡。要是從這裡摔下去，絕不會只是翻滾幾圈而已，肯定會狠狠摔落到下面的河岸邊。

九郎趴著身子倒在那塊河岸邊，頭部附近的地面可以看到深紅色的液狀物體漸漸擴散。感覺應該已經喪命，就算還活著也遲早會死吧。

「到底怎麼回事？意外事故嗎？啊啊！必須叫救護車才行！」

小夜子趕緊拿出手機準備撥號，可是一把紅色拐杖的前端忽然舉到她的眼前。

「沒有必要。他很快就會起身回到這裡來的。」

拿著拐杖的是那位名叫岩永、頭戴貝雷帽的女孩。面露彷彿沒什麼煩惱的微笑，容貌有如人偶而身材嬌小的這位女孩，不知不覺間就來到了小夜子身邊。

面對講不出話的小夜子，岩永摘下貝雷帽低頭致意。

「恕我自我介紹得遲了，我叫岩永琴子。愚魯的學長對妳做了相當失禮的行為，且讓我代他向妳深深致歉。」

在拿著手機愣在原地的小夜子面前，岩永優雅地說出「愚魯」這樣不常聽到的詞彙並重新戴上貝雷帽後，用相當平常的態度注視著小夜子說道：

「那麼，這次讓我們真的進入正題吧。為什麼宮井川甲次郎會用斷頭臺砍下淺間貞雄屍體的頭呢？」

小夜子再次渾身無力地癱坐到地上，結果讓視線高度變得跟岩永一樣了。接著用基於常識的主張想要抵抗眼前的岩永。

「不，現在不是講那種事情的時候吧！」

她這句話應該很有道理才對，可是岩永卻不予理會，擅自開始講起「正題」：

「甲次郎向警方供述自己不小心殺死了貞雄，便想說乾脆趁這個機會使用自己從以前就想試用看看的斷頭臺，把屍體的頭砍了下來。」

岩永的聲音冷淡而清晰響亮。搞不好是她認為像這樣自顧自地講起話比較可以讓小夜子鎮定下來，才會故意這麼做的。

「斷頭臺的三四郎對我說，他聽到這段轉述時便立刻發現甲次郎在撒謊，並開始疑惑甲次郎在砍下貞雄的頭時呢喃的那句『這樣一來應該就沒問題了』，究竟是什麼意思。」

岩永彷彿對什麼事情感到有趣似地繼續說道：

「聽到這邊就有一點讓我感到在意。為什麼三四郎會立刻發現甲次郎告訴警方砍頭的理由是在撒謊？這並不是因為甲次郎的那句呢喃與他所說的理由不相吻合，而是因為三四郎是察覺謊言之後才對甲次郎那句呢喃的意思感到疑惑。於是我針對這點詢問了三四郎，結果他是這麼回答我的。」

小夜子只能夠默默聽著岩永逐漸帶入事件的核心。

「因為在十年前左右，甲次郎已經有過利用斷頭臺對屍體砍頭的經驗。三四郎說他當時是被製造出來之後第一次可以從事自己身為斷頭臺的工作而奮力表現，漂亮地將屍體的脖子砍斷了。一百年以前的斷頭臺就算狀態保養得再好，也不可能那麼輕易就砍下人頭的。是因為它成為了付喪神，才有辦法發揮出正常以上的能力呀。」

沒錯，十年前甲次郎就因為斷頭臺的鋒利程度實在太過出色，與其說是驚訝不如說是大為感動，認為日本的工匠從明治時代就非常優秀了。

「甲次郎早在十年前就用斷頭臺砍過人頭了，那麼這次說『從以前就想試一次看看』的理由自然是在撒謊了。」

說到這邊，岩永重新看向小夜子的眼睛。

「然後十年前左右下手的那一次，據說在場的人不是只有甲次郎，還有另外一名女性在幫忙。而且這兩個人不只是砍下屍體的頭而已，也有把手腳甚至軀幹都用斷頭臺砍斷，把全身都分屍的樣子。」

岩永揮動一下拐杖，指向小夜子。

「森野小夜子小姐，當時和甲次郎在一起的人就是妳。妳和甲次郎是用斷頭臺將妳父親的屍體分屍了對吧？」

這女孩果然是要讓小夜子的罪行曝光的存在。

殺害淺間貞雄的事件和小夜子並沒有直接的關係。但因為那起事件有可能連帶地把小夜子的罪都攤到陽光下，所以她才會感到恐懼的。

既然斷頭臺可以輕易砍下人頭，那麼應該也可以砍斷手腳吧。要砍斷軀體也不是不可能的事情。雖然斷頭臺的設計上並不適於把頸部以外的部分固定在吊高的刀刃下方，不過只要調整屍體的位置讓想要切割的部分放在刀刃下面，一樣能夠輕易砍斷。

「如果想要處分一具成年男性的屍體不要讓人發現，若保持原型就太過笨重，而且搬運起來太醒目，要埋起來也必須挖個很深的坑洞。然而只要將屍體拆散就能夠將各部位分別處理，不但可以減輕搬運上的負擔，無論要埋到山中或是沉入海底也都比較方便。即使需要多一道麻煩的手續，但可以更安全地處理掉一具屍體。如果將各部位分別丟棄到不同地方就更加不顯眼，也能降低被人發現的風險。」

沒錯。小夜子與甲次郎當時就是認為這樣處理比較好。

「而且就算到處分散掩埋或沉入水中的部位被人發現，只靠手臂或軀體之類的一部分想要查出屍體的身分是很困難的一件事，若已經化為白骨就更不用說了。即便是頭部，如果破損過於嚴重想必也很難找到線索。正因為如此，自古以來要處理屍體的時候經常都會選擇分屍的手段。」

容貌年幼的岩永卻語氣流暢地說著帶有現實感的犯罪手法。這點同樣讓小夜子感到不均衡而毛骨悚然。

「然而要拆解屍體是很辛苦的一件事。不但骨頭很硬，肌肉與脂肪也不是靠一般的刀刃就能輕易切開的東西。畢竟就算是使用斧頭或刀劍的斬首刑罰時，都經常會發生切砍失敗的狀況。就是為了減少那樣的失敗，才會開發出斷頭臺。既然如此，斷頭臺應該也可以說是最適於用來分屍的裝置了吧。」

那是為了迅速確實地砍斷人體而設計出來的裝置，甚至因為砍得太迅速，據說曾經有過一天砍下上百個人頭的紀錄。也因此斷頭臺明明是基於人道理由而製作出來的裝置，卻成為了一種恐怖的象徵。

小夜子放棄隱瞞，決定自發性地開口了。就算對方態度並非得意洋洋，但小夜子已經無法忍受這個看起來像少女也像魔女的人物繼續恣意地描述關於自己的過去。

「十年前，三月中旬的某天晚上，我在家中殺害了父親，於是跑去向甲次郎先生求助了。我不願意為了那樣的父親而被人問上任何一點點的罪，甚至連向別人解釋原由都感到討厭。甲次郎先生當時對我感到同情，表示願意協助我處理屍體並隱瞞殺人的事情。就是在那時候，甲次郎先生提議要利用那座斷頭臺的。」

「那部分的事情三四郎似乎也有聽到。而且他也說甲次郎先生從以前就想試試看用斷頭臺砍人體的事情是真的。所以甲次郎先生才會立刻想到用斷頭臺處理屍體的點子，而且毫不猶豫地付諸實行。」

雖然小夜子確實曾在那座斷頭臺前跟甲次郎商量過關於父親的事情，但這女孩難道還想繼續講什麼付喪神之類的胡言亂語嗎？小夜子不禁感到很不愉快。

可是岩永說明的內容又符合事實，因此小夜子也無從否定。

「當天深夜，我們用甲次郎先生的車子將父親的屍體搬送到宮井川家的宅邸，並且用斷頭臺分屍了。畢竟我家跟宮井川家周圍都沒什麼民房，到了深夜也沒有室外燈光，因此無論搬送還是分屍都沒有被人發現。後來我們花了幾天的時間把拆成二十多個部位的屍體運到山中掩埋或是運到更遠的地方沉入海中，盡可能分散場所。而且我們進一步處理，讓屍體絕對不會被看出身分。甲次郎先生也保留了一部分的屍體，說要埋在宅邸的庭院中等到化為白骨之後再行處理。」

宮井川家宅邸的領地很廣，不用擔心被人發現埋了屍體。雖然再怎麼說也沒辦法一直埋著，但等到在地中化為白骨之後再運到遠處捨棄會比較輕鬆。

「我在三月結束時，從高中畢業之後就馬上離開了村子。雖然當時連要就職還是上大學都還沒決定，但我本來就已經打算要那麼做了。畢竟我父親從很早以前就開始酗酒而不工作，只要我離開村子，大家應該只會覺得是我們家為了避債而趁夜潛逃了。從那之後我就再也沒有回過村子，跟甲次郎先生也已經十年以上沒有聯絡了。」

「是甲次郎指示妳那麼做的對吧？」

難道這部分只是岩永的推測，她並沒有向甲次郎取得過確認嗎？那麼她又是怎麼得知當時應該只有小夜子跟甲次郎會知道的狀況？謎團越來越深。若不是那座斷頭臺真的成了什麼付喪神，實在難以說明。

小夜子沉下眼皮回應：

「對。甲次郎先生說我有繪畫的才能，因此要我忘記過去、重新來過。而且為了讓我離開村子後可以生活，他還給了我一筆錢，並告訴我接下來的事情都交給他就好。另外為了預防萬一，他也交代我要跟宮井川家以及整座村子都斷絕關係，然後就送我離開了。」

多虧甲次郎的那筆錢，讓小夜子離開村子後沒有陷入走投無路的狀況，很快就找到居住的地方以及暫時維生的工作，也從事了約五年左右的插畫工作。

「只要我捨棄過去，就算我父親消失也不會有人找他，也不會有人感到奇怪。畢竟父親當時在村中是不論存不存在都無所謂的狀態，因此我想應該連騷動都沒有引起吧。只要屍體沒有被發現，就絕對安全。」

或許甲次郎在這部分也幫忙處理得很好吧。因為他是在村中有權有勢的人物，只要他若無其事地向人提到自己介紹了其他地方的工作給森野家，想必就完全不會有問題了。

「然而在一個月前，我做完深夜的打工回到家睡覺，醒來再做了一下插畫的工作後，就看到新聞報導說甲次郎先生遭到逮捕了。當下我還以為是父親的屍體被人找到而且查出身分，讓甲次郎先生因為那個罪名被逮捕的。我頓時覺得我們那時候雖然把屍體處理得很徹底，但會不會是什麼地方遺漏了？我會不會也很快就要被抓了？讓我嚇得全身發冷。但後來知道甲次郎先生遭到逮捕的理由是完全不同的事件，可是他對於用斷頭臺將屍體砍頭的理由又撒了那種謊，讓我感到腦袋很混亂呀。」

其實只要冷靜下來就可以想出很多合理的解釋，然而小夜子卻選擇避開深入思考。她認為只要警察別來找她就可以了。

岩永這時彷彿第一次注意到某件事情似地把手放到額頭上。

「哦哦，原來小夜子小姐也是跟三四郎抱有相同疑問的立場呀。關於淺間貞雄的那起殺人事件，甲次郎的供述內容幾乎都是真的。他在發生口角時出手，結果不小心殺害了小舅子。然而甲次郎在年齡上要逃跑也很辛苦，在健康上也有問題。就算把屍體藏起來，貞雄也不像小夜子小姐的父親那樣在社會上呈現孤立，要是貞雄失蹤就會引起騷動，那麼一來甲次郎遲早會遭到逮捕，因此他立刻決定向警方自首了。雖然只有部分片段，不過三四郎也有目睹或聽聞到這些狀況。」

「那個斷頭臺是付喪神的論點，妳到底要主張到什麼時候？」

就是因為這個主張，讓小夜子心中的不安與混亂不斷加深的。

「雖然妳這樣說，但如果沒有三四郎，我也不可能知道這麼多的事實呀？」

岩永對於對方的態度感到遺憾似地揮一揮拐杖，又繼續說了下去。

「決定去自首的甲次郎接著就用斷頭臺砍下了貞雄的頭。為什麼呢？」

小夜子雖然也隱隱約約知道答案，不過她盡可能讓自己不要去思考那件事。

可是岩永毫不遲疑地說出了那個解答：

「這是很簡單的推理。甲次郎這次也是為了隱藏妳的罪行而用斷頭臺將屍體砍頭的。」

小夜子只能在口中深處緊咬著牙齒。

「甲次郎雖然決定自首了，但問題就在於他的財產處分。照他的年齡來說如果遭到判刑，應該就會在牢中過世，搞不好親族們在他服刑的期間就會擅自將他的財產處分掉了。尤其那座斷頭臺本來就講好要捐贈給博物館，只要親族中沒有人對它有特別的興趣，應該就會很乾脆地捐出去了吧。少說也會被明白其價值的人物或組織買走。甲次郎恐怕是認為到時候那座斷頭臺有可能會讓妳的罪行曝光吧，認為那斷頭臺上搞不好還殘留有砍斷過人體的痕跡。」

據說有砍過人的刀就算再怎麼研磨過，厲害的行家還是可以看得出來。沾染到柱子上的人血就算再怎麼擦拭，也沒辦法完全消失。而且近代的科學分析技術似乎也能知道血液是不是人類的東西、有多古老。如果有採集到ＤＮＡ，甚至連是誰的血都能夠檢驗出來。

「十年前，斷頭臺在砍過小夜子小姐的父親之後肯定有徹底清潔過，把顯眼的血跡以及妳的指紋都擦得一乾二淨了吧。畢竟後來那座斷頭臺還是繼續擺飾在房間中嘛。然而一旦面臨要交到別人手中的狀況，就難免會開始擔心了。會不會有血液或肉片殘留在什麼地方？會不會有人類的油脂沾染在上面？刀身會不會留下汙漬或什麼缺損？」

雖然小夜子當時也有幫忙清洗斷頭臺，讓它恢復到以前的狀態，但也依然會感到不安。

「那座斷頭臺在二十年前有接受學術性的調查，當時得出的結論是它沒有任何對人使用過的痕跡。也有被當成珍貴的資料展示過，想必也被拍過許多照片。甲次郎無法知道斷頭臺捐贈出去後，博物館或大學會不會對它重新進行調查，但萬一在調查時發現似乎有砍過人體的痕跡又會如何呢？自然就會懷疑在過去那次調查之後，那座斷頭臺曾被人使用在犯罪上了。」

大家自然就會推測是甲次郎使用在犯罪行為上了吧。

「如果接著又發現被銳利的刀類砍斷骨頭的屍體，然後又查出甲次郎的周圍曾經有某個人物失蹤，搞不好就會連鎖性地把過去那場殺人以及小夜子小姐的事情都挖出來了。因此甲次郎為了完全消除那樣的可能性，而決定製造出即使斷頭臺有留下砍過人體的痕跡也不奇怪的狀況。即使那樣必須讓自己多背負一項毀損屍體的罪名，他還是用斷頭臺砍斷了貞雄的屍體。」

如果要隱藏痕跡，只要用新的痕跡蓋過去就可以了。這點小夜子也能理解。

「如此一來，也能明白甲次郎在砍斷屍體後，呢喃的那句『這樣一來應該就沒問題了』的意思。如此一來，就算斷頭臺有砍過人的痕跡也是理所當然，不會遭人懷疑，也就不會受到更進一步的詳細調查了。這樣一來小夜子小姐的罪行就不會曝光，應該也就沒問題了。那句呢喃就是這個意思。或者就算對象是一具屍體，博物館或大學可能也不會想收下一座實際砍過人頭的斷頭臺。即使因為是珍貴資料而決定收下，可能也只會封藏起來、什麼也不調查吧。如果是那樣的狀況，同樣也符合甲次郎的期望。」

雖然把斷頭臺直接破壞燒掉或許是最安全的，但對於它有特別感情的甲次郎應該做不出這樣的行為，而且如果在自首前破壞燒掉了那麼巨大的東西，搞不好反而會讓人起疑。因此把貞雄的頭砍下來恐怕是次佳的選擇了。

岩永稍微往前走幾步，來到被破壞的柵欄邊探頭看向下面，並且對無法動彈的小夜子說道：

「對於警方，甲次郎也只需要供述一段會使用斷頭臺似乎還算合理的理由就沒問題了。雖然就社會觀點來看不太符合常識，不過甲次郎從以前就想試用一次看看那座斷頭臺也是事實，只不過那不是這次而是十年前的想法，也不算是撒謊。應該不用害怕警方看出他的真意。」

小夜子一直避開面對的假說都被岩永實際化為言語了。

而那個岩永接著露出微笑，重新看向小夜子。

「三四郎雖然掌握了足以察覺出這些事情的情報，但畢竟他是個妖怪，似乎沒能完全理解人類心理與社會關係的微妙之處。畢竟甲次郎在進行砍頭作業的時候也沒有把理由講出口的樣子。而在聽完我這些推理之後，三四郎便釋懷地露出了豁然開朗的表情呢。」

斷頭臺的哪裡有可以露出表情的臉部？簡直是胡說八道。事件的凶器竟然會為了自己被使用的理由感到困惑也未免太缺乏現實感了。

小夜子壓抑著想要大吼的感情，雙眼凝視岩永。

「妳的推理都是假的。不可能會是真相。」

她無法克制如此主張的衝動。她必須這麼主張才行。

「哦？妳這麼說的根據是？」

但岩永不為所動，只是深感興趣地讓對方繼續說下去。

對於小夜子來說，事到如今付喪神是否真的存在已經無所謂了。她只是無法接受那樣的假說會是真相。即便同樣的結論，其實在很久之前就已經浮現在她腦袋的某個角落。

「我在新聞上看到甲次郎先生遭到逮捕的時候，首先想到的是自己的安全與否。我好擔心這次的事件會不會讓甲次郎先生想要對十年前的事情一起贖罪，而把一切都告訴警方。但我完全沒有關心過甲次郎先生的狀況。」

甲次郎如果把十年前的行為也講出來也只會讓罪名更重，所以他應該不會講出來才對。小夜子的腦中只是不斷打著這樣的算盤。

「可是妳卻說甲次郎先生在殺了人之後，比起自己反而先擔心我的安危，決定自己一個人把罪扛起。那我又算什麼？只想著要保護自己的我到底算什麼？」

這表示小夜子對於最關心她、最為她付出的人完全不顧慮的意思。

「如果妳的推理不是假的，我就必須承認自己是個無恥的人，我就是個根本沒資格讓甲次郎先生掛心的人了。為了這樣一個女人砍掉屍體的頭，不就顯得甲次郎先生很愚蠢了嗎？所以那推理必須是假的才行呀。」

這個名叫岩永、像個人偶一樣的女孩，就是為了逼小夜子面對這種事情而來到這裡的嗎？是身為一個不祥的使者而來到面前的嗎？小夜子是掉入了她設下的陷阱嗎？

岩永吐了一口氣後，不太在乎地回應：

「要說那是假的也沒關係，不過甲次郎應該也不會介意妳那樣的想法吧？」

這句話說得好像小夜子為了這種事情苦惱是很奇怪的行為一樣。

「甲次郎曾經勸告妳要捨棄過去。因此他應該不會期望妳為了這次的事情關心他，也不會要求妳要有所回報吧。」

岩永有如一個歷經過悲喜辛酸的人生前輩般說著。

「對於甲次郎來說，妳也許就像他的孩子或是忘年之交的朋友。會同樣對斷頭臺與招財貓的組合產生感動的對象，應該也找不到其他人了。對於這樣唯一的知心人物，應該只會想要付出些什麼但不會有希望得到回報的念頭吧。至少三四郎認為甲次郎就是那樣的人。」

畢竟它是長年來被甲次郎珍惜的斷頭臺，或許在那棟只有甲次郎獨居的宅邸中是最理解他的存在吧。

岩永接著又覺得自己身為年輕人好像講話太過高高在上似地對小夜子低下頭。

「哎呀，要說我的推理是假的也比較符合現實。付喪神這種東西根本不可能存在的。就算把我的話講給別人聽，應該誰也不會相信吧。當然，我想妳也不會主動把自己過去犯下的罪告訴別人就是了。」

沒錯。如此奇妙的事情，小夜子也不可能會講給誰聽。

這時候，小夜子注意到一個根本的問題。

「那妳到底來找我做什麼？就算是假的內容，只要讓斷頭臺的付喪神解開了心中的疑惑不就結束了嗎？有什麼必要把那些話也告訴我呢？」

「那是因為三四郎在接受了我的推理之後，又向我拜託了另一件事情。」

岩永感到抱歉似地垂下眉梢。

「在妳的招財貓插畫系列中，並沒有斷頭臺的畫。對妳來說，在甲次郎的宅邸看到的斷頭臺與招財貓是一切的原點，本來應該會很想發表那樣的作品才對。然而要是發表了那樣的作品，就會跟妳捨棄的過去產生過度的關聯性。所以妳才會一直迴避那樣的作品吧？」

小夜子雖然聽不出岩永究竟打算把話題帶往什麼方向，但也只能承認了。

「沒錯。就算覺得即使把作品發表出去也不會有人聯想到還住在那座村子時的我，我還是會感到害怕。所以我盡可能迴避了那樣的作品。可是那又如何呢？」

岩永彷彿在責怪小夜子太過遲鈍似地回答：

「甲次郎曾經看過許多妳的作品。即使沒有公開本名，他還是從妳公開在網路上的東西以及妳接過的工作，看出了名叫『上月』的插畫家真正的身分。他似乎尤其喜歡妳把招財貓與不吉祥的東西組合在一起的系列作品。據說他曾經在那間擺飾了斷頭臺與招財貓的房間一邊喝酒，一邊自言自語地說著這樣的話呢。」

小夜子還是第一次聽到這種事情。不過這也是當然的。畢竟離開村子之後，小夜子就徹底斷絕了與甲次郎的聯絡。甲次郎想必也不會在網路上留下什麼不必要的留言吧。

「至於妳的畫作中沒有成為原點的斷頭臺這件事，甲次郎也明白是因為那可能使妳和他之間產生關聯性，所以只能感到遺憾。而三四郎對於自己沒能被畫進作品中公開給全世界看到的事情同樣感到很難過。他也非常喜歡妳的畫作呢。」

小夜子不禁疑惑，對於成為畫作題材的道具本身送上的讚美，究竟該抱著什麼樣的心情才好？

「因此三四郎拜託我來說服妳，希望妳務必發表一幅斷頭臺與招財貓的作品。他也說他會盡最大的可能提供協助。」

岩永一副「這是至今接過最麻煩的委託了」模樣似地搖搖頭。

「關於妳父親的屍體，只要是能夠找到的部分，妖怪們都會幫忙移動到更加隱密的場所。假設萬一被誰發現，妖怪們也會在正式被調查之前把屍體偷出來重新處理。三四郎也會稍微改變刀刃的形狀，讓刀與屍體骨頭的切割面變得無法吻合。」

這是多麼荒唐誇張的提議啊。

岩永接著又說出了讓小夜子能夠更加放心的材料：

「甲次郎這次也在警察來到宅邸之前就把招財貓搬離斷頭臺旁邊，收到置物間去了。這是為了避免讓那兩者的組合被大眾看到，盡可能防止讓人聯想到妳的畫作。」

好奇心強烈的電視或雜誌媒體，雖然也報導過甲次郎收藏的其他美術品或工藝品，但是都沒有提到那尊招財貓。畢竟甲次郎從以前就不太會讓人進到那間擺飾用的和室，因此知道那尊招財貓的人肯定也非常少數。

「而且最近才剛發生讓斷頭臺成為話題的事件，所以社會上應該也會相信妳是從那事件中獲得靈感而發表了新的招財貓系列作品吧。」

妳到底是在胡說八道什麼？小夜子雖然很想如此責備對方，然而岩永看起來一點都不像在開玩笑。

「我們不會強迫妳的。三四郎也說過它不希望妳是在勉強之下畫出不佳的作品發表出去。他終究只是希望妳能正面考慮看看這項提議而已。」

小夜子因為焦躁的心境而發出了沙啞的聲音：

「那我犯下的罪呢？我可是殺了人喔？妳明明知道了這點卻保持那樣的態度沒問題嗎？」

結果岩永開朗地挺起胸膛。

「我並不是法律的守護者。我的立場上只要能維持這個世界的秩序就足夠了。反正我對於妳那位被殺的父親沒什麼好感，三四郎也沒有期望妳接受制裁。要如何面對罪行，那是妳的問題。」

她接著舉起拐杖，指向斜坡。

「而且妳即使覺得已經來不及得救，還是為了從這裡摔下去的九郎學長想過要叫救護車，因此我並不認為妳是那麼壞的人。」

聽到她這麼說，小夜子才發現自己差點忘記了。那個叫九郎的青年剛才摔落到下面的河岸邊，要不是當場死亡也應該是瀕死的狀態才對。現在又經過了一段時間，肯定已經斷氣了吧。

「可、可是他死了呀。」

雖然那是意外事故，但小夜子也並非完全沒有關係。

結果就在這時，九郎忽然從神社的轉角處冒出來，用一副沒有什麼事情好在乎模樣似的悠哉態度對岩永說道：

「啊，岩永，事情結束了嗎？」

「是的，剛結束。」

而岩永對於九郎的出現也彷彿一點都不覺得不自然似地點頭回應。

小夜子則是繼續癱坐在地上雙腳發軟。九郎的衣服上可以明顯看到大概是滾落斜坡時沾到的雜草與泥土，然而無論是他的頭部或肌膚都找不到任何一點受傷的痕跡。明明剛才小夜子親眼目睹他在下面的河岸邊流出鮮血的景象，可是現在的他竟然毫髮無傷，甚至連一點擦傷都沒有。

對於盯著九郎的小夜子，岩永聳聳肩膀。

「如妳所見，九郎學長還活得好好的。請不用擔心。」

真是一點現實感都沒有。這果然是一種惡夢吧。然而小夜子也很清楚，這場夢並不會醒來。

岩永有如最後要道別般，彬彬有禮地彎下腰。

「那麼，祝妳工作順利。如果斷頭臺的三四郎被什麼地方接手並公開展示，就請妳去見他一面吧。只要是為了妳，他或許也可以提供什麼協助。當然，對妳來說這些話可能也全都是胡言亂語就是了。」

不知是何方神聖的女孩如此說道後，便帶著不知究竟是不是人類的青年，悠然自在地離去了。

九郎在離開前也有對小夜子低下頭致意，然而那樣像個正常人的行為反而也讓他看起來不像個人類。剛才只是因為那名少女給人不祥的印象太過強烈而沒有注意到，其實像空氣一樣悠悠哉哉跟在她身邊的那位青年同樣是很異常的存在。

一個人被留在神社後面的小夜子想著，今後自己究竟該怎麼辦？這樣可以說是得救了嗎？

就在她抱著迷茫的心情準備站起身子而把手撐在地面上時，一隻狸貓緩緩走了過來。畢竟這裡是自然環境豐富的鄉下神社，會有那樣的生物也不奇怪。

可是那狸貓卻停下腳步後，輕輕舉起一隻前腳，用人類的語言對小夜子說道：

「嗨，相信公主大人說的話沒什麼不好的喲。嘿咻、嘿咻。」

只說完這麼一句話之後，狸貓便緩緩離去了。

自古以來就常說狸貓會耍人，也常被描述為一種妖怪，因此會講人話也算是吻合傳統吧。

小夜子搖搖晃晃地站起身子，把手撐在神社牆上調整呼吸。

這些全都是假的。現實世界不可能會是這個樣子。

但不管怎麼說，總之還是發表個斷頭臺與招財貓的畫吧。如此一來應該就不會再碰到那個女孩了。以前也已經畫過幾張草稿，畢竟斷頭臺是小夜子從高中時代就一直想畫的題材。如果甲次郎能夠看到發表的作品，想必會感到高興吧。

天空還是老樣子，一片晴朗。

岩永琴子與九郎一起走在山間的下坡路。

剛才為了要追上小夜子，岩永是讓附近的妖怪沿著不會被人看到的路徑搬送她過來的。不過現在既然已經沒有急事，就盡可能不要麻煩妖怪們比較好。畢竟還是白天，而且要是過度隨便使喚也可能會讓妖怪們不高興，進而導致對岩永負面的評價。

岩永的左腳雖然是義肢，但走起路並沒有什麼問題。反正再走一段路就會到比較寬的車道了，到那邊再叫計程車也可以。

跟岩永走在一起的九郎把注意力朝著神社的方向並疑惑歪頭。

「十年前，為什麼小夜子小姐會殺掉自己的父親呢？」

這可以說是至今一連串事件的開端，然而岩永並沒有詳細調查也沒有詢問小夜子。因為只要知道小夜子當時不得不殺掉父親，而關係人物也能夠理解她這項行為就足夠了。

但九郎對於不過問以前那場殺人的事情似乎還有點無法釋懷的樣子，於是岩永向他說道：

「畢竟她不是計畫性地殺掉父親，而且連當時的狀況都不願意提起，可見理由非常不單純吧。既然她能那麼簡單就捨棄過去，代表她當時不論在村子裡還是學校中應該都是孤立的狀態。事到如今還去剝開那個人的內心傷疤也沒有意義，所以我才故意不深入詢問的。從目前知道的幾項情報看起來，恐怕是她當時差點被父親做了什麼欠缺品行到讓我實在講不出口的行為吧？」

這不僅限於親子之間，被家族裡的人做出過分行為的例子自古早以來就相當多。被殺也不足以同情的父母也不是什麼稀奇的存在。

對於岩永的解說，九朗頓時表現出驚訝的態度。難道他對於小夜子遭遇的狀況連這點程度都沒有想像到嗎？這點反倒讓岩永感到驚訝，然而九郎驚訝的似乎並不是這件事情的樣子。

「原來妳的嘴巴還有對品行的限制嗎？」

「為什麼你的思考前提是我沒有限制？」

這個男人是不是一點都沒有去理解自己的情人呀？就算已經成年，岩永依然是個女孩子，對品行當然有所限制了。

不禁感到有點火大的岩永帶著挖苦對方的意思接著說道：

「這次的狀況真的變得有夠費事的。本來的預定應該是做好準備之後再跟小夜子小姐接觸並提出主題的說，可是學長卻擅自處理又在途中讓對方逃掉，而且自己還摔下斜坡。雖然小夜子小姐主動對我們產生了興趣是有點出乎原先的預料啦。」

九郎大概也有自覺的關係，而有點抱歉地回應：

「在這點上是我不好啦。我也沒想到柵欄會那麼容易就壞掉啊。」

萬一處理得不好，可能就讓狀況變得更費事了。雖然就結果來說收場得還可以，而且九郎也不是什麼功勞都沒有，但還是要讓他好好反省一番才行。

「當小夜子小姐坐到位子上的時候，為什麼你沒有馬上把我叫醒？那樣就能一切順利的說。」

「話雖這樣講，可是上次妳在睡覺時我把妳叫醒，妳不是就大發雷霆嗎？」

「在睡覺的時候如果鼻子被塞了薯條，不管是誰都會生氣好嗎！」

就算列舉出上千種叫醒情人的適切方式，也絕對不會包括這種方法的。

「學長也應該向宮井川甲次郎學習所謂不求回報的情愛才對。身為年長男性的無限包容力，為了喜歡的人就算做蠢事也無所謂。這不是很美妙嗎？」

「但宮井川先生可是將砍過人的斷頭臺擺飾在房間中，鑑賞了十年以上的怪人喔？以模範對象來說適切嗎？」

「光是會把斷頭臺跟招財貓擺在一起就已經是十足的怪人了。就算沒有小夜子小姐的事情，他應該也會在什麼機會之下實現用斷頭臺砍人的願望吧。」

即便如此，他還是個懂得何謂情愛的人。比起根本不懂得關愛岩永的九郎要好得太多了。

九郎接著又疑惑歪頭。

「那兩人之間究竟是什麼樣的關係呢？就像妳所說的類似親子嗎？」

「這世上也是有難以用一句話解釋清楚的關係呀。但至少可以確定不是男女之間的關係。畢竟當時甲次郎似乎已經無法勃起了。」

就在岩永如此回答的同時，兩人剛好來到了寬敞的國道，附近也能看到設置有屋頂與長椅的公車站。如果順利有公車來當然最好，不過坐在長椅上叫計程車來搞不好還比較快吧。反正小夜子應該暫時都不會從神社走下來，就算待在這裡一段時間應該也沒問題才對。

岩永如此想著並拿出手機，可是不禁疑惑九郎對於她的回答怎麼一點反應都沒有而抬頭一看，結果九郎一臉無奈地對她問道：

「雖然妳講得很自然，但妳對品行的判斷基準到底是怎麼回事？」

「非常普通呀。」

岩永可不覺得自己有講什麼奇怪的話。肯定是九郎的判斷基準有問題不會錯。畢竟這男人就是不懂女人心。

不管怎麼說，反正這下今天有了空閒的時間，因此岩永已經切換腦袋，開始思考去泡溫泉的事情了。

第五話　幻象自動販賣機

「九郎學長，請問你有用過烏龍麵的自動販賣機嗎？」

岩永琴子對櫻川九郎如此問道。

九郎停下敲打電腦鍵盤的手，露出彷彿聽到什麼奇怪事情似的表情抬起頭。

「烏龍麵的自動販賣機？」

「是的，就是按下按鈕之後過一段時間就會有熱呼呼的烏龍麵裝在塑膠碗或保麗龍碗中，自動從取物口跑出來的東西。另外也稱作麵類自動調理販賣機，有聽過嗎？寬度約一百二、三十公分左右，比常見的飲料自動販賣機稍微大一點點。」

說著這些話的岩永其實也沒利用過那樣的自動販賣機，甚至也沒有實際看過，只是知道相關知識而已。

六月二十六日星期日，雖然進入了梅雨季節不過天空卻很晴朗，可說是情侶們外出遊玩的好機會。然而九郎卻從早上就忙於大學的報告，對於來到房間找他的岩永只是說了一句「如果報告寫完還有時間我再陪妳」並一臉嫌麻煩似地揮了揮手。

至於岩永則是為了不要讓九郎嘴上那麼說卻拖拖拉拉地不完成報告，試圖丟著女朋友一整天不理她，因此待在九郎旁邊監督著。

而岩永之所以會提出自動販賣機的話題其實也不是為了約九郎出去玩，而是她身為妖魔鬼怪的智慧之神，必須處理手頭上接到的商量委託才行。

「不只是烏龍麵而已，那機器也可以提供蕎麥麵或拉麵。聽說在一九七〇年代生產了幾個種類，放在車站、一般公路休息區或高速公路服務區的樣子。由於二十四小時都能用便宜的價格吃到熱呼呼的麵類，當時似乎相當受到喜愛。然而後來因為便利商店等店家的普及，使需求變低，機器也不再製造，所以現在變得很少看到了。」

「自動提供裝在碗中的熱烏龍麵，究竟是什麼構造啊？總該有裝湯吧？」

九郎即使聽了說明，似乎還是沒辦法想像在販賣機裡面是如何自動化提供烏龍麵的樣子。

「雖然根據製造廠商多少有點差異，不過基本構造其實很單純喔。在機器裡面預先放了幾個裝有麵類與配料的碗，然後當客人按下按鈕就會把其中一個碗移動到調理區域，注入熱水為麵與配料加溫。接著把熱水倒掉之後再注入熱湯，最後把碗移動到取物口。從按下按鈕之後只要大約三十秒就會有烏龍麵出來，因此應該是相當系統化的設計。」

「也沒妳講的那麼單純吧？我覺得光是準備裝了麵與配料的碗放進機器裡應該就很費工夫了。」

畢竟不像飲料的自動販賣機只是把罐子或寶特瓶裝進去那麼簡單，而且保存期限肯定也很短。相較起來確實比較費工夫吧。

岩永一邊整理著情報，一邊繼續為九郎解說：

「雖然機器本身已經停止製造，不過全國還是有不少機臺仍在運作。設置在大都市以外的國道或縣道、小規模的服務區或休息區等等，相當珍惜地被使用著。由於機器本身的老舊外觀營造出的風情，以及能夠吃到從自動販賣機出來的烏龍麵或蕎麥麵本身就是非常珍貴的體驗，所以據說也有很多愛好者會特地開車去吃的樣子喔。」

「這世上還真多各式各樣的興趣啊。那麼最重要的味道又是怎麼樣？」

九郎雖然也開始對這話題感到興趣，但還是把注意力又放回電腦螢幕，繼續敲打起鍵盤。而岩永也沒有打擾對方的意思，剛剛就是估計九郎的報告差不多要告一個段落的時候才開口提起這件事情的。

「畢竟販賣烏龍麵的機器本身就做得很好，只要麵跟配料還有湯做得好就會很好吃。因為裝在機器裡的東西是設置販賣機的人獨自準備的，所以不同販賣機買到的麵味道也會不一樣。」

「原來是這樣，並不是製造廠商提供固定的麵跟湯，讓同種機型的販賣機出來的東西都一樣啊？」

一般人會認為同一家廠商的同一種販賣機裡面裝的商品應該大致都一樣，然而每臺機器的商品都不同，也是現存的麵類自動調理販賣機的一項特徵。

「也就是說即使機器上的招牌都一樣，但裡面的商品卻各有不同的意思。因此意外地容易凸顯出每個機器設置人獨自講究的味道，明明是機械卻各自有各自的個性，這點似乎也被認為是一種魅力呢。」

不但可以使用自家製的麵，配料也能自由選擇要加入炸豆皮、天婦羅、肉類、魚板還是當地名產等等。湯也可以做成關西風或關東風，而且同樣能夠利用當地特有的食材。

「只不過由於機械構造上的關係，能夠裝進裡面的碗數會有所限制，能夠同時販賣的種類也比較少。在現代社會中這樣的機器會越來越少也是沒有辦法的事情吧。」

據說就算是現存的機臺也有些並不是二十四小時都有在運作，有時候商品售完還需要一段時間之後才會補貨。

「因為機器已經沒有在製造，所以要修理時也沒有零件可換。雖然可以從已經無法修理的機臺中拆零件來用，但要是現存的機臺全部壞掉，這個文化或許也就會結束了。」

如果想試吃看看就要趁現在的意思。

「然後呢？那樣的烏龍麵自動販賣機又怎麼樣了？」

九郎用狐疑的眼神看向岩永，完全感受不到面對情人應有的親愛心。他腦中肯定在想：岩永會在星期日的白天特地提出這樣的話題，絕對是打算把他拖進麻煩的事情中。這個男人居然會對可愛的女朋友表現出如此明顯的猜疑態度，究竟是什麼心態？

雖然說他懷疑的內容一點都沒錯就是了。

「大約從三年前開始，網路上偶爾會流傳關於那種自動販賣機的都市傳說。」

岩永循序漸進地慢慢把話題帶向關鍵的部分。

「那個都市傳說的內容是描述有人深夜時開車走在山區杳無人煙的偏僻國道，周圍別說是便利商店了，連人工的照明燈光都沒有幾盞。然而就在那樣的路上突然看到一間微微透出燈光的鐵皮小屋，但周圍依然是一片黑暗，感受不到有人的氣息。那個人感到好奇而減緩車速，才看出那似乎是一個休息站。想說剛好可以休息一下的他於是停下車子走進去，卻發現裡面一個人影都沒有，只有幾張老舊的桌椅以及深處有一臺烏龍麵販賣機而已，沒有其他飲料的販賣機。那人想說只有擺放烏龍麵販賣機的休息站也很稀奇，因此試著投錢進去，結果大約三十秒後真的有碗從取物口推出來了。」

九郎大概是判斷岩永會提出烏龍麵販賣機的話題應該是有其必要性，於是擺出了豎耳傾聽的態度。

「那人把碗端起來一瞧，看到裡面裝有暖呼呼的烏龍麵，以及放在烏龍麵上不知是什麼東西的神祕肉類。配料就只有那些肉，其他連蔥花或魚板都沒有。覺得有點單調而感到掃興的他試著吃了一口，卻發現那碗麵美味得驚人。神祕的肉也吃起來很有滋味，讓那人不禁大為感動，覺得在一般的店家根本不可能吃到如此美味的烏龍麵。」

岩永語氣平靜地繼續說著。

「下次絕對還要再來吃，也要告訴朋友們。那人抱著這樣的心情回到車上，離開了那間休息站。然而他改天開車經過同樣一條國道卻沒再看到那間鐵皮小屋，即使白天來找也找不到。去詢問經常利用那條路的人們，得到的回應也是說根本沒見過那樣的小屋或自動販賣機，而且表示那一帶從來沒有開過什麼休息站。因此懷疑自己是不是記錯路的那個人試著再尋找周邊其他地方，但同樣還是找不到那樣的自動販賣機。那麼當時自己看到的那臺烏龍麵販賣機到底是什麼？放在烏龍麵上的那些肉又是什麼？」

九郎做出似乎用電腦搜尋了什麼東西的動作。大概是在確認岩永說的這段都市傳說是否真的存在吧。

「這就是被稱為『幻象烏龍麵販賣機』或是『幽靈烏龍麵販賣機』的都市傳說大致上的內容，網路上也可以找到幾篇同樣經歷的文章。雖然那些描述的烏龍麵販賣機有個共通點是，都在深夜時開車經過杳無人煙也沒什麼燈光的道路上忽然看到，不過報告的地點卻分布在全國不同地方的國道、縣道或市道上。」

聽到岩永如此一說，九郎也點點頭。

「確實，在網路上有成為話題啊。而且也有幾種不同的版本。」

「雖然到『吃了放有神祕肉類的烏龍麵』之前的部分都大同小異，不過吃了麵的人物之後卻有的是遇上幸運的事情、彩券中獎、戀愛獲得成功、避開了墜機意外等等，或者相反地遇上寵物離奇死亡、吃了麵的本人喪命、住的房子被裂開的地面裂縫吞沒之類的不幸遭遇。」

像這類遇上神祕東西的內容在怪談或都市傳說很常見，而事後碰上幸福或是遭遇不幸也都是很常有的展開。

「那樣的都市傳說又怎麼樣了？感覺它並不是什麼廣為流傳的話題，這種程度的故事應該也不至於會影響到現實世界吧？」

「可是呀，那樣的烏龍麵自動販賣機其實並非幻象，而是實際存在的東西。是有人真的吃了那樣的烏龍麵並且把自己的經歷寫到網路上，結果傳開來被人稱為都市傳說了。」

「等等，那樣就不叫傳說，而是事實了啊。」

九郎再度用充滿猜疑心的眼神看向岩永，不過岩永往前伸出右手掌，制止男友繼續提出反駁。

「哎呀你聽我說。雖然那東西實際存在，但並不是什麼會導致幸或不幸的恐怖玩意。那些部分完全是別人加油添醋進去的內容。」

岩永也是最近接到商量委託才得知那東西真的存在，而且不禁覺得「怎麼搞出這麼麻煩的事情」而皺過眉頭。

「其實那原本是有幾隻狸貓妖怪對於製作烏龍麵變得開始講究，還做給了其他的狸貓妖怪同伴們吃。結果因為評價不錯，讓牠們有了想要給其他妖怪們也嘗嘗看的念頭。而就在這時候牠們得知有『烏龍麵自動販賣機』這樣的東西，覺得這玩意很方便而蓋了間鐵皮小屋設置機器，讓那地區的妖怪們隨時都能自由光顧去吃烏龍麵了。」

九郎一副「究竟該從哪一點吐槽起才好？」模樣似地，用手指敲了幾下電腦的外殼後，嘆了一口氣並說道：

「妖怪對製作烏龍麵產生興趣的事情就算了。畢竟也有妖怪會洗紅豆或是做藥之類的傳說，據說豆腐小僧最近捧在手上的豆腐也都是自己製作的。但為什麼偏偏要選擇用自動販賣機？開麵攤不就好了嗎？那樣還比較有妖怪的樣子。像以『野箆坊』的故事出名的『貉』就是開麵攤啊。（註3）」

雖然在「貉」的故事中登場的是蕎麥麵攤，不過九郎這項主張也有道理。岩永當初也有對前來找她商量的狸貓妖怪質問過這點。

「聽說牠們是覺得用自動販賣機就可以讓大家二十四小時不管什麼時候都可以來吃麵，相當便利的樣子。畢竟妖怪或怪物們各自的活動時間有所差異，要長時間擺麵攤也很累，而且有些會害怕狸貓妖怪的存在也無法來吃。但如果用自動販賣機就不需要在意光顧時間或是必須面對面之類的問題啦。」

「可是怪異存在居然使用文明道具也未免……」

「隨著文明開化，也有產生出那類的怪異存在喔。像是幽靈船、幽靈電車、幽靈計程車或怪異公車，以及廣播機或電視機的妖怪不是也經常會聽到嗎？那麼會有怪異存在利用自動販賣機也沒什麼好奇怪的吧？」

話雖如此，但也不是自動販賣機本身變成了怪異的存在。是那些狸貓妖怪們偶然

註3　「野箆坊（のっぺらぼう）」是外表像人類但臉上沒有口鼻眼睛的妖怪。較出名的故事有小泉八雲的作品集《怪談》中所收錄的〈貉〉。

找到已經故障廢棄的烏龍麵販賣機，並藉由注入妖力讓機器可以順利運作罷了。雖然只要注入妖力就能讓機器像新品般動作，但據說妖力消耗完之後又會變得完全無法動的樣子。

「只不過那自動販賣機與鐵皮小屋是設置在與這個世界不同的空間，也就是異界。雖然有讓普通的道路接通到那裡，可是必須順利穿過那個境界線才有辦法抵達。簡單講就是像『迷家』或是『隱密村落』之類的地方。」

岩永在這邊提出了其他稍有知名度的怪談當比喻，而九郎似乎也有聽過那些東西，把雙手交抱在胸前露出思考事情的表情。

「迷家或是隱密村落是嗎？明明走在平常走慣的路上，卻忽然看到自己從沒看過的房子或是踏入了自己從沒來過的村落，這樣的故事對吧？但改天又走同一條路打算再次造訪，卻不知道為什麼再也找不到了。在這點上就跟那個自動販賣機是一樣的。」

那現象與其說是烏龍麵販賣機突然出現，不如說本質上應該是當事人不經意踏入了自動販賣機設置的場所才對。不過在都市傳說中，卻是把自動販賣機本身描述成某種不可思議的東西了。

「因此如果不是妖魔鬼怪就沒辦法穿過境界線，人類本來應該無法利用那臺自動販賣機才對。可是在極少數的情況下當時間、場所與波長等等條件全都吻合時，人類就會誤闖其中，吃到那個烏龍麵。但是改天就算再走一次同樣的路，也會因為條件不合而沒能進入那個空間，當然也就看不到鐵皮小屋和自動販賣機。而那樣的人把自己的經歷寫到網路上，結果就讓狸貓妖怪的烏龍麵販賣機變成都市傳說了。」

就岩永感受到的印象來說，她甚至也在懷疑是不是那些狸貓妖怪們為了讓一定數量的人類有機會利用到那臺自動販賣機，所以故意讓人類比較容易誤闖異界的。

會這樣懷疑是因為那些狸貓妖怪似乎對於自己製作的烏龍麵不只受到妖怪們稱讚，甚至連人類吃過都表示好評的事情感到很開心的樣子。畢竟比起平常不會吃烏龍麵的妖怪們稱讚味道，還是聽到已經吃慣烏龍麵的人類大叫好吃會更加高興吧。

「當然，並不是所有在網路上這麼寫的人全都真的經歷過那樣的事情。也有很多例子是讀過原本文章的人抱著好玩的心態創作出類似的故事，並誇大內容擴散謠言的。因此本來只有限定地區的場所可以讓人進入設置有自動販賣機的異界，網路上卻可以看到全國各處有人報告類似的經驗。」

由於都市傳說在某種層面來講就是靠這樣的方式進行擴散，因此有時候也會被加入完全沒有相關性的要素，使內容變得跟事實有差異了。

九郎把視線看向大概顯示著搜尋結果的電腦螢幕一段時間後，提出了較常識性的疑問：

「那個烏龍麵，人類吃了沒問題嗎？」

「畢竟是狸貓做的，要是保健所跑去檢查大概就無從狡辯了吧。」

給妖怪們吃或許還沒什麼關係，但岩永也不敢保證給人吃的話怎麼樣。不過目前網路上還沒有出現抗議健康嚴重受害，或是吃到麵裡摻了狸貓毛之類的留言，因此狸貓們應該也是有在注意吧。

「對保健所來說，都市傳說也不是他們的管轄範圍，所以那點就算了。」

「畢竟有好好加熱過，我想應該有確保最起碼的安全性吧。」

「不，比起那種事情更重要的是當成配料的神祕肉類啊。那實際上到底是什麼東西？」

放在烏龍麵上的肉看不出來是什麼肉類，也是讓這個自動販賣機更加像是都市傳說的要素。如果從機器裡出來的是豆皮烏龍麵或是天婦羅烏龍麵就沒什麼異質感，以奇談來說就會欠缺訴求力吧。另外也正因為想要知道那究竟是什麼肉，所以吃過的人為了得到情報而會想要把自己的經歷告訴其他的人。

言歸正傳，對於人類在不知情之下吃了妖怪準備的神祕肉類這件事，九郎似乎無法放著不管的樣子。

「要說到狸貓做的肉湯，有篇故事叫〈咔嚓咔嚓山〉呢。（註4）」

「那是負面的例子啊。」

由於太過負面的關係，有些書本甚至會把那段描述完全刪掉。雖然從古老故事中刪掉殘酷描寫的部分並不是什麼稀奇的事情，不過咔嚓咔嚓山大概是最為典型的例子

註4　日本民間故事〈咔嚓咔嚓山（かちかち山）〉中有一段描述壞狸貓將老奶奶打死做成肉湯給老爺爺吃的橋段。

了。

「我只是開開玩笑而已。聽說狸貓妖怪們使用的是在山中獵捕到的山豬、野鹿或兔子的肉，用比較現代的講法來說就是野味料理吧。」

「用那麼時髦的詞彙就能帶過了嗎？」

「畢竟都是可以吃的肉類，所以應該沒有必要把這點視為問題。」

在日本雖然經常會吃到畜養的牛肉或豬肉，但日常生活中很少有機會看到其他野生動物的肉。只是因為那些烏龍麵上放的是野生的山豬或野鹿的肉，所以才會被形容成神祕肉類的。

對狸貓妖怪們來說，也只是比起畜養牛或畜養豬，野生的動物比較容易到手的緣故才會拿來當配料而已，應該也沒有刻意想藉此創造不輸人類料理的特色或是凸顯這是妖怪料理的意思吧。

九郎似乎還是無法釋懷而皺著眉頭，於是岩永將右手掌舉向他面前。

「接下來才是真正的問題。」

「哦哦，也就是那些利用烏龍麵販賣機的狸貓妖怪們找妳商量的事情對吧？該不會是因為那個自動販賣機出乎預料地在人類之間成為話題，結果導致誤闖異界的人類越來越多讓牠們感到傷腦筋，所以要請妳想想辦法之類的？」

九郎大概是從剛才討論的內容中得出這樣的推測，然而狸貓妖怪們想要商量的事情其實稍微再麻煩棘手一點。

「很接近了。在上上個月的某天深夜，講得精確一點就是四月二十五日的凌晨十二點多左右，有一名男子開車走在國道上結果誤闖異界，到了那間設置有自動販賣機的鐵皮小屋。而問題就在於那個名叫本間駿的三十二歲男子當時剛殺過人。」

九郎擺出忍耐頭痛的動作好一段時間後，用一副「如果可以，還真不想繼續聽下去」的口吻回應道：

「殺人是吧。怎麼話題突然就變得這麼有現實感了。」

雖然對岩永來說打從一開始講到現在的內容都很有現實感，不過她也能體會九郎想要如此抗議的心情。

「哎呀你聽我說。當時狸貓妖怪剛好來到自動販賣機邊補裝烏龍麵，結果感到驚訝的本間駿似乎一邊看著手錶一邊對牠說了些『在這麼晚的時間補貨嗎？』，還有『這裡沒有飲料的自動販賣機啊？』之類的話。」

「真虧牠沒有被那個叫本間的男人看穿是隻狸貓啊。是牠趕緊變成了人類的外觀嗎？」

「為了把裝有烏龍麵與配料的碗裝進自動販賣機，狸貓妖怪們本來就會變成人類外觀的。畢竟自動販賣機本身就是人類在使用的東西，所以變成人類的姿態會比較方便使用也很合理吧。」

如果保持狸貓的樣子就不方便拿碗，也很難打開機器的門。

「本間駿當時因為剛殺過人而沒什麼食欲，只是由於長時間開車所以來到休息站想要休息一下而已。然而在化為人類的狸貓推薦下難以拒絕，於是他吃了一碗放有神祕肉類的烏龍麵後，開車離去。但畢竟那個自動販賣機所在的場所是異界，所以進去和出來時並不一定都會在同個地點。」

九郎大概是還沒聽出話題的方向性，因此繼續默默聆聽著。

「雖然進出的地點差異不至於會到非常極端的程度，不過也會發生像是準備上山時進入了自動販賣機的場所，結果出來時就越過山路來到另一頭的狀況。也就是說本來需要花兩小時才能抵達目的地，可是實際上卻一個小時就抵達的情況也是有可能發生的。」

雖然不至於發生本來在九州地區的道路邊利用了那臺自動販賣機，結果離開時居然才幾分鐘就到了近畿地區之類的情況，不過有時候也可能直接跳過五十公里左右的距離。這一方面也是因為可以進入烏龍麵販賣機那個異界的區域範圍大致上就是那麼大的緣故。

「只不過人類都是在深夜時段經由人煙稀少且缺乏燈光的道路，才能夠進入那個自動販賣機的場所，因此就算距離感或時間感出現差異也不太容易注意到。」

「可是如果有使用行車導航應該就會注意到吧？」

「就算導航系統稍微出現異常，只要能順利抵達目的地，人通常就只會覺得是系統稍微出了點小問題而已。如果是自己從沒走過的路就更不用說了，而且就算回程花了比去程更多的時間，人通常也會合理性地優先考慮可能是自己在什麼地方走錯了路，或是深夜沒有其他車子所以速度開得比較快之類的解釋。網路上那些都市傳說的經驗談中也都沒有文章提到時間或空間上有出現差異之類的呀。」

即便事後注意到原來那就是都市傳說中提過的烏龍麵販賣機，也不太容易跟行車導航的異常或時間感覺的差異聯想在一起。因為這個都市傳說並不是描述當事人誤闖進怪異之中，而是解釋為怪異的存在進入到人類的日常世界，所以並不會特別去提到空間上的異常。

「本間駿離開烏龍麵販賣機的鐵皮小屋之後，似乎一路開車到了隔壁縣的海邊。他向警方供述當時為了讓殺人後的心情冷靜下來而漫無目的地開著車，途中不經意想到要去海邊的。因為那樁殺人是偶發性的事件，所以那可以說是他在腦袋混亂之中所做出的行動。據他本人的證詞表示是凌晨一點左右抵達了海邊，至於烏龍麵販賣機的那個地方就如剛才所說，是凌晨十二點左右到達的。」

「妳剛才說他在自動販賣機的地方有看過手錶對吧。畢竟是在深夜碰到來販賣機補貨的人，會感到驚訝而確認時間也是很自然的行為。」

「是的，然而就是這點造成了麻煩的狀況。本間駿殺害的人物——東岡宗一的遺體被發現後，推定出的死亡時間是二十四日的晚上九點到十一點之間。可是不管本間駿在那段時間內離開殺人現場後把車子開得多快，原本都不可能在凌晨一點就抵達隔壁縣海邊的。」

但因為誤闖了烏龍麵販賣機設置的那個場所，讓本間駿經由怪異現象抄近路抵達了目的地。

九郎似乎也聽出問題所在了。

「也就是說那個犯人在不經意中成立了殺人事件的不在場證明嗎？」

岩永點頭回應的同時，又說出實際上稍微再複雜一點的狀況：

「只不過本間在抵達海邊之前，除了那個自動販賣機的地方以外，途中都沒有到過其他場所，除了狸貓化成的人類以外也沒有跟其他人接觸過，手機也一路都關機。車子走的又都是街上或道路的監視攝影機幾乎拍不到的道路，因此並沒有方法可以客觀性地證明他是在凌晨一點抵達海邊的。」

「但是他在凌晨十二點的時候，在自動販賣機的地方跟狸貓化成的人類講過話對吧？對警方來說如果可以知道那個販賣機的地點，就能知道從推定死亡時間內離開殺人現場之後有沒有辦法在凌晨十二點抵達那個地方，而且也會覺得或許可以找到不在場證明的證人吧？本間有把這件事告訴警方不是嗎？」

雖然因為自動販賣機所在的場所是原理與現實世界不同的異界，所以這種事情並沒有關係，不過從警方與本間的角度來看，那應該是判斷不在場證明能否成立的重要情報吧。

「當然，本間身為嫌疑人也有被警方詢問過事件當天的行動。警方也認為當時為自動販賣機補貨的人有可能佐證本間的供詞，使他的不在場證明得以成立，因此相當重視這號人物。然而不管怎麼找都找不到與供詞描述相符的鐵皮小屋與烏龍麵販賣機，也沒有發現當時在補貨的人物。

「畢竟那個人的真面目是狸貓妖怪嘛。警察也不可能那麼湊巧地進入異界，所以也找不到那個自動販賣機啦。」

「可是在網路上卻可以找到跟本間的供詞描述非常相似的都市傳說『幻象烏龍麵販賣機』，而且連神祕的肉類都一致，讓他的主張變得更加可疑了。」

其實也沒什麼相似不相似的，他本人就是經歷了那樣的事情，結果反而要被懷疑也真是太可憐了。

「那個本間就是犯人沒錯嗎？」

「是的。在成為殺人現場的受害者家客廳，擺飾一個成為付喪神的九谷燒瓷壺，根據那瓷壺的證詞可以確定本間就是犯人沒錯。」

雖然警方沒有辦法得到證詞，不過岩永身為妖怪們的智慧之神就能向他們問話，而且因為妖魔鬼怪們不會牽扯到人類之間的利害關係，所以也值得信任。

九郎對於她這樣的手法也已經司空見慣而沒有特別提出質問，反倒是表現出一副搞不懂岩永認為問題在哪裡似地開口問道：

「也就是說以本間的主觀來說不在場證明可以成立，但他總不會因此就認為自己不是犯人吧？應該會覺得是自己的手錶一時之間出了什麼問題，或是在不經意中穿過了什麼奇怪的捷徑才對。既然警方的調查行動中沒有找到那個烏龍麵販賣機，他應該會懷疑是自己的記憶或時間感有問題，而乖乖認罪吧？」

「說到底，本間在接受警方問話的時候本來就立刻承認殺人了。畢竟那不是一樁計畫性的犯罪，因此也能找到其他的證據，根本就沒得逃罪呀。」

無論受害者或加害者都沒有什麼計謀計畫，可以說是一樁臨時發生的殺人事件。

「事件的來龍去脈是這樣的：四月二十四日星期日傍晚五點多，本間為了找同年的東岡宗一談判而來到東崗位於郊外的獨棟自家住宅。之所以要談判是因為這兩人共同經營一間從國外進口各種商品進行販賣、調度的公司，而最近本間開始懷疑東岡是不是在背地裡走私違法藥物，於是在調查之後打算要求對方說明清楚，並且進行適切的後續處理。」

九郎又做出用眼前的筆記型電腦進行搜尋的動作。關於這起事件已經有新聞報導出來，現在只要在網路上搜尋也可以找到相關文章。

「東岡的違法行為也會影響到公司的經營。在調查結果中發現許多藥物上癮的受害者，其中甚至出現死亡案例。然而本間並沒有找到決定性的證據，東岡也有可能是受人威脅而不得不幫忙走私，如果只有告發他搞不好會讓關鍵的幕後黑手趁機逃跑。因此本間才沒有直接報警，也沒有找任何人商量過，而是在休假日的晚上先到東岡的家進行談話。」

這部分的內容在報紙及電視的新聞上也可以看到。

「兩人談了很長的一段時間，東岡遲遲不願承認走私的事情，讓狀況變得膠著。不過談話中似乎已經可以知道並沒有什麼幕後黑手，一切都是東岡自己獨斷的行為。然後就在徹底入夜的時候，東岡抓起桌子上一個相當有重量的玻璃製菸灰缸，企圖從背後砸向本間的後腦。」

「因為對方感覺不會放過走私的事情，再這樣下去肯定會跑去向警方告發，而且在對方長時間的追究下再也無法忍耐，於是一時衝動做出了這樣的行為嗎？」

九郎簡潔地分析了受害者當時的心理。

「是的，據說他本來就是容易出手打人的類型，因此才會毫不考慮後果地讓殺意爆發出來的吧。」

既然身為公司的經營者，應該要稍微再懂得控制自己的情緒吧？不過人類在被逼到沒有退路的時候會變得無法做出正確判斷也是很正常的現象。或許也有人會主張無時無刻都能保持冷靜的人才比較奇怪吧。

「本間雖然驚險躲過了攻擊，但由於狀況突然讓他無法保持身體平衡，再加上為了拚命抵抗繼續做出攻擊的東岡，結果他在途中抓起一旁的熊型裝飾反擊對方了。這一敲就敲到了東岡的頭部讓他倒了下來，變得一動也不動。看在本間眼中他就像是死了一樣，而事實上東岡確實是當場死亡了。」

以殺人行為來說真的完全是偶然，要責怪起來也很可憐吧。

「本間愣了一下後，不管三七二十一就逃離了現場。腦袋完全沒有想到要擦拭指紋或是消除自己來過現場的痕跡等等事情，只顧著坐上車子離開現場，盡可能逃向沒有人的地方了。」

如果他沒有選擇逃跑而是直接去找警察，應該也不會讓狀況往壞的方向發展才對。然而畢竟是第一次殺了人，讓他根本沒有餘力去盤算那種事情，只是覺得害怕而忍不住選擇逃跑，這也是讓人可以理解的人類行為。

「一方面由於本間腦袋混亂的緣故，他並不知道自己是幾點殺了東岡並逃離現場的。畢竟現場房間中沒有擺放時鐘，本間也沒有確認過手錶，因此他似乎也不記得兩人究竟談判了多久的時間。雖然他供述說應該有談到兩個小時以上，不過並不清楚正確情況。住在附近的鄰居們也沒有人知道本間是幾點來到現場又是幾點離開的。」

如果這部分可以知道正確的時間，或許現在情況就會變得不一樣了。但不知是幸還是不幸，這些時間都很模糊不清。

「隔天中午過後，前一天在朋友家過夜的東岡夫人回到家，便發現了丈夫的屍體。於是她立刻報警，也提出了『自己是因為前一天丈夫說要跟本間見面談工作上的事情，希望她把家空出來，所以才會到朋友家過夜』這樣的證詞。那麼有嫌疑的人物就完全是本間，於是警方便首先出動逮住了他。」

九郎對於警方的行動感到認同似地點點頭。

「據說這時候本間已經恢復冷靜，從隔壁縣的海邊移動到公司，為了讓部下在自己被逮捕之後依然可以正常工作而進行了各種準備。而警方得知他在公司而前去打算進行問話，可是本間在這時候就立刻承認自己殺人了。」

「既然殺人之後都沒有動過現場，那麼成為凶器的裝飾品上肯定還留著本間的指紋，而且對方太太也知道當晚兩人要見面的事情。這樣他也只能夠乖乖認罪啦。」

「對警方來說是省了許多麻煩，應該很高興吧。本間接著便接受訊問，被問到事件當晚的行動時也都老實招供，卻沒想到這竟然變成了不在場證明的主張。明明本間並沒有要主張不在場證明的意思，而警方也沒有要確認不在場證明的說。」

關於這部分的事情，岩永是從一個經常出入警局的浮遊靈口中聽來的。通常像這種跟刑事案件扯上關係的委託經常會讓岩永苦於獲取情報，不過這次倒是相較上得到了頗完整的情報。

九郎臉上露出了同情的表情。

「警察想必也感到相當困惑吧。明明當事人已經承認自己殺人了，卻又說出像是有不在場證明的發言，而且還表示自己在一臺無法確認的烏龍麵販賣機前面跟人講過話。警方肯定也質問過本間好幾次，為什麼事到如今還要提出那種虛假的主張吧。」

岩永倒是也很同情本間駿就是了。

「對於本間來說，因為警方的對應上感覺好像自己有不在場證明一樣，所以也同樣感到很困惑的樣子。明明自己確實打死了東岡，也從自動販賣機買了放有神祕肉類的烏龍麵吃過。就算警方找不到那臺自動販賣機，而且說那內容就跟都市傳說一樣，質問本間為什麼要提出那樣的虛構故事，對本間來說那都是他實際上的經歷，所以也答不出理由吧。因此到最後他會認為自己是犯下殺人罪行而腦袋混亂，搞不好是開車打盹做了一場夢，變得懷疑現實狀況也是沒有辦法的事情。」

雖然教人同情，但是如果不在場證明被警方接受而讓他逃脫了殺人罪名也有違道理。對於岩永來說，並沒有必要刻意去解開本間駿的困惑。

「而警方也判斷本間是由於一時的錯亂而提出了與狀況不吻合的供述，於是繼續進行之後的程序，讓訊問與調查行動都告了一個段落。本間也接受了這樣的處理。雖然因為關於受害者的走私行為還在另外進行調查，所以整件事情並非完全結束，不過關於殺人的部分已經沒有再議論的餘地，想必在法庭上也不會提出關於不在場證明的事情吧。」

畢竟無論對辯護方或檢調方來說都沒有好處，因此大家應該都會判斷不要把那件事情提出來比較可以讓審判順利進行才對。

「既然這樣，現在的問題到底是什麼？」

九郎如此催促岩永繼續說下去。

「參與調查的人員之中有一名刑警很在意那個不在場證明，而繼續獨自在進行調查。那人是縣警局的資深巡查部長，甚至會利用自己沒有排班的時間到處行動。也經常造訪那片可以進入自動販賣機異界的區域，尋找是否有人目擊過犯人的車子。」

本間駿究竟是經由什麼樣的路徑從殺人現場開車到鄰縣海邊的？雖然當事人因為是突發的殺人行為之後在腦袋混亂的狀態下開車，所以記憶中有許多不正確的部分，但是實際上可以利用的路徑依然有限。搞不好他是在位於其他場所的服務區或休息站利用了自動販賣機結果記錯了而已，只要把可能的地點全部找一遍，或許就能找到什麼目擊證人。那位刑警應該是這麼想的吧。

「那些狸貓妖怪們也因為烏龍麵販賣機成為了警方搜查的對象，所以從上個月開始就暫時停止販賣了。可是照這狀況下去，搞不好遲遲都無法再度開始營業，讓牠們感到很傷腦筋呀。」

九郎也跟岩永當初接受狸貓妖怪們商量時一樣皺起了眉頭。

「要是那位刑警誤闖了設置有自動販賣機的那個異界，應該會讓事情變得很複雜吧。」

其實乾脆就把進入異界的條件設定得更嚴格，讓人類都無法利用就好了。可是對那些狸貓們來說，如果讓人類都完全無法進來似乎也很寂寞的樣子。

「若刑警能夠認為那是怪異現象而決定當作沒看到，或是注意到進入那個場所便有可能縮短移動距離就好了。但是總覺得應該無法期待這種事情吧。」

「要是到時候刑警因為自動販賣機真的存在而認為不在場證明可以成立，搞不好會讓原本已經告一段落的事件又被翻出來，把事情搞大是吧。」

讓公權力跟怪異現象扯上關係絕不會有什麼好事，對於那位刑警來說也只會導致不幸而已。到時候只會讓麻煩的狀況增加，根本無法期待讓事情提早落幕。

「即使沒有發展到那種地步，要是那刑警的行動導致媒體將事件與幻象烏龍麵販賣機之間的關聯性報導出來，比較容易進入那個異界的區域搞不好就會被確定出來。到時抱著好奇心造訪那塊地區結果誤闖異界的人類恐怕就會增加，讓妖怪們變得比較不方便利用那個自動販賣機了。除此之外，也難以預測會不會造成其他的問題。」

「原本安安靜靜的地區搞不好會被人類干擾，狸貓們也會傷腦筋吧。」

最近的新聞媒體經常容易過度採訪，而且也有過多的人被都市傳說吸引而特地造訪現場的風氣。

「因此狸貓們來找我商量，看看有沒有辦法在事情鬧大之前，讓那位刑警不要再過來那塊連接異界自動販賣機的區域。牠們也表示明年為了提供其他地區的妖怪們也能吃到烏龍麵，目前有在準備移動自動販賣機的場所，改變可以連結異界的區域。因此只要在那之前的這段期間內讓刑警不要過來就可以了。」

雖然岩永也有考慮過提議牠們乾脆暫停營業到明年就好，可是身為智慧之神的岩永如果提出這樣消極懶散的策略，搞不好就會失去來自妖怪們的敬仰。

「因此我想說要對於『本間駿為何要提出自己利用過都市傳說裡描述的烏龍麵販賣機，主張不在場證明』這個謎題提出合理的解釋，看看能不能巧妙說服那位刑警，讓他離開那塊地區。」

九郎抬頭看向天花板。

「既然現在問題在於犯人有不在場證明，那麼就必須靠變相的手段戳破那個不在場證明才行是嗎？」

雖然這狀況等於是要戳破一個明明沒有不在場證明的犯人自己製造出的不在場證

明，感覺好像很莫名其妙，不過九郎這麼說並沒有錯。只是對岩永來說，重點並不在那裡。

「如果只是要戳破不在場證明，其實單純提出有進行過偽裝不在場證明的行為就可以解釋過去了。這點並不困難。」

九郎又皺起了眉頭，表現出更加難以理解的反應。

「一個馬上就承認自己殺人的犯人卻做過偽裝不在場證明的行為，這不是很奇怪嗎？」

「所以說並不是犯人，而是要當成是受害者做過偽裝不在場證明的行為。」

畢竟九郎跟岩永已經相處了很長的時間，理解岩永想法的速度也變得比較快了。岩永光是如此暗示，九郎便聽出了她的意思。

「原來如此。畢竟受害者東岡宗一為了隱瞞自己走私的罪行而有殺害本間駿的動機，也實際上真的有試圖殺害過對方。那麼只要主張東岡在事件當天是計畫性地打算殺害本間，而且也有預先為自己做好偽裝不在場證明的準備工作就行了。雖然那事實上是一場衝動性的殺人行為。」

「是的。如果只是根據驗屍結果推定的死亡時間，其實是從下午六點到晚上十一點，期間稍微比較長。然而東岡在二十四日晚上七點半左右曾向一間知名的披薩連鎖店叫了外送服務，八點多的時候從外送人員手中收到餐點。這點已得到當時親手把披薩交給東岡的外送人員作證確認，在訂餐系統裡查得到資料，東岡的手機也有打給那間店的通話紀錄。」

雖然外送披薩的盒子都會貼上標有訂餐日期、服務分店等等詳細情報的貼紙，但這次的狀況中遭到東岡宗一攻擊的本間駿在進行抵抗的時候，兩人纏鬥過程中弄破了放在桌上的披薩盒，而且又讓飲料潑到上面，使得貼紙上的內容變得難以判讀。後來是因為其他證據可以確認配送時間，所以對警方來說並沒有構成問題。不過現代社會中到處都會留下紀錄，想要偽裝不在場證明也是很辛苦的一件事情。

「由此可以判斷在晚上八點之前東岡都還活著，因此才縮短了死亡時間的推定範圍。另外從東岡的胃中也有檢驗出跟外送的披薩同樣的東西，根據消化程度也判斷出進食後經過了一個小時以上，因此推定時間的範圍又進一步縮短，最後推測出東岡是在晚上九點到十一點之間遭到殺害的。」

如果八點拿到披薩之後就立刻拿來吃，用餐後一個小時就是晚上九點了。雖然他並不一定是在收到後立刻食用，而且人的消化速度也會根據身體狀況而有所變化，不過推斷為晚上九點之後應該算是妥當吧。

「警方也在成為殺人現場的受害人家客廳中發現一塊大約吃掉了七成左右的披薩。而本間在供述中同樣提到，東岡在談話途中表示過要訂披薩當晚餐，便拿起手機離開房間再回來，一段時間後門鈴聲響起，就出去拿著披薩回來了。」

「就算當時是晚餐時間，但明明正在進行關係到人生危機的談話時居然會打電話訂外送披薩，還真是從容啊。」

「搞不好反而是因為他難以承受持續緊張的談話呢。本間也表示過東岡或許是想藉由訂披薩與拿餐點等等的行為中斷談話，畢竟有可能因此讓話題的方向有所改變。而且本間似乎也因為時間的關係感到肚子餓，再加上談話途中有出現難以接話的狀況，所以也吃了一些披薩的樣子喔。只是他不記得披薩送達的時間以及自己吃披薩的時間究竟是幾點，而且也沒有離開過房間。」

本間駿在很多部分都沒有記憶時間，而這些都可以讓岩永加以利用。

「在這點上就有偽造不在場證明的餘地了。如果配送披薩的人物跟東岡是共犯，實際上並沒有把披薩送達。而在東岡的家吃披薩的時間其實是晚上八點之前的話，會怎麼樣呢？」

「死亡時間就會比警方推定的期間更早了嗎？」

這次因為是晚上八點送達的披薩吃進體內後，推測經過了一個小時以上，所以警方才會判斷死亡時間是晚上九點以後。但如果其實是在晚上八點以前就吃進肚子，推定的死亡時間也就會提早到晚上九點以前了。

「留下訂餐紀錄的店家是有名的連鎖店，因此可以事先從其他分店買到同樣的披薩。然後在談話途中假裝訂餐後，把預先準備好的披薩拿出來跟本間一起享用。另外在七點半過後真的打一通電話，在店家留下訂餐的紀錄。殺害本間之後奪走他身上的錢包等等財物，將遺體搬到本間的車上並且把車子停到離家有一段距離的場所，偽裝成本間在停車時遭遇強盜，接著再離開現場。」

「也就是偽裝成本間離開東岡家之後遭到別人殺害，是吧？」

「沒錯。只要搬一輛折疊式腳踏車到車上，就能從停車的場所迅速離開了。不過要是裡面有屍體的車子太早被人發現，就會讓推定死亡時間的正確性提高，因此必須把車停在隔天早上之前都不會被人注意到的場所才行。」

九郎把手交抱在胸前，露出思考岩永這段說明的表情。而岩永繼續說道：

「身為共犯的外送人員則是假裝有把披薩送到東岡家，但實際上是把當時訂購的披薩扔掉之後，回到店家作假報告說自己在晚上八點將披薩交給了東岡。」

至於訂餐的錢只要事先交給那個外送人員就可以了。

「接著東岡便著手製造自己晚上八點半以後的不在場證明，偽裝出本間是吃完披薩之後很快離開了東岡的家，結果遭遇強盜殺害的狀況。如果被發現的本間遺體中留有消化了一個小時以上的披薩，而那個披薩被判斷是在晚上八點送達東岡的家之後食用的東西，那麼警方就會推測死亡時間是晚上九點以後。因此東岡只要讓自己在晚上八點半之後的不在場證明得以成立，就能避免嫌疑了。」

雖然死亡時間並不是只靠進食後經過的時間進行推測，不過只要跟遺體的其他現象沒有太大的差異，就有可能成為讓警方誤判死亡時間的要素。

「然而實際上東岡卻遭到本間反擊而被殺害，並沒有實行這些計畫的後半部分。也就是說本間在不知道這些偽裝工作的情況下，晚上八點之前逃離了現場。隔天東岡的遺體被人發現，而且諷刺的是在警方推定死亡時間的時候，東岡吃進體內的披薩讓推測的死亡時間變得比實際時間更晚了。」

「畢竟東岡也是在晚上八點之前就吃了披薩啊。假設他們實際上是在七點吃下披薩，然後殺人是發生在快要八點的時候，那麼警方推定的死亡時間就比實際時間晚一個小時左右，讓本間實際上有更多時間可以移動到遠方。結果他來到了如果是錯誤的推定死亡時間內離開現場就絕對不可能抵達的場所，讓不在場證明看起來成立了。是這樣的意思嗎？」

「是的。只要實際發生殺人的時間比推定時間早了一個小時以上，要移動到隔壁縣的海邊也就不是不可能的事情。如此一來就能解決不在場證明的問題了。」

雖然沒有駕照的岩永無法實際測試多出一個小時左右的時間是否真的能夠抵達目的地，不過照距離上看起來應該是沒有問題。

九郎接著露出嚴肅的表情看向岩永。

「但這樣還是會留下幾個疑點。有辦法保證東岡訂披薩的那間店絕對會由共犯負責送披薩嗎？」

「訂餐的那間店在某種程度上會預先決定好每個外送人員負責的區域，尤其在當時那個時段是特定由某個人物負責配送。」

這點岩永已經事先調查過了，或許是因為店家人手不足而造成了這樣的現象。九郎緊接著又提出下一個疑點：

「當那個外送人員接受警方問話的時候，為什麼沒有把東岡的計畫說出來？只要看過事件報導，應該就能推測出東岡是遭到反擊被殺的。既然計畫以失敗告終，繼續按照原本計畫撒謊也沒有意義，而且對警方隱瞞真相反而更危險不是嗎？」

「若那個外送人員是因為被東岡抓到把柄，而要求成為共犯進行偽裝配送以及作偽證的話呢？如果兩人是那樣的關係，警方應該也很難察覺他們從以前就互相認識吧。畢竟東岡似乎有在從事違法藥物的走私，外送人員可能就是跟那件事情扯上關係而不得不協助偽造不在場證明的。那麼當他被警方問話的時候，當然也只能撒謊了。要是他老實說出自己並沒有把披薩送到東岡家，警方就會追究他為何要做那種事情，如此一來恐怕就會因為與東岡之間的共犯關係而讓其他違法行為也跟著曝光，使自己遭到警方問罪。」

這樣應該就足以解釋外送人員沒有講出計畫內容的理由了吧。

「向警方招供只會害自己遭受不利。反正殺人犯已經遭到逮捕，外送人員判斷繼續按照東岡的計畫撒謊會比較安全，所以才沒有多講什麼吧。」

九郎接著又提出第三個疑點：

「有必要把那個披薩外送員當成共犯嗎？東岡在八點以前把本間殺掉之後，八點時從根本不知情的外送員手中收下後來訂的披薩也可以吧？」

「雖然不是不可能辦到，但那樣在披薩送來之前他必須在家才行，搬運遺體偽裝成強盜殺人的行動就會被拖晚了。更何況如果外送員不知道計畫，就會在東岡被本間反擊殺害而本間逃走之後來到殺人現場，結果沒有辦法遞交披薩也沒能收到錢了。然而那樣的狀況實際上並沒有發生，因此外送員必須是共犯，作偽證說自己去過東岡家才行。」

「那如果是七點半訂的披薩送來的時候殺人事件還沒發生，東岡真的收下披薩，而計畫是在收到披薩之後緊接著殺掉本間的話呢？」

「那樣成為殺人現場的家裡，除了吃掉七成左右的披薩之外，應該還會有另一個完全沒被吃過的同種披薩才對。可是警方的搜查行動中並沒有發現那樣多餘的披薩。」

如果警方有發現就絕對不可能不在意的。但是東岡宗一在殺害本間駿之前應該也沒有必要先把第二個披薩連同外盒一起從家中處理掉，而本間駿後來慌忙逃走時又不可能去處理那第二個披薩。

九郎彷彿對複雜的內容感到傻眼似地把手放到嘴前。

「也就是說為了跟現實狀況相吻合，必須把那個外送員當成共犯才行嗎？」

「沒錯。雖然說利用共犯的偽裝不在場證明計畫本身也不算很好就是了。」

要是讓共犯掌握了自己殺人的證據，搞不好就會成為後顧之憂。如果有其他不需要共犯的手法，應該就不會採用這種計畫了。對於這點九郎似乎也感到同意。

「說得也是，既然有辦法準備一個不會被警方知道雙方關係的共犯，就根本不需要採用『讓警方誤判死亡時間』這種冒險的計畫。只要讓那個共犯作偽證說殺人事件發生時自己在別的場所就可以了。如果在那樣的偽證能夠被接受的狀況下殺人就更好了。」

這麼說完全沒錯。其實在有其他人知道自己跟本間駿單獨見面的時段內計畫殺人本來就太勉強了。

「只不過人類有時候就是會把勉強的計畫誤以為是最佳的手段而付諸實行。也很難講說現實中並沒有發生過那樣的事情。」

「那麼妳是要把那個最終以失敗收場的不在場證明偽裝計畫若無其事地告訴那個刑警，說服對方就是由於這樣才讓犯人有了奇妙的不在場證明是嗎？」

岩永聳聳肩膀，搖搖頭否定。

「其實那位刑警同樣有獨自察覺到受害人計畫偽裝不在場證明的可能性，也有試著找過證據。但畢竟實際上並沒有那樣的計畫，所以也不可能找到什麼證據。而且披薩外送員也的確不是共犯，因此也查不出有什麼關係性。」

那位外送員其實是跟事件完全沒有關係的人物。

「雖然以假說來講可以成立，但因為是有點勉強的計畫，說服力也就比較低了。假設真的順利實行，應該也會被警方識破吧。就算我把那種計畫普普通通地講出來，也不可能被對方接受的。而且那刑警對於本間會主張自己利用過根本不存在的烏龍麵販賣機的理由似乎也無法釋懷的樣子。」

「光是解開不在場證明的問題還不夠嗎？」

「本間的供述從一開始就是一貫的內容，關於烏龍麵販賣機也描述得連細節都很明確，除了警方找不到那臺自動販賣機以外都沒有其他矛盾的地方。可是卻說他只有那部分是在作夢、是腦袋混亂的講法似乎讓那位刑警覺得不能接受的樣子。或許是身為刑警的直覺讓他覺得本間要不是全部都在講真話，否則就是打從一開始就決定要撒那種謊的吧。」

九郎皺起眉毛抓了抓頭。

「也就是說，刑警認為犯人會表示自己在事件之後遭遇過都市傳說，並不是沒有意義的發言，覺得其中肯定有什麼意圖是嗎？」

「那人大概是根本不相信都市傳說這種不可思議的東西吧。」

雖然盲目相信是很危險的事情，但完全排除也是很不健全的想法。

身為那些不可思議的存在的智慧之神，岩永是這麼認為的。

「但要是刑警變得會以那種東西真的存在為前提進行調查，這世界應該也完蛋了吧。」

九郎對話題喪失興趣似地又敲打起鍵盤，大概是繼續開始打報告了。

不過岩永對於他那樣的態度並不在意地繼續說道：

「而我為了要讓那位刑警中止搜查行動，就必須跟他進行接觸才行。可是我希望盡可能在沒有人的場所假裝是跟他偶然相遇，而那位刑警又是開車到處跑，因此我同樣也靠坐車移動會比較好。」

雖然岩永也可以拜託妖怪們協助，帶她飛到天上或是背著她在山中移動，不過還是讓有駕照的男朋友幫忙開車比較說得過去吧。

「那刑警似乎今晚又會獨自行動的樣子。請問學長要不要跟我出個遠門呢？」

雖然九郎曾經有一次說自己煮了豬肉味噌湯想喝所以拒絕了岩永的邀約，但這次他從早上都沒有做什麼料理，岩永也早就確認過他今天沒有打工了。絕對不讓他有理由拒絕。雖然現在他敲打著鍵盤，但看起來報告應該差不多完成了才對。

雖然岩永不禁有種「要是沒有如此周詳準備就不會一起跟來的男朋友是不是有問題？」這樣根本性的疑惑，但現在也顧不得那麼多了。

九郎接著做出似乎在儲存檔案的動作，然後用感覺像是放棄掙扎似的口氣說道：

「真是沒轍。要我陪妳到哪裡去？」

雖然語氣上不甘不願，但九郎答應得意外乾脆，讓岩永都忍不住愣住了。

梶木大悟開著車，行駛在星期日晚上十一點過後一片黑暗的國道上。他其實也有自覺，自己在做的事情可能只是白費力氣。現年五十五歲的他，是縣警搜查一課的巡查部長。雖然由於資歷很深，在現場基層廣受信賴，但是並沒有機會往上升到更高的階級。就算在這次的案件中有發現什麼東西，也不曉得會不會受到上級稱讚，搞不好反而還會挨罵說不要增加多餘的工作。

這起事件的犯人就是本間駿不會錯。畢竟他本人在被警方帶走之前就承認了這點，證據也很充分。在法庭上肯定也不會有什麼變數吧。

然而在接受訊問的時候，本間所主張自己事件當晚做過的行動卻有時間上的問題。他表示自己殺害受害人東岡宗一之後，帶著混亂的心情開車前往鄰縣的海邊。途中於凌晨十二點時在一處休息站吃了從自動販賣機買的烏龍麵，然後在凌晨一點抵達了可以看到海的場所。

受害者的推定死亡時間是晚上九點到十一點之間。不管把車開得再怎麼快，都沒有任何路徑可以讓犯人從晚上九點後只花四個小時就抵達鄰縣的海邊。不過「凌晨一點」這個時間只是本間駿自己看手錶確認的，也有可能是他看錯時間。而他本人也有承認這樣的可能性。

然而休息站的烏龍麵販賣機就沒有這麼單純了。本間說過他在那地方遇到剛好來補充烏龍麵的人物，並確認時間是凌晨十二點。接著在那地方待了十五分鐘之後，又開車出發繼續前往海邊。

這個來補貨的人物有可能可以作證正確的時間，而如果那個自動販賣機的場所位於從殺人現場出發無法於凌晨十二點抵達的位置，本間的不在場證明就會成立了。

可是警方並沒有發現那個只有烏龍麵販賣機的休息站，也沒有找到當時來補貨的人物。更奇怪的是，那段自動販賣機的事情竟然與網路上流傳的都市傳說內容完全一樣。那原來是虛構的供述。

幾乎所有的調查人員都在得知這點之後，便不再關注本間的不在場證明。多半人的見解認為本間於事件當晚一方面因為犯下殺人罪行而腦袋錯亂的緣故，開車打盹時作夢夢到自己以前不知什麼時候無意間聽過的都市傳說，結果就與現實狀況混淆了。

本間聽到警方表示找不到那臺烏龍麵販賣機，而且有個都市傳說的內容與他的供述完全一樣的時候，雖然頓時做出困惑的反應，接著好幾天都難以置信地呢喃著「怎麼可能有這種事」。不過他最終也認為應該是自己在作夢，而不再講述那段事情了。

說到底，打從一開始就承認罪行的本間根本沒有主張不在場證明的必要。雖然也有可能是他在掩護真正的犯人，但如果有掩護的打算就應該不會提出或許會形成不在場證明的供述。至少不會那麼詳細描述自己幾點到了什麼地方才對。

確實也有其他幾個可能是犯人的人物。東岡宗一雖然是受害者，但對於他的死幾乎沒有人表示同情。關於他從事的走私行為雖然還在進行詳細調查，不過已經可以確認有人死於他走私的違法藥物，也有查到交易上形成的恩怨。

就算本間沒有動手，這個人搞不好還是有一天會被誰殺掉，或者至少遲早會遭到警方逮捕才對。不過本間雖然有調查過東岡的違法行為，卻沒有找到充分的證據，就算向警方指控，恐怕調查行動也遲遲難有進展吧。因此甚至也有人認為多虧本間當時殺掉東岡，讓之後可能繼續出現的受害者人數減少了。

從狀況看起來，本間應該會被判定為傷害致死或過度防衛，甚至可能被認同是正當防衛。如果他當時殺人後沒有逃亡而立刻自首，或許會讓狀況變得更有利，但也有人認為要求到那麼冷靜的行動會不會太難了。就算是一間公司的經營人，本間也還只是三十出頭而已，如果殺人後能夠那麼冷靜反而比較奇怪吧。

即使讓事件就這樣結束，其實也沒什麼問題。然而梶木卻怎麼也無法釋懷。這是他長年來身為刑警的直覺，認為本間那段奇妙的供述背後會不會有什麼內幕？如果就這樣送上法庭，會不會導致什麼難以挽回的結果？就是這樣的感覺，讓他即使只有一個人也無法停止調查。

事件本身還沒有結案。只要現在發現什麼新的重要線索，或許就能說服搜查本部展開行動，也能重新對本間駿進行訊問調查。

梶木現在正開車前往山間一條國道途中的某個休息站。那裡並不是什麼幻象，而是平常利用這條路的人們從以前就知道的場所。從東岡宗一的家前往鄰縣海邊的途中，唯一有擺放烏龍麵販賣機的就是那個地點。在搜查會議上也有討論過，本間搞不好是到過那個休息站卻記憶錯誤了。

然而那個休息站除了一臺烏龍麵販賣機之外還有三臺飲料販賣機，而且擺放了十個人以上可以使用的桌椅。雖然建築物外觀老舊，但怎麼看都不像是鐵皮小屋，跟本間的供述內容完全不一樣。那臺烏龍麵販賣機也只有提供天婦羅烏龍麵，並沒有肉類的烏龍麵。而且據說事件當晚並沒有人來補充過烏龍麵。

如果本間在凌晨十二點到過這間休息站，他的不在場證明就會成立。因為這裡距離案發現場太遠了。所以本間記憶錯誤的假說也就沒有繼續受到討論。

梶木雖然會利用沒有排班或是空檔的時間重新調查事件內容，但遲遲沒有進展。

今晚他決定開車前往那間休息站是為了看看能不能找到什麼線索，另外也是抱著一絲期待，認為如果有人會定期在星期日深夜利用那個休息站，搞不好就有看過本間的車子。

一路上幾乎沒有遇到什麼車子。車窗外一片黑暗，景色也一成不變。殺過人後行駛在這種路上，真的會握著方向盤作夢或是看見幻覺嗎？實在讓人難以相信。

車子前方看到了休息站的招牌，四周唯一綻放出人工光線的建築物進入視野之中。梶木將車子停進那空蕩蕩的停車場。這停車場的面積雖然足夠容納十臺以上的車子，但現在除了梶木的車以外沒有其他車影。

梶木接著下車。山林的樹木圍繞四周，再加上昏暗的光線，簡直就像來到了世界的盡頭。建築物透出的燈光也一點都不亮，大概是螢光燈的壽命將盡了吧。

雖然對於駕駛長距離的貨車司機來說，這種休息站都會設置洗手間很方便，但一般人應該不太會獨自一個人來到這種地方吧。這裡實在太過寂靜，距離有人居住的地區又遠，要是遇上犯罪行為也沒人可以求救。手機訊號也不太穩定。

梶木決定總之先進去休息站再說。雖然他心中不抱有過度的期待，不過自己一個人待在這樣與世隔絕的場所，或許也能想到什麼跟平常不同的靈感吧。

於是他打開橫拉式的滑門，踏入休息站內。結果讓他感到意外的是，裡面居然已經有人了。

是個年輕的女孩。或許稱為「少女」比較貼切。長度不及肩膀的柔曲秀髮呈現淡淡的顏色，外觀看起來相當年幼。頭戴一頂貝雷帽，身穿設計與裝飾有如西洋人偶的高貴服裝，坐在椅子上旁邊還放著一把紅色的拐杖。那樣一個女孩卻手握一雙免洗筷，正吃著裝在廉價塑膠碗中的烏龍麵。表情看起來極為不悅，就算是凶惡的犯罪者搞不好都會被她嚇到。

身為刑警的梶木雖然自認很少會感到動搖，但現場如此異樣的景象還是讓他忍不住愣在原地了。

首先，這女孩出現在這場所本身就很奇怪。她怎麼看都是個深閨大小姐，是裝在展示櫃中的人偶。怎麼會在大半夜的時間獨自一個人坐在這種深山中老舊的休息站？未免太格格不入了。

而且休息站的停車場中除了梶木的車子以外沒有其他車輛。靠徒步走路不可能來到這種場所。周圍幾公里的範圍內也不知道有沒有什麼住家。那麼這女孩到底是怎麼來到這裡的？

「如此可愛的女孩子為什麼會一個人坐在這種地方？你肯定是這麼想的吧。」

女孩忽然把依舊不悅的視線看向梶木如此開口。

「同時你也在想，她究竟是怎麼來到這裡的？」

彷彿看穿梶木心中想法的女孩接著又說道。

「而你現在又在思考，這女孩該不會是怪物『覺』對吧？」

「這我倒是沒有在想。」

梶木不禁疑惑「怪物覺是什麼東西？」並如此回應，接著才想到那是一種妖怪的名字。根據他小時候聽過的記憶，那好像是會讀心術並攻擊對象的妖怪。

但現實中根本不可能有那樣的存在。從那個女孩的角度來看，她見到梶木進入休息站後停下腳步注視著自己，應該就能推測出這點程度的心事。而且她既然可以辦到這點，就表示她實際上並沒有外觀看起來那麼年幼。

「哎呀，玩笑話就說到這邊。請你聽我說呀。」

女孩憤憤不平地又繼續講了起來。

「今晚我原本是坐男朋友開的車一起來，想要吃這裡的自動販賣機賣的烏龍麵。可是就在抵達這裡的時候，男朋友的手機響了。」

看來這女孩的年紀已經可以交到一個有駕照的男朋友了。

「那電話是打工的地方打來的，說發生了只有我男友才知道詳情的管理問題，所以打電話來尋求指示。而我男友雖然想透過電話告訴對方怎麼做，但這一帶的訊號實在太差，難以順利交談，因此男友決定要移動到收訊比較好的地方。」

這下梶木也大致聽出狀況了。

「結果我男友說『既然難得來了，妳就待在這裡吃烏龍麵等我回來。』然後就丟下我一個人，自己開車走掉了。」

所以停車場才沒有其他車子。

「接著已經過了二十分鐘他還沒回來，也沒有聯絡。把我一個人丟在這種地方，難道他都不會擔心嗎？」

確實，就算不是深夜也不應該把這樣可以說是長相可愛的女孩子丟在這種場所。那個男友與其說是無情，甚至讓人覺得根本是在故意欺負女朋友。

走向休息站深處的梶木雖然臉上露出苦笑，但內心其實難以相信女孩說的話全部都是真的。

「雖然嘴上這麼說，但妳看起來倒是對我完全沒有戒心的樣子啊。」

梶木的長相形容得再好聽也算不上親切，體格也很有壓迫感。應該屬於讓人不會想要在車站候車室之類的場所兩人獨處的類型吧。

但女孩卻用鼻子哼了一聲，握著免洗筷夾起烏龍麵。

「我可沒有做過什麼需要對刑警先生抱持警戒的虧心事。」

梶木不禁又停下動作。

「為什麼妳會覺得我是刑警？」

「因為你散發出來的氛圍就像個刑警。難道我猜錯了？」

女孩泰然地如此回應。梶木雖然猶豫了一下，但還是決定老實承認了。

「是沒猜錯。」

「那麼我就不需要抱持警戒啦。」

女孩用小嘴吸起烏龍麵。她用筷的動作輕柔，坐姿也端正，感受得出來家教良好。但也因此與這樣的場所更顯得格格不入。烏龍麵的自動販賣機似乎有不少隱藏的愛好者，難道這女孩也一反外觀的形象，有那樣的興趣嗎？不過就算是跟男朋友一起來，也用不著挑這種深夜時段才是。

梶木轉頭環顧屋內。建築物深處有一臺烏龍麵販賣機，旁邊還有三臺寶特瓶或罐裝飲料的自動販賣機。如果會把這樣的空間誤看成只有一臺烏龍麵販賣機，應該是心理狀態非常混亂吧。

打算在這裡待上一段時間的梶木為了買一碗烏龍麵而走向那臺自動販賣機，可是就在通過那女孩旁邊之後，忽然從背後傳來愉快的聲音：

「說到烏龍麵販賣機，在某個事件中跟不在場證明扯上了關係呢。」

梶木反射性地轉回頭。在本間的事件中，關於烏龍麵販賣機的部分由於不確定的要素太多，所以警方並沒有告訴過新聞媒體。雖然也有媒體透過獨自的手段獲得情報，但或許是覺得難以處理或是整起事件過於無聊的緣故，目前還沒有被報導出來。

女孩豎起免洗筷，與梶木對上視線。

「我認識事件的相關人物，而據說被警方視為犯人的一名叫本間的人物，在事件當晚利用過一臺都市傳說中描述為幻象的烏龍麵販賣機，如果這件事情能夠獲得證實，他的不在場證明似乎就能成立的樣子。對刑警先生來說這應該是自己業界內的事情吧？請問你有聽說過什麼嗎？」

難道是警方關係人覺得反正案件已經幾乎得出結論了，就當成一樁「有點奇妙的事件」私底下告訴了朋友嗎？還是本間駿的相關人物講出去的？然後這女孩會剛好向參與事件調查的梶木提起這件事情，是偶然嗎？雖然烏龍麵販賣機跟刑警的組合會讓人產生聯想也不是什麼奇怪的事情就是了。

梶木一方面為了試探女孩的用意，慎重回答：

「我是聽過幻象烏龍麵販賣機的都市傳說，不過關於那起事件我就不清楚了。畢竟即便是同一個管轄區域中發生的案件，有時候也會有完全不知情的狀況啊。」

「原來是這樣。哎呀，反正那起事件好像已經幾乎獲得解決，本間先生也承認自己殺人了。警方總不可能會認真去在意他『有利用過都市傳說中描述的自動販賣機』這種話吧。而且那奇妙的不在場證明主張其實也不是什麼複雜的謎團嘛。」

「妳這麼說是什麼意思？」

因為女孩講得實在太輕鬆，讓梶木忍不住語氣銳利地如此回問了。居然能夠把梶木感到如此頭大的問題講得彷彿不算什麼事情，難道她有從關係人口中得到什麼特別的情報嗎？梶木雖然一時緊張自己會不會口氣太嚇人，不過女孩卻一點也沒有表現出害怕的感覺，用免洗筷在半空中畫著圓說道：

「那其實並不是本間先生做了什麼偽裝不在場證明的手腳，而是受害人原本為了殺害本間先生而預先準備好偽裝的不在場證明，可是卻遭到反擊而被殺死，結果讓本間先生有了本來不應該會有的不在場證明。只要這樣思考就能說明那個謎團了。雖然我認識的人並沒有告訴我很詳細的內容，但據說受害人的推定死亡時間有頗大的一段範圍，或許是只要有共犯就能偽裝不在場證明的感覺吧。」

梶木緊繃的身體頓時放鬆了幾分。

「很難講。誰曉得那個不在場證明真的實行起來有沒有問題？」

披薩的外送員是共犯，透過讓警方誤判進食後的經過時間偽造不在場證明的手法其實梶木也想過，但以一個計畫來說難以否認過於勉強。即使調查那個外送員也找不出任何與受害者之間的關係，很難讓人覺得計畫真的有被實行過。就算假設那個外送員真的是共犯，正常來講應該會用更單純的方式為不在場證明作偽證才對。這女孩的思考太膚淺了。

「更重要的是，照妳這樣講不就表示那個叫本間的犯人真的利用過虛構故事中描述的自動販賣機了嗎？那種明明不存在的自動販賣機要怎麼利用？」

犯人會特地搬出虛構的都市傳說內容成為自己的不在場證明，是不是代表背後隱藏了什麼意義？這就是梶木感到在意的地方。雖然訊問時的結論是本間大概作了什麼夢，但本間在描述的時候感覺並不是像夢境那樣模糊的記憶。梶木認為本間要不是講的都是真話，否則就是他抱著某種目的講出了那些話。

女孩這時用同情似的眼神看向梶木。

「所以說本間先生其實並沒有利用過吧。他所主張的時間或地點不是幾乎都是假的嗎？」

梶木一時之間無法理解女孩這句發言的意思，但停了一拍後便發現女孩所提出的會不會就是梶木最想知道的本質，於是開口問道：

「那麼本間為什麼要撒那種謊？」

女孩將外皮已經徹底被湯泡爛的天婦羅夾到口中，理所當然似地回答：

「因為本間先生想要偽裝出『受害人預先準備了假的不在場證明可是卻遭到反擊而被殺死』這樣的狀況呀。為了這個目的，他必須提出一個警方無法明確證明是否存在的不在場證明。」

梶木把手邊的一張椅子拉過來，與女孩保持一段距離坐下身子。因為梶木還不清楚這女孩的真實身分究竟是什麼，而直覺告訴他不要太靠近對方會比較好。

然而他怎麼也無法忽視女孩講出口的話。

女孩把碗端到嘴前，喝了一口湯之後才說明起來：

「警方似乎表示本間先生是被人從背後攻擊，在進行抵抗的時候不小心把對方殺掉了。因此罪名可能會是傷害致死、正當防衛或過度防衛。然而狀況上很難全面認同是正當防衛，即使判為傷害致死也很難講會不會得到緩刑。畢竟當時受害者也可能並沒有殺意，只是一時情緒激動而動手打人而已。然而如果這時候出現證據顯示『受害人有事先計畫要偽造不在場證明』，判決又會變得如何呢？」

那種證據有可能存在嗎？在梶木思考答案之前，女孩就先開口說道：

「例如說，要是法庭上出現一名共犯，作證說自己是因為被受害人握有把柄，不得不答應協助受害人偽造不在場證明，狀況又會變得怎麼樣？而且那個共犯被握住的把柄關係到他自己的犯罪行為，因此他害怕被警方發現，而在調查階段時不敢把這件事情講出來的話呢？」

所謂的共犯就是披薩的外送員。跟那外送員有關的不在場證明偽造計畫內容非常走險，因此梶木原本排除了那樣的可能性。然而要是那個外送員實際現身如此作證，梶木也就不得不相信東岡宗一真的計畫了那樣走險的偽裝手腳。畢竟罪犯不一定都會想到聰明的計畫。

「那麼那個共犯為什麼到了法庭上才特地站出來作證？」

「就算是因為被人握有把柄，但自己參與了殺害本間先生的計畫也是事實，所以難以承受良心的苛責而決定出面了。這樣的理由如何呢？」

雖然很老調，但以理由來說也足夠了。

女孩接著露出微笑。

「而且既然是在公開對自己不利的內容為前提之下所說的證詞，可信度自然就會比較高。如此一來法庭上就會認定受害者真的有準備偽造不在場證明，並計畫殺害本間先生。也就是說受害者對本間先生的殺意得以被證明了。」

殺意。說明東岡宗一是企圖殺害本間駿卻遭到反擊而喪命的決定性證據。

梶木忍不住叫出口：

「要是在法庭上證明了受害者帶有殺意，法官認同是正當防衛的可能性就會提高了！」

目的其實很簡單。犯人會為了自己的利益而行動、進行造假。

「也就是說，那個共犯其實並不是受害者的共犯，而是本間的共犯嗎？」
「是的。他偽裝是受害者的共犯，但實際上卻是犯人的共犯。」
梶木雖然對眼前這個吸著烏龍麵的女孩感到疑惑，卻還是不禁被對方的說明吸引。總覺得自己心中原本感到不對勁的部分總算被擺放到正確的位置了。
「若是這樣，整起事件的構圖就會完全改變了啊。如果是為了讓正當防衛成立而預先準備好共犯……」
「就表示本間先生的殺人並非偶發，而是計畫性的行為了。」
本間有什麼計畫性殺害東岡的動機嗎？有。
他沒能掌握東岡進行走私的證據，無法立刻阻止那樣的不法行為。可是已經因為那個不法行為鬧出了人命，那麼本間也有可能基於正義感而狠下心選擇直接殺掉東岡。如果犧牲者之中有本間的關係人，這個動機就會更強烈。
於是本間擬定計畫打死了東岡，並且假造出「東岡害怕自己的不法行為遭到告發而決定殺人滅口，卻遭到反擊而喪命」的狀況。訂披薩的時候只要用東岡的手機打電話就好，而從東岡胃中發現的披薩也可能是本間事先買好帶到他家給他吃下的東西。
「但是就算不用準備那樣的共犯跟假的不在場證明偽裝計畫，本間只要偽裝成受害人是遭到反擊殺害，在法庭上至少獲判緩刑的可能性不是就很高了嗎？」
「那樣的狀況當然最好，可是不確實。因此準備一個作證不在場證明偽裝計畫的共犯可以說是一種保險手段吧。也就是當法庭上的走向、檢察官的方針感覺會讓判決變得比較重的時候可以利用的一張祕密王牌。如果什麼都沒做就感覺判決會比較輕，那麼就不需要那個共犯出面了。」

要一直逃避警方的追捕是很困難的事情，對精神上的負擔肯定也很大。那麼故意被警方逮捕之後靠較輕的判決撐過局面也是一種手段。如果能獲判緩刑就根本不用坐牢，而且只要一度判決定案就不會再因為同一項罪受罰了。

不是逃避警方逮捕的方法，而是被逮捕之後的策略才是最佳手段。而且還是兩階段式的安全策略。

「所以他才主張了利用都市傳說、警方無法進行確認的不在場證明嗎？」

「是的。如果是內容清楚明確的不在場證明，搞不好警方在詳細檢證的時候會發現什麼紕漏或矛盾。畢竟假的不在場證明偽裝計畫在內容上應該相當勉強，所以犯人肯定不希望在警方調查的階段就注意到那個計畫並深入調查。最好是讓警方不會把不在場證明視為問題點。可是又要製造出『因為受害者計畫偽造不在場證明，所以讓本間的不在場證明成立了』這樣的狀況，因此本間還是必須姑且主張自己的不在場證明才行。正因為他在接受訊問時有主張過不在場證明，所以當說明那個不在場證明為何得以成立的解答被提出來的時候就更能有效地讓人留下印象。」

所以本間才會姑且主張那種警方無從調查、連能否成立都不確實的奇妙不在場證明嗎？然後在法庭上當判決可能變得對他不利的時候，再讓共犯出來作證，使奇妙的不在場證明之謎獲得解答。藉由「原來是因為大家不知道受害者的偽裝計畫，才讓狀況看起來那麼奇妙啊」的恍然大悟心理，使得共犯的證詞更加容易被人相信。

而能夠讓警方不會加以重視但依然會留下「可能有不在場證明」印象的，就是與都市傳說中的烏龍麵販賣機補貨員講過話的那段主張。想當然，遇上都市傳說的主張不可能在法庭上成為證據，可是依然能夠成為一種操作印象的要素。至於內容究竟是不是真的，就不是那麼重要了。

「如果是這樣，那個本間的共犯到底是什麼立場的人物？他不但會被當成受害者的共犯，連關係到自己把柄的犯罪行為都會遭到追究喔？就算那所謂的把柄只是為了讓大家覺得他真的是受害者的共犯而虛構出來的內容也一樣。」

如果這點被警方發現是謊言，他身為受害者共犯的前提也就會隨之消失。因此他必須裝得煞有其事，真的被追究罪行才行。

「畢竟那個受害者到處結怨，甚至還鬧過人命的樣子。如果是那個犧牲者的關係人，應該就會樂意協助本間先生的計畫吧？畢竟本間先生代替自己殺掉了仇人，而自己作偽證可以減輕本間先生的罪刑，那麼抗拒心應該也會比較低才對。而且被追究的罪名也不算重，搞不好同樣可以獲得緩刑喔？」

女孩針對這點也有仔細考慮過。

基於良心苛責而主動出面作證的人，想必罪刑也不會被判得太重。而且本間最後並沒有被殺害，因此共犯也可能不需要實際服刑。

被當成是東岡宗一實行的偽裝計畫之所以在內容上會那麼勉強，恐怕也是為了事後讓共犯在法庭上出面作證，可是又要讓罪名不會過重，在各種調整之下形成的結果吧。畢竟要捏造出一個跟不在場證明扯上關係的存在，可是在警方調查的階段又不會被懷疑是偽造不在場證明的共犯，那麼偽裝計畫本身自然就會變得比較勉強了。

梶木對於自己的疏忽不禁感到懊惱。

他在針對不在場證明進行調查的時候，雖然懷疑過披薩外送員與東岡之間的關係，但完全沒有想過與本間之間的關係。也沒有調查過那個外送員是不是受過東岡直接或間接傷害而對他懷恨在心的人物。畢竟那樣的人不可能會成為東岡的共犯，所以梶木就沒有加以考慮了。

另外，本間提過自己殺人之後在腦袋混亂之下逃離了現場，但這段供述也是謊言了。雖然不要選擇逃跑而乖乖自首可以讓罪刑較輕，但那樣冷靜的行動搞不好反而會讓警方懷疑他一連串的行為是有計畫性的犯行。因此他為了營造出自己是不經意殺了人而感到慌張的感覺，就沒有立刻出面自首，而選擇了「逃離現場」這種乍看之下對自己不利的行動。為了讓事件背後真正的計畫不要被警方察覺，故意採取了不算適切的行動。

女孩將烏龍麵連湯汁一起全部吃完後，做出總結：

「這就是奇妙的不在場證明被提出來的理由了。」

對於女孩的總結，梶木忍不住呢喃：

「怎麼會這樣。警方居然漏看了這樣計畫性的殺人行為嗎！」

女孩的說明讓事件中的各種疑點都找到了適切的位置。雖然並不能因此就貿然下結論，但至少得出了清楚的調查方向。這跟單純根據直覺在行動是完全不一樣的。現在可不是繼續待在這種偏僻山中的時候啊。

梶木趕緊準備起身離開，但女孩雖沒有制止卻語氣溫和地說道：

「不過並沒有證據喔。這段假說只是說明了那個不在場證明的奇怪之處而已。」

「但除此之外又能怎麼解釋那樣奇怪的不在場證明？」

女孩稍微歪了一下頭，唯有表情很認真地回答：

「或許那個幻象烏龍麵販賣機其實真的存在，而那個場所是異界。進入那個異界再出來的人會在現實世界中直接跳躍將近上百公里的距離，就是因為發生這樣的現象，使得不在場證明得以成立了。這樣想應該也可以解釋吧？」

「怎麼可能會有那樣不可思議的現象。」

至少梶木並沒有遇過那樣的事情。

「很難講喔。這世上本來就充滿各種不可思議呀。」

女孩握著拐杖站起身子，將塑膠碗與免洗筷拿到指定的地方丟棄。雖然她走路的樣子很自然，不過從拄拐杖的方式看起來應該有哪一隻腳不自由吧。

就在梶木如此觀察的時候，女孩將視線望向他。

「刑警先生，你想想看，我會在這地方不是就很不可思議嗎？」

「妳不是說過妳是被男友丟在這裡的？」

梶木雖然如此回應，但心中忽然變得靜不下來了。這女孩究竟是什麼立場的人物？對梶木忽然提起他正好在調查的事件，而且有如魔術師從帽子中變出兔子一樣提出了有說服力的假說。世上真的會有如此湊巧的偶然嗎？

更何況，現實中會有男人把如此嬌弱且身體似乎不自由的女孩子丟在深山中嗎？會有那麼惡質的男人在這種時間把自己的女朋友帶到這種場所來嗎？

「你現在心中肯定在想，現實中會有男朋友把如此可愛的女朋友丟在這種地方遲遲不回來嗎？會有那麼惡質的情人嗎？」

女孩再次彷彿看穿梶木的想法般淺淺一笑。雖然這同樣也是透過推理可以想到的內容，但梶木心中毛骨悚然的感覺還是變得更加強烈了。

結果女孩又一臉怨恨地接著說道：

「不，雖然那樣的情人真的存在就是了。實在很恐怖呢。比起幽靈或妖怪，現實世界其實更加可怕、更加驚悚呀。」

居然真的存在嗎？如果是那樣，乾脆跟那種男人分手比較好吧。梶木雖然想如此勸告對方，但這女孩一反稚氣的外觀，腦袋非常聰明，而且還全身散發出神祕的氛圍。搞不好其實是那個男人受到這女孩糾纏，巴不得跟她分手才會做出這種像在欺負人的行為。

女孩將貝雷帽重新戴好，走向出口的同時用關心梶木的態度說道：

「你如果要把我的假說告訴負責調查本間先生那起事件的人員，我是不會介意啦。不過聽說那個受害人是個遲早被誰殺掉都不奇怪的人物。如果只是讓犯人的罪刑稍微減輕一點，就容忍一下又有什麼關係呢？這樣不是也算一種正義嗎？」

「究竟是不是正義，並不是個人可以擅自決定的事情。」

梶木語氣強硬地反駁站在門口的女孩。不根據法律而是個人擅自決定對方的罪名輕重並犯下殺人行為，這絕對不是什麼好事。

結果女孩忽然露出從她幼小的臉蛋難以想像的銳利眼神。

「那麼基於個人的執著而在單獨進行調查的你，難道就不算擅自決定正義嗎？搞不好有人因為你這樣的行為蒙受困擾喔？」

那眼神讓梶木頓時全身僵硬，不過這女孩的發言更讓他無法忽視。為什麼女孩會知道梶木在單獨進行調查的事情？

女孩拉開出口的滑門，並轉回身子露出優雅的微笑。

「如果對不可思議的事情視而不見，將可能讓一切變得徒勞無功喔。」

接著行了一禮後，女孩便走出休息站，把門關上。

梶木不禁坐在椅子上愣了一段時間，但又趕緊衝向出口，彷彿要撞破門板似地追到屋外。

「喂！妳等一下！」

然而休息站空蕩蕩的昏暗屋外看不到那女孩的身影。在停車場另一側的道路看起來也沒有車子經過的感覺。

就算周圍再怎麼暗，剛才那一小段時間應該也不至於讓拄著拐杖走路的小女孩遠離到看不見的距離才對。也沒聽到什麼汽車引擎的聲音或是快步奔跑的聲響才對。

梶木不禁全身冒出冷汗。

那女孩真的存在過嗎？現場確實有留下痕跡，顯示女孩吃過從自動販賣機買來的烏龍麵。那女孩剛才有暗示過，名叫「覺」的妖怪。

梶木立刻否定湧上心頭的想法。或許是那女孩意外地動作敏捷，走到路上又剛好遇到男友開車回來，所以就搭上車子離開了。或者是梶木坐在椅子上發愣的時間其實比他自己想的還要久，所以太晚追那女孩了。這才不是什麼不可思議的現象。應該不是才對。

他接著又搖搖頭。那女孩是什麼存在並不重要。重點是女孩提出的假說值得檢證。

梶木轉回頭看向自己剛剛衝出來的休息站，但總覺得再回到裡面會讓人很毛，於是決定要盡快開始對本間進行調查而走向自己的車子。

雖然女孩的假說有說服力，但現在就告訴周圍的人應該還很危險。因此梶木決定在查到決定性的證據或疑點之前暫時還是保持獨自行動了。

「九郎學長，雖然到最後是靠我自己勉強解決了，但你這麼欺負我到底是什麼意思？」

在行駛於昏暗國道的車子中，繫著安全帶坐在副駕駛座的岩永琴子，從剛才就不斷用她拐杖的握把部分戳著坐在駕駛座手握方向盤的九郎的大腿。這一方面也是為了表明自己心情非常不好的意思。

九郎露出由衷道歉似的表情，開口回應：

「抱歉。這次完全是難以避免的狀況啊。」

「『這次是』的意思是說你過去有存心故意欺負過我是嗎？」

「是有過幾次啦。」

「給我道歉。給我道歉。」

岩永這次拿拐杖前端用力戳著九郎的臉頰。雖然九郎露出感到很煩的表情，但或許是最起碼有感到愧疚的緣故，並沒有做出抵抗。

岩永從妖怪們口中得到情報說今晚梶木刑警會來到那間休息站，因此坐著九郎駕駛的車子預先來到休息站等人。而當初的預定計畫本來是岩永和九郎假裝是男女朋友聊天討論關於本間的事件，吸引梶木注意後提出假說。

然而在梶木到來之前，九郎忽然接到自己打工的地方打來的電話，接著就跟岩永告訴梶木的內容差不多了。而岩永之所以會獨自留在休息站，是為了避免在兩人離開的這段期間，萬一梶木來到休息站而沒能碰到面，因此是在同意之下那麼做的。但九郎回來得太晚也是事實。據說是打工處發生的問題遲遲無法獲得解決的樣子。

因為這樣的狀況，讓岩永只好靠即興演出吸引梶木的注意，自己一個人完成預定的計畫了。而她走出休息站後夠立刻消失蹤影，是因為她為了保險起見，事先指示在屋頂上待命的飛天妖怪抱著她飛走的緣故。如此一來應該多多少少可以讓梶木刑警覺得世界上或許真的有所謂不可思議的現象吧。然後岩永就讓妖怪把自己送到九郎車上，兩人便踏上了歸途。

「那位刑警今後不會再跟幻象的烏龍麵販賣機扯上關係了嗎？」

九郎似乎有點擔心會不會因為自己的失誤導致壞影響的樣子。

岩永則是對他揮了揮手掌。

「不需要擔心。在我提出的假說中，本間先生遇上幻象的烏龍麵販賣機那段供述變成是他故意撒的謊。也就是說針對這點再怎麼調查都不可能查出什麼結果，也沒有必要去理會。而且今後刑警先生應該會把時間花在調查披薩外送員與本間先生之間的關係，或是尋找偽裝犯行現場的證據吧，根本就沒空跑到會遇上烏龍麵販賣機的那片地區呀。」

「可是這下等於誣告本間先生是計畫性殺人了，會不會不太好啊？」

在某種意義上來說，這是讓不幸成為殺人犯的本間又背負冤罪，或許會害他在接受訊問上增加一些負擔。然而岩永的假說打從一開始就是不通的。

「那假說完全是在騙人，因此不管怎麼調查，別說是證據了，甚至連加深嫌疑的要素都不可能查得出來。在那樣的階段下，那位刑警先生也很難將情報告訴搜查本部，想必也不會發展為更大的調查行動。而且為了避免讓共犯起戒心，他應該也會注意不讓情報被新聞媒體掌握才對。」

如此一來媒體就不會有什麼動作，也就不會引起騷動了。

「因此本間先生的狀況不會有什麼改變，即使在法庭上遭判較重的罪刑也不會有證人跳出來逆轉局勢。到時候那位刑警也會明白假說其實是錯的了。」

「那之後又會怎麼樣？」

「不會怎麼樣。搜查本部會解散，媒體也會對事件失去興趣。案件會完全脫離梶木刑警的管轄範圍，也不會形成回頭追究疑點的狀況了。由於我消失蹤影的方式很離奇，搞不好他也會感覺烏龍麵販賣機是什麼怪異現象，認為自己不應該再繼續深入其中，而把整起事情都封印在自己心中吧。」

假設法庭真的做出正當防衛或緩刑的判決，使梶木刑警更加深懷疑，他也找不出任何證據，最後只能選擇放棄。

到時候狸貓妖怪們應該也已經改變了可以遇上烏龍麵販賣機的區域，就更可以放心了。把刑警趕走幾個月的任務可說是順利達成。

岩永放下拐杖，將全身靠到椅背上。雖然心中對九郎的不滿還很多，但至少今晚的預定計畫已經結束了。

「這下問題就獲得解決啦。真是一場糟糕的遠行呢。哎呀，不過那臺自動販賣機的烏龍麵還頗好吃的就是了。」

「我倒是沒有吃到啊。」

「誰叫你平日不積點陰德。」

被講成這樣，九郎似乎也難以接受的樣子，於是一臉抗議地回應：

「今天真的是遇上難以避免的狀況好嗎？我本來也想快點趕回去啊。」

「所以說你如果平日有多積點陰德，現在就不需要講那些藉口啦。」

畢竟這次是九郎有錯，他再怎麼反駁都沒有意義。但如果岩永繼續挖苦下去，也只會讓車上的氣氛變差而已。

「那麼做為處罰，請你舉出二十個喜歡我的部分，這樣我就原諒你。如果你要舉我的閨房技術也可以喔。」

雖然把這種事情當成處罰也讓岩永覺得有點不爽，但無奈九郎感覺就是會對這種事情感到討厭。

可是不料九郎也沒多想就舉出了第一點：

「這個嘛，像妳完全不會下功夫讓我喜歡，那種絕不改變自己的態度就讓我頗有好感喔。」

「你這是拐彎抹角在諷刺我吧！」

雖然岩永確實沒有改變自己符合九郎喜好的意思，但那是因為她判斷自己挑戰那種不可能的事情只會白費力氣，所以才反過來要求九郎改善而已。應該沒有道理要接受指責才對。

九郎接著嘆了一口氣，打著方向盤並講出了這樣一段話：

「或許妳無法相信，但就算妳有可能哪一天會拋棄我，我也絕不可能反過來拋棄妳的。妳就保持現在的妳沒有關係。」

「不不不，能不能請你把問題放在自己為什麼要做出可能被我拋棄的行為上呀？」

究竟這個男人要到什麼時候才能變成無可挑剔的男朋友？

總之這下還剩十九個。岩永只能期待著九郎能舉出什麼比較像樣的部分，並將左眼望向車窗外。

主要參考文獻

《現代民間故事考察（9）》　松谷美代子　築摩文庫　二〇〇三
《日本鰻魚檢定》　塚本勝巳　黑木真理　小學館　二〇一四
《新版翻譯　木偶奇遇記》　卡洛・科洛迪著　大岡玲譯　角川文庫　二〇〇三
《江戶時代的罪與罰》　氏家幹人　草思社　二〇一五
《招財貓百科》　荒川千尋　板東寬司　日本招財貓俱樂部編輯　Impress　二〇一五
《死刑執行人桑松》　安達正勝　集英社新書　二〇〇三
《日本懷舊自動販賣機大全》　魚谷祐介　辰巳出版　二〇一四

首次發表出處

第一話　領主大蛇聽到了　「Mephisto」二〇一七　VOL・2
第二話　鰻魚店的幸運日　新發表
第三話　電擊皮諾丘，或是向星星許願　「Mephisto」二〇一七　VOL・3
第四話　斷頭臺三四郎　新發表
第五話　幻象自動販賣機　新發表

＊第一～四話於《少年Magazine R》連載漫畫版，並收錄於講談社Comics　月刊少年Magazine〈虛構推理〉第七～九集

逆思流

虛構推理短篇集 岩永琴子的現身
（原名：虛構推理短編集 岩永琴子の出現）

作者／城平京　譯者／陳梵帆
執行長／陳君平　封面插圖／片瀨茶柴
協理／洪琇菁　榮譽發行人／黃鎮隆
執行編輯／呂尚燁　國際版權／黃令歡
企劃宣傳／陳品萱　美術主編／李政儀
發行／英屬蓋曼群島商家庭傳媒股份有限公司城邦分公司　尖端出版
台北市中山區民生東路二段一四一號十樓
電話：（〇二）二五〇〇—七六〇〇（代表號）
傳真：（〇二）二五〇〇—一九七九
中彰投以北經銷（含宜花東）／楨彥有限公司
電話：（〇二）八九一九—三三六九
傳真：（〇二）八九一四—五五二四
雲嘉經銷／威信圖書有限公司　嘉義公司
電話：（〇五）二三三—三八五二
傳真：（〇五）二三三—三八六三
客服專線：〇八〇〇—〇二八—〇二八
南部經銷／威信圖書有限公司　高雄公司
電話：（〇七）三七三—〇〇七九
傳真：（〇七）三七三—〇〇八七
香港總經銷／城邦（香港）出版集團有限公司
香港灣仔駱克道193號東超商業中心1樓
電話：（八五二）二五〇八—六二三一
傳真：（八五二）二五七八—九三三七
E-mail：hkcite@biznetvigator.com
馬新經銷／城邦（馬新）出版集團　Cite(M)Sdn.Bhd.
E-mail：Cite@cite.com.my
法律顧問／王子文律師　元禾法律事務所
台北市羅斯福路三段三十七號十五樓
二〇二〇年四月一版一刷
二〇二三年六月一版三刷

■中文版■

郵購注意事項：
1. 填妥劃撥單資料：帳號：50003021戶名：英屬蓋曼群島商家庭傳媒(股)公司城邦分公司。2. 通信欄內註明訂購書名與冊數。3. 劃撥金額低於500元，請加附掛號郵資50元。如劃撥日起 10～14日，仍未收到書時，請洽劃撥組。劃撥專線TEL：(03) 312-4212 ・ FAX：(03) 322-4621。E-mail：marketing@spp.com.tw

國家圖書館出版品預行編目資料

虛構推理短篇集 : 岩永琴子的現身 /
城平京 著 ; 陳梵帆譯 . --初版.
--臺北市：尖端出版, 2020.04
面 ; 公分.--(逆思流)
譯自: 虛構推理短編集 : 岩永琴子の出現
ISBN 978-957-10-8855-6(平裝)

861.57 109002268